Micha Krämer
Über deine Höhen

Bibliografische Information der Deutschen Nationalbibliothek
Die Deutsche Nationalbibliothek verzeichnet diese Publikation in der
Deutschen Nationalbibliografie; detaillierte bibliografische Daten sind im
Internet abrufbar über http://dnb.ddb.de

© 2013 CW Niemeyer Buchverlage GmbH, Hameln
www.niemeyer-buch.de
Alle Rechte vorbehalten
Der Umschlag verwendet Motive von shutterstock.com,
Beautiful gold girl eAlisa 2012 / forest Martin Wall 2012
Printed in Germany
ISBN 978-3-8271-9571-5

Micha Krämer

Über deine Höhen

CW Niemeyer N

Der Roman spielt hauptsächlich in einer allseits bekannten Region im Westerwald, doch bleiben die Geschehnisse reine Fiktion. Sämtliche Handlungen und Charaktere sind frei erfunden.

Über den Autor:

Micha Krämer wurde 1970 in Kausen im Westerwald geboren. 1989 zog es ihn nach Betzdorf, wo er es ganze 15 Jahre aushielt, bevor das Heimweh ihn zurück nach Kausen führte. 2009 veröffentlichte der gelernte Elektroniker kurz nacheinander die beiden Kinderbücher „Willi und das Grab des Drachentöters" und „Willi und das verborgene Volk". Der regionale Erfolg der beiden Bücher, die er eigentlich nur für seine eigenen beiden Kinder schrieb, war überwältigend und kam für ihn selbst total überraschend. Einmal Blut geleckt, musste im Jahre 2010 nun ein „richtiges Buch" her. Im Juni erschien sein erster Roman für Erwachsene und zum Ende des Jahres 2010 sein erster Kriminalroman, der die Geschichte der jungen Kommissarin Nina Moretti erzählt. Neben seiner Familie, dem Beruf und dem Schreiben gehört die Musik zu einer seiner großen Leidenschaften.

Mehr über Micha Krämer erfahren Sie auf www.micha-kraemer.de

1. November 1994, 2:34 Uhr
Irgendwo über dem Westerwald

Alles drehte sich. Die ganze Welt wirbelte um sie herum. Das Gefühl war schön. Irgendwie. Die Schmerzen, die sie eben noch gespürt hatte, waren fort und einer unergründlichen Leichtigkeit gewichen. Sie hörte, wie jemand ihren Namen rief. „Christin? Hören Sie mich, Christin? Christin?" Natürlich hörte sie ihn. Aber aus irgendeinem Grund konnte sie nicht antworten. Ein Schleier aus Nebel tanzte vor ihren Augen. Leise, gedämpft, wie aus der Ferne nahm sie noch andere Stimmen und Geräusche wahr. Das Piepen von Apparaten und das Dröhnen des Hubschraubers, in den man sie verladen hatte. Die aufgebrachte Stimme einer ebenfalls unbekannten Frau kreischte. „Wir verlieren sie. Herzstillstand." Dann hörte sie das Schreien eines Babys. Lena! Es ging ihr gut! Wie Blitze durchzuckten die Erinnerungen an die letzten Stunden ihr Gedächtnis. Warum nur hatten sie ihr das angetan? Warum nur? Es war das Letzte, was sie noch wahrnahm und dachte. Dann entfernten sich die Geräusche um sie herum immer weiter, bis es schließlich ganz still wurde.

Kapitel 1

30. September 2011
Der 1. Tag

Mit einem leichten Ruck drückte Lena die Tür auf und spähte vorsichtig in ihr neues Zuhause. Zögernd betrat sie die Diele des alten Wohnhauses. Muffige Luft drang ihr entgegen. Es roch feucht, dreckig, nach kaltem Rauch und irgendwie auch nach altem Mensch. Sie kannte diesen Geruch von den Sozialstunden, die sie im vergangenen Sommer in einem Frankfurter Seniorenheim ableisten musste. Dort hatte es ähnlich gerochen. Nur der Geruch des Rauches, der von den Holzöfen zu kommen schien, war ihr neu. Ganz langsam ging sie weiter. Es war still im Haus. Das einzige Geräusch, das sie vernahm, war das Atmen von Max, ihrem Adoptivvater, der dicht hinter ihr stand.

Lena strich über eine grünweiße Kommode aus furniertem Holz, im Look der siebziger Jahre. Staub wirbelte auf. Die Tapeten in dem schmalen Flur waren vergilbt und fleckig, die niedrigen Decken des alten Fachwerkhauses, genau wie die Wände und der Fußboden, der im Eingangsbereich mit einem blaugelben Mosaik gefliest war, krumm und schief.

Hier sollten sie nun wohnen? Was für eine Scheiße. Das Haus lag am Rande eines hohen Fichtenwaldes in einer Sackgasse. Es gab nur einen Weg, der sich von dem kleinen Dorf Blittersbach, unten im Tal, fast einen Kilometer hier heraufschlängelte und hinter der Abzweigung zum Hof im Wald verschwand. Wie es aussah, gab es in dem 400-Seelen-Kaff auch nichts außer einer kleinen Bäckerei, einer schäbigen Kneipe und natürlich einer Kirche. Bis zum Supermarkt im nächst größeren Ort waren es gut und gerne zehn Kilometer. Bevor sie hierhergekommen war, glaubte Lena noch, dass wirklich alles besser sein konnte als die Wohnung, die sie bisher bewohnten. Sie hatte sich im achten Stock einer Mietskaserne im Frankfurter Westend, mit Blick auf das Klärwerk, befunden. Ja, sie hatte tatsächlich geglaubt, es könnte nicht noch schlimmer kommen. Sicher war sie sich da in diesem Moment allerdings nicht mehr.

Als sie vor vier Wochen den Brief von dem Notar las, der morgens mit der Post gekommen war, hatte sie sich riesig gefreut. Sie, Lena Reinmann, hatte geerbt. Einen Hof. Einen richtigen alten Bauernhof im Westerwald. „Den verkaufen wir", jubelte sie damals spontan und war Max um den Hals gesprungen. „Und von dem Geld machen wir erst mal richtig Urlaub und zahlen all unsere Schulden." So hatte sie sich das gedacht. Frankfurt zu verlassen, war für sie dabei keine Option gewesen. Sie wohnte schon immer in der Main Metropole und glaubte auch hierher zu gehören. Natürlich würden sie umziehen, in eine schicke Wohnung oder ein Häuschen in einem der besseren Vororte. Aber doch nicht in irgendein Kuhdorf im Westerwald, wo es von morgens bis abends nach Scheiße stank und man sogar noch aufpassen musste, dass man nicht in dieselbige hinein-trat. Doch wie so vieles in Lenas Leben, war es auch diesmal anders gekommen.

*

Dass Max nicht ihr leiblicher Vater war, hatte sie schon lange gewusst. Maximilian und Marina Rein-mann, hatten sie vor sechzehn Jahren als Säugling adoptiert. Lenas leibliche Eltern waren angeblich kurz nach ihrer Geburt gestorben. Woran, wusste sie nicht und so wie es schien, gab es auf der ganzen Welt auch niemanden, der ihr das erzählen konnte oder wollte. Umso verwunderter war sie gewesen, als sie erfuhr, dass sie die einzige Erbin eines Hofes im Westerwald war. Der alte Mann, bei dem es sich um ihren leibli-chen Großvater handelte und von dessen bloßer Exis-tenz sie bis dato noch nicht einmal etwas ahnte, hatte sie als seine alleinige Erbin bestimmt. Das Haus, das Land drum herum und ein Bankkonto mit gut und gern einer Million Euro gehörten nun ihr. Zumindest fast. Wie bei allem in Lenas Leben gab es nämlich auch diesmal wieder einmal einen Haken. Der alte Mann, in dessen Haus sie nun standen, hatte in sei-nem Letzten Willen verfügt, dass Lena ihr Erbe erst mit einundzwanzig bekam. Dann durfte sie damit tun und lassen, was sie wollte. Allerdings hatte der Alte auch verfügt, dass sie bis dahin ein monatliches Ta-schengeld von zweitausend Euro bekam und sie und ihr Adoptivvater auf dem Hof wohnen durften, wenn sie das wollten.

Das traf sich gut. Da Geld bei den Reinmanns in den letzten Jahren immer knapp gewesen war, fiel ihnen die Entscheidung nicht gerade schwer. Max Reinmann war freier Autor. Er schrieb Drehbücher fürs Fernsehen. Meistens für Seifenopern, die schon nach den ersten Folgen wieder eingestellt wurden, weil sich einfach kein normaler Mensch diesen schnulzigen Kram ansehen wollte. Dementsprechend dürftig waren in der letzten Zeit die Honorare ausgefallen. Zum Leben zu wenig und zum Sterben zu viel.

Das war nicht immer so gewesen. Früher war Max richtig gut gewesen. Die Sender und Produktionsfirmen hatten ihm die Tür förmlich eingerannt. Doch seit Marinas plötzlichem Tod vor fünf Jahren war es mit ihm stetig bergab gegangen. Max bekam irgendwie nichts mehr auf die Reihe. Schreibblockade nannte er das. Wochenlang hatte er nicht ein einziges Wort zu Papier gebracht. Hatte einfach an seinem Schreibtisch gesessen und aus dem Fenster gestarrt, bis er schließlich einen Weg fand, seine Blockade zu überwinden. Mit Alkohol! Erst trank er nur wenig. Dann immer mehr. Und am Schluss soff er ständig. Leider waren seine im Suff verfassten Werke nicht gerade Kassenschlager. Es kam, wie es kommen musste. Die Bank versteigerte ihnen das Haus praktisch unter dem Hintern weg. Sie mussten umziehen in einen Betonklotz mit 120 Wohneinheiten und bester Aussicht auf eines der großen Frankfurter Klärwerke. Der Gestank bei Ostwind war entsetzlich und Max soff immer noch mehr. Das ging so bis zu dem Tag, als sein Herz nicht mehr mitmachte und er einfach vor ihren Augen im

Wohnzimmer zusammenbrach. Der Arzt im Krankenhaus erklärte ihr später, es wären insgesamt drei In-
farkte gewesen. Max wurde operiert. Fünf Bypässe.
Und das mit gerade einmal vierzig. Von der Klinik aus
ging es sofort in die Reha mit anschließendem Entzug.

Max war erst einige Tage wieder zu Hause, als die
Nachricht über das Erbe kam. Gleichzeitig mit dem
Brief des Notars und etlichen Mahnungen war auch
die Kündigung der Wohnung gekommen. Mittler-
weile waren sie über ein halbes Jahr mit der Miete im
Rückstand. Die Wohnungsbaugesellschaft war des-
halb der Auffassung, dass sie und Max bis zum ersten
Oktober raus sein mussten.

*

Heute war der dreißigste September und sie waren tatsächlich raus. Mit zwei Koffern, ihren Schlafsäcken und
einem Korb voller Konserven hatten sie am Morgen
Frankfurt mit dem Taxi verlassen. Frank, ein Freund von
Max aus alten Tagen, würde ihnen am nächsten Wochenende ihre Möbel und die restlichen Habseligkeiten
mit einem Lastwagen der Spedition, bei der er arbeitete,
hinterherbringen. Bis dahin musste es halt so gehen.

Die letzten Monate hatten Lena gestärkt. Während
Max' Abwesenheit in der Klinik und während seines
Entzugs, hatte sie gelernt sich durchzuboxen und den
Laden allein geschmissen. Sie war, so glaubte sie, rei-
fer geworden. Erwachsener und bestimmt vernünfti-
ger. Im Grunde hatte sie auch alleine entschieden, dass
sie umzogen. Max hatte nur gelächelt und genickt. Ge-

meinsam würden sie neu anfangen. Mietfrei wohnen und jeden Monat zweitausend Euro auf dem Konto waren dafür eine solide Grundlage. Und wenn Lena einundzwanzig war, würden sie alles verkaufen und irgendwo anders hingehen. Doch für den Anfang war der Westerwald okay. Es würde gehen.

*

Sie betrat das Wohnzimmer und blickte sich um. Auch hier waren alle Möbel vollkommen unmodern und größtenteils verschlissen. „Was hältst du davon, wenn wir draußen auf dem Hof ein großes Feuer machen und den ganzen Mist einfach verbrennen", hörte sie Max sagen. Lena drehte sich um und lächelte gequält. „Was hältst du davon, wenn wir alles an seinem Platz lassen und direkt die ganze Bude anzünden." Max lachte auf. „Das wär wahrlich das Einfachste. Wir zünden die Hütte an, bescheißen die Versicherung und bekommen dann jeder ein wunderschönes Einzelzimmer im nächsten Knast." Lena lachte auch. Nicht über den Witz. Nein, sie lachte, weil Max lachte. So hatte sie ihn seit fünf Jahren nicht erlebt. Alles würde gut werden.

*

Die nächsten Tage verbrachten sie damit, sich einzurichten und das Haus zu entrümpeln. Zuerst nur in der unteren Etage. Die oberen Räume würden irgendwann folgen. Der Hof war riesig. Direkt an das Haupthaus, in dem es allein neun Zimmer gab, war das Stallgebäude angebaut. Daran in einer Art U-Form und somit direkt gegenüber dem Wohnhaus gab es eine riesige Scheune. Wie im Haus, stapelte sich auch hier das Gerümpel. Fast schien es, als habe der alte Mann niemals etwas weggeworfen. Unermüdlich schleppten sie alten Krempel auf eine kleine Wiese hinter der Scheune. Das Feuer, das Max mit Hilfe einiger Liter Diesel entfachte, qualmte auch weit weniger, als sie zuerst befürchtet hatten. Es gelang ihnen auf diese Weise innerhalb von drei Tagen, die gesamte untere Etage, bis auf einen uralten Küchenschrank und eine Eichenkomode, die Max restaurieren wollte, in den Flammen zu entsorgen. Auch die mindestens fünf Schichten Tapeten und die alten fleckigen Teppichböden endeten im Feuer.

„Wenn du das in Frankfurt machst, kommst du ins Gefängnis", alberte Frank, als er grinsend aus dem Lastwagen stieg und die Reste eines Sessels im Feuer schwelen sah. Mit jedem ihrer eigenen Möbelstücke, das sie von der Ladefläche luden und in das Haus trugen, fühlte Lena sich wohler. Endlich waren die Dinge ihr wieder vertraut. Und nach nicht einmal einer Woche fühlte sie sich sogar ein bisschen wie Zuhause angekommen. Zwar hatte sie noch immer kein eigenes Zimmer und pennte neben Max auf dem Ikea Klappsofa in dem frisch tapezierten Wohnzimmer, aber auch das würde noch werden.

*

Seit über fünf Jahren besaßen sie nun sogar endlich wieder ein eigenes Auto. Beziehungsweise sogar gleich vier davon und zwei Traktoren. Max hatte die Fahrzeuge bereits am ersten Tag gefunden. Sie standen in der Scheune. Vermutlich hatte der alte Karl Bodenheim, wie ihr Großvater hieß, sich beim Kauf eines Neuwagens nie von seinem alten Auto getrennt. Er hatte sie einfach in der Scheune abgestellt und dort stehen gelassen, bis sie Stück für Stück unter Dreck und altem Gerümpel verschwanden. Zuletzt fuhr der alte Mann wohl einen grünen Mercedes Benz, der gut und gerne auch schon zwanzig Lenze überschritten hatte, aber noch prima in Schuss war. Das Auto war sogar noch angemeldet und vollgetankt. Beim ersten Startversuch sprang es ohne Murren, aber mit mächtig viel Qualm, sofort an. Die anderen Vehikel, darunter eine alte Ente von Citroën, die unter einer großen Plane Winterschlaf hielt, zwei Opel aus den Sechzigern oder Siebzigern und einer der Traktoren schienen dagegen weniger gut in Schuss und ein Fall für den Schrott. Der zweite Trecker, ein neueres Modell, war noch recht passabel und würde ihnen später vielleicht noch gute Dienste leisten können. Aber das war im Moment egal. Hauptsache, sie besaßen nun ein fahrbares Auto, ein Haus und ein bisschen Bargeld. Und entgegen aller Befürchtungen roch es hier im Westerwald auch nicht nach Kuhscheiße, sondern im Gegenteil recht angenehm.

*

Nachts lag Lena trotz der Schufterei am Tag oft wach. Sie lauschte dem Wind, der, so schien es, hier immer kräftig wehte und an dem alten Haus zerrte und rüttelte. Sie musste an das Lied denken, das sie einmal in der Schule gesungen und dessen Text sie bis auf die ersten beiden Sätze wieder vergessen hatte. „Oh du schöner Westerwald. Über deine Höhen pfeift der Wind so kalt." Dass die Zeilen kein hohles Geplänkel waren, wusste sie nun. Da war wirklich etwas dran. Der Wind war zwar kühl, aber auf irgendeine Art auch angenehm.

In den kurzen Pausen zwischen den Böen hörte sie dann nichts außer den ruhigen Atemzügen von Max, der neben ihr schlief. Dieses „Nichts" zu hören, war neu für sie und machte ihr irgendwie Angst. Noch nie in ihrem Leben hatte sie „Nichts" gehört. In Frankfurt gab es dieses Geräusch nicht. Die Stadt lebte immer. Sie atmete hörbar. Sie pulsierte förmlich. Auch in der Nacht tat sie das. Dieser Puls, bestehend aus Motorengeräuschen, dem Quietschen von Eisenbahnzügen, dem Dröhnen von Flugzeugen und dem Heulen der unterschiedlichsten Sirenen, den konnte man hören. Aber man nahm ihn eigentlich nicht wahr. Erst hier in der Stille des Westerwalds hatte sie bemerkt, dass er überhaupt da gewesen war und nun fehlte.

Wenn sie in der Nacht so dalag, dachte sie viel nach. Über ihr Leben, über das alte Haus und seine ehemaligen Bewohner. Obwohl diese Menschen ihre wahre Familie gewesen waren, wusste sie doch rein gar nichts über sie. Vielleicht, so überlegte sie, hatte Familie gar nichts mit Blutsverwandtschaft und den gleichen Genen zu tun. Vielleicht gehörten zur Familie eher die Menschen, die man liebte. Max und Marina

waren so lange Lena denken konnte, ihre Familie gewesen und nicht diese Leute, die sie noch nicht einmal
gekannt hatte.

*

Bereits am ersten Tag, auf ihrer allerersten Erkun-
dungstour, hatte Lena eine Entdeckung in der oberen
Etage gemacht. Eines der fünf Zimmer, die es dort
gab, war das Jugendzimmer eines Mädchens gewesen. Der Raum wirkte im Gegensatz zum Rest des
Hauses aufgeräumt und sauber. Das Bett war gemacht und über dem Stuhl, der an dem Schreibtisch
stand, hing eine verwaschene hellblaue Mädchen-
jeans. An den Wänden gab es Poster von Musikern
aus den neunziger Jahren. Die meisten davon kannte
Lena nicht. Andere Plakate zeigten Pferde. Dazwischen hingen kleinere Fotos, die wie die Poster mit
bunten Reißzwecken befestigt worden waren. Meist
waren auf ihnen junge Menschen abgelichtet, die
lachten. Jugendliche in Lenas Alter. Sofort erkannte
sie eines der Gesichter auf den Bildern. Zu ihrem großen Erstaunen war es ihr eigenes. Auf mindestens
zwanzig der Fotos war ihr Ebenbild zu sehen. Zwar
waren die Haare etwas länger und auf den meisten
Bildern zu einem Pferdeschwanz zusammengebunden. Aber die Augen und die Züge des Gesichts
waren die gleichen wie die, die sie täglich im Spiegel
sah. Natürlich war ihr sofort klar gewesen, dass das
Mädchen auf den Fotos nicht wirklich sie selbst war.
Es musste sich um ihre Mutter handeln. Ihre richtige

Mutter, die genau wie ihre Adoptivmutter Marina, viel zu früh gestorben war.

*

In den nächsten Tagen nach der Entdeckung des Zimmers, war sie oft die schmale Treppe hinauf gestiegen, um dort einige Minuten zu verweilen. Anfangs hatte sie sich nicht getraut etwas anzufassen. Schließlich gehörte es sich nicht, in den Sachen anderer Leute herumzuwühlen. Und immerhin sah ja auch alles so aus, als könnten die Besitzer jeden Moment wieder hereinkommen und sie dabei ertappen, wie sie in ihren Sachen stöberte. Sie setzte sich deshalb dann nur einige Minuten auf das Bett und besah sich stumm die Bilder ringsum.

*

Erst am vierten Tag öffnete Lena zögerlich den zweiflügligen Kleiderschrank und schaute vorsichtig hinein. Ein süßlicher Duft strömte ihr entgegen. Es roch nach Blumen, vielleicht Veilchen oder Rosen. Schnell fand sie den Ursprung des Geruchs. Zwischen den Kleidungsstücken auf den Regalbrettern lagen mehrere kleine Stücke rosaroter Seife, die die Form von Rosenblüten hatten. Fein säuberlich hingen T-Shirts, Blusen und Pullover neben Röcken und Hosen. Wie viele Klamotten dieses Mädchen gehabt hatte! Davon konnte sie nur träumen. Lenas Habseligkeiten passten in einen Koffer, der nur wenig größer als eine Aktentasche war. Sie griff einen dicken, sehr weichen roten Strickpulli mit Rollkragen, hielt ihn an sich und betrachtete sich dann in dem großen Spiegel, der innen in der Schranktüre hing. Was sie sah, gefiel ihr. Sie überlegte kurz und streifte das Kleidungsstück dann einfach über ihr T-Shirt. Es passte wie angegossen und roch stark, aber angenehm, nach der Blumenseife, als wäre es gestern erst gewaschen worden. Schnell nahm sie eine schwarze Jeans von einem Bügel, zog flott ihre blaue Arbeitslatzhose aus und schlüpfte hinein. Auch die Hose saß, als wäre sie für sie gemacht. Nachdem sie sich ausgiebig im Spiegel betrachtet hatte, setzte sie sich in ihrer neuen Montur an den kleinen Schreibtisch und sah aus dem Fenster. Von hier aus konnte man das Dorf im Tal sehen. Dahinter, auf einer lang gezogenen Hügelkette, drehten sich einige Windräder in der Abendsonne. Von den Häusern des Ortes, die rings um eine kleine Kirche standen, stiegen dünne Rauchsäulen in den kalten, aber ansonsten klaren Oktoberhimmel. Ihr Blick fiel auf eine Geldbörse rechts auf dem Fensterbrett. Sie griff danach und öffnete sie. Es befanden sich nur wenig Münzen und ein Zehn-Mark-Schein darin, der, obwohl sie schon einmal Deutsche Mark gesehen hatte, irgendwie befremdend auf sie wirkte. Sie zog einen Personalausweis heraus und betrachtete ihn. Dem Foto nach hätte es ihr eigener sein können. Sie las den Namen darauf. Mehrmals!

Ein Geräusch ließ sie aufhorchen und erschrocken herumfahren. Durch den Türspalt schob sich maunzend eine dicke, pechschwarze Katze. Sie betrachtete Lena einen Moment aufmerksam und sprang dann mit einem Satz auf das Bett. Dort drehte sie sich zweimal um die eigene Achse und rollte sich schließlich zufrieden auf dem Kopfkissen zusammen. „Hey", begrüßte Lena sie und streckte vorsichtig die Hand nach dem Stubentiger aus. „Was bist du denn für eine?" Der Stubentiger schnurrte zufrieden, während Lena sachte über das weiche Fell strich. Die Katze, oder war es vielleicht ein Kater, schien nicht mehr die jüngste zu sein. Verheilte Narben am Kopf und ein eingerissenes Ohr deuteten auf diverse Auseinandersetzungen mit Artgenossen oder anderen Tieren hin. „Wie heißt du denn?", fragte sie das Tier. „Vielleicht hast du gar keinen Namen? Oder es gibt niemanden mehr, der ihn kennt. Weißt du was? Ich nenn dich einfach Mohrle. Das passt sowohl zu einem Jungen als auch zu einem Mädchen." Mohrle schien der neue Name ebenfalls zu gefallen, denn er, oder sie, schnurrte zufrieden. „Ach hier bist du", hörte sie plötzlich Max hinter sich. Erschrocken fuhr sie herum. Ihr Adoptivvater stand grinsend in der Zimmertür und betrachtete sie interessiert. „Toll siehst du aus. Steht dir wirklich gut. Sind das Sachen von ihr?" Lena nickte. „Ja, sie hieß übrigens Christin."

Kapitel 2

Der 7. Tag

Der Wind war besonders stark an diesem Tag. Fasziniert beobachtete Lena, wie eine kleine Windhose über den Hof fegte und dabei unzählige gelbbraune Blätter, ähnlich einem kleinen Wirbelsturm, im Kreis herumdrehte. Der Himmel war bewölkt und am Horizont hinter den großen Windrädern war nur vereinzelt ein Streifen Blau zu erkennen. Sie ging zur Scheune, öffnete das große Tor und schob dann ihr Fahrrad ins Freie. Der Drahtesel war ein Geschenk von Florian, einem Jungen aus ihrer alten Clique gewesen. Vermutlich hatte er das Bike irgendwo in Frankfurt gestohlen. Einmal hatte die Polizei sie damit gestoppt. Die Überprüfung des Rades war aber gut ausgegangen. Vielleicht hatte der ehemalige Besitzer den Verlust noch gar nicht bemerkt, oder den Diebstahl einfach nicht gemeldet.

Max war schon früh mit dem alten Mercedes in die Kreisstadt Altenkirchen gefahren, um Tapeten und Laminatfußboden aus dem Baumarkt zu besorgen. Lena fand, dass es an der Zeit war, die nähere Umgebung zu erkunden. Sie prüfte den Luftdruck der Reifen, schwang sich auf den Sattel und fuhr los. Es ging stetig bergab, während die Häuser des Dorfes immer näherkamen. Zielstrebig fuhr sie auf den Kirchturm zu, der wie ein ausgestreckter Finger zwischen den Häusern in den Himmel zeigte. Unterwegs hielt sie kurz an und rollte den Kragen des roten Strickpullovers hoch, sodass er ihren Mund und die Nase bedeckte und diese somit gegen die Kälte und den Fahrtwind schützte. Immer noch roch das Kleidungsstück herrlich nach der Blumenseife aus dem Kleiderschrank. Der kleine Ort Blittersbach schlief noch. Sie sah auf ihr Handy. Es war das erste Mal seit Tagen, dass das Gerät wenigstens zwei Balken Empfang anzeigte. Droben am Hof funktionierte es gar nicht. Wie es schien, war der Westerwald auch über zehn Jahre nach der Jahrtausendwende immer noch ein telekommunikatives Entwicklungsland mit nur spärlichem Handyempfang. Die Uhr auf dem verkratzten Display zeigte zehn Minuten nach neun. Sie setzte sich auf die Stufen der Kirchentreppe und wählte die Nummer ihrer Sprachmailbox. Es gab keine neuen Nachrichten. Sicherlich hatten Frankfurt und ihre ehemaligen Freunde sie bereits vergessen. Aus den Augen, aus dem Sinn. Sie stand auf, packte ihr Fahrrad und schob es um die Kirche herum. Auf dieser Seite des Gotteshauses befand sich der örtliche Friedhof. Eine niedrige Mauer aus dunkelgrauen Bruchsteinen umgab das Gelände. Lena lehnte das Rad gegen die Mauer und betrat den Ort der letzten Ruhe. Erneut spürte sie die Kälte des Herbstwindes und zog nun auch die Ärmel des Pullovers über ihre Hände. Sie ging an den Reihen der Gräber entlang und las die Namen auf den Grabsteinen. An einem noch recht frisch wirkenden, schmucklosen Grab ohne Einfassung und Blumen blieb sie stehen. Auf dem schiefen Holzkreuz stand der Name des

Mannes, in dessen Haus sie nun lebten. Sie verweilte einen Moment und glaubte ein Gebet sprechen zu müssen. Das tat man doch so auf einem Friedhof? Oder etwa nicht? Sie wusste noch nicht einmal, ob sie es überhaupt richtig machte. Woher auch. Weder Max noch Marina hatten mit Gott und der Kirche je etwas am Hut gehabt. Und auch Lena glaubte nicht wirklich an das, was die Priester da von der Kanzel predigten. Wenn es wirklich einen Gott da oben im Himmel gab, warum besaß der denn so ein Interesse daran, ihr Zeit ihres Lebens immer alles wegzunehmen und ihr ständig in die Fresse zu treten. Sie betete trotzdem für den alten Mann, der da nun vor ihr in der Erde ruhte. Bestimmt hätte es ihm gefallen.

*

Sie musste nicht lange suchen, bis sie das zweite Grab fand, das sie suchte. „Hier ruht unsere geliebte Tochter Christin Bodenheim", stand da in geschwungener Schrift auf einem fast weißen Stein aus Granit. Geboren am 20. Dezember 1976, gestorben am 01. November 1994. Als Lena das Sterbedatum las, wurde ihr plötzlich schwindlig und speiübel. Ihr Hals zog sich zu und sie bekam kaum noch Luft. Sie würgte und sank auf den Rand der Grabeinfassung. Christin Bodenheim war an dem Tag gestorben, an dem Lena das Licht der Welt erblickt hatte. Der Tag, an dem ihre Mutter starb, war der Tag ihrer Geburt. Es dauerte eine kleine Ewigkeit, bis der Würgereflex nachließ und sie wieder Luft bekam. Dann begann sie zu weinen. Sie heulte hemmungslos, Rotz und Wasser. Sie heulte wegen Christin, wegen Marina und wegen all der Ungerechtigkeit in dieser beschissenen Dreckswelt.

*

Lena wusste nicht, wie lange sie dort an dem Grab hockte. Vielleicht nur für Minuten. Vielleicht auch eine halbe Stunde oder länger. Irgendwann beruhigte sie sich wieder. Sie wischte die Tränen mit den Ärmeln fort und stand auf. In all den Jahren hatte sie sich niemals richtig Gedanken gemacht, was mit ihren Eltern passiert war. Klar hatte sie hin und wieder aus belangloser Neugierde darüber nachgedacht. Aber so richtig eigentlich nie. Jetzt musste sie es wissen. War sie, Lena, am Ende an dem Tod ihrer Mutter schuld. Sie hatte davon gehört, dass es schon mal vorkam, dass Frauen bei der Geburt starben. Dass es Komplikationen gab. War Christin gestorben, damit sie leben konnte? Wer war dann ihr Vater? Auf dem Grabstein stand Christins Mädchenname Bodenheim. Sie war also allem Anschein nach nicht verheiratet gewesen. Lena starrte wieder auf die Jahreszahlen und begann zu rechnen. Siebzehn. Sie war siebzehn gewesen, fast achtzehn. Nur ein Jahr älter als Lena jetzt. Vielleicht lebte der Mann noch, von dem Christin schwanger geworden war? Sie musste das herausfinden. Die Frage war, wie sie das anstellen sollte. Langsam ging sie durch die Reihen der Gräber zurück zu ihrem Fahrrad und überlegte. Sie würde jemanden fragen müssen. Christins Tod war noch keine siebzehn Jahre her. Die Leute würden sich noch daran erinnern.

Aber wie sollte sie das anstellen? Einfach jemanden auf der Straße anquatschen, war nicht gerade Lenas Stärke. Der erste Kontakt zu Menschen fiel ihr schwer. Sie empfand es immer schon als wesentlich einfacher, wenn andere auf sie zukamen. Bereits in der Grundschule hatte sie immer gewartet, bis die anderen Kinder sie ansprachen. Oft genug tat sie dies auch vergeblich und war dann lieber für sich allein geblieben. Beim Anblick der Kirche kam ihr eine Idee. Der Pastor. Sie würde einfach den Pastor fragen. Der musste doch alles wissen, was in der Gemeinde vor sich ging. Außerdem hatte sie einmal gehört, dass Priester über das, was man ihnen anvertraute, nicht reden durften. Sie ging an ihrem Fahrrad vorbei auf die Kirche zu. Vor der untersten Stufe holte sie tief Luft, nahm all ihren Mut zusammen und schritt dann mit erhobenem Haupt die Treppe empor. Sie drückte den Knauf der schweren schwarzen Eisentür, doch nichts geschah. Sie rüttelte an der Tür. Sie war verschlossen. Vielleicht gab es einen weiteren Eingang. Lena lief um die Kirche herum und fand eine Tür an der Rückseite, direkt am Turm. Aber auch diese war verschlossen. Die Uhr ihres Handys stand mittlerweile auf kurz vor elf. Ihr Magen knurrte. Die letzte Mahlzeit war gestern am frühen Abend gewesen. Max war vorgestern hier im Ort bei einem Bäcker gewesen, um Brot zu kaufen. Den kleinen Laden, direkt neben der Kneipe, hatte sie bereits am ersten Tag aus dem Taxi heraus kurz gesehen. Es dauerte keine zwei Minuten, bis sie die kleine Backstube wiederfand. Sie tastete über die vordere rechte Tasche der von Christin geerbten schwarzen Jeans und fühlte durch den Stoff das 2-Euro-Stück, das sie am Morgen eingesteckt hatte. Dann betrat sie den Laden. Es roch wunderbar nach frischem Brot, süßem Gebäck und irgendwie auch nach Kaffee. Hinter der Verkaufstheke stand eine Frau mit langen blonden Haaren und drehte ihr den Rücken zu. Sie hantierte an einer dieser großen modernen Kaffeemaschinen herum, aus der sich gerade mit einem lauten Zischen frischer Kaffee in eine Tasse ergoss. Rechts neben der Eingangstür standen zwei Handwerker in schwarzroten Overalls und Jacken in gelber Signalfarbe an einem Stehtisch. Die beiden unterhielten sich angeregt und schienen Lena gar nicht zu bemerken. Sie betrachtete in aller Ruhe das Gebäck in der Auslage und entschied sich, für ihr Geld zwei Wecken zum Preis von je 95 Cent zu kaufen. Endlich drehte die Bedienung sich um. In ihrer Hand eine große Tasse mit dem dampfenden Kaffee. Sie lächelte und wirkte äußerst sympathisch. Dann entdeckte sie Lena. Das eben noch so freundliche Gesicht wandelte sich zu einer entsetzten Fratze. Die Frau taumelte zurück und stieß einen kurzen Schrei aus. Mit einem lauten Scheppern schlug die Kaffeetasse auf den gefliesten Fußboden und zerbarst in tausend Stücke. Die Verkäuferin verdrehte die Augen und kippte dann zur Seite. Wie ein Sack Mehl schlug sie der Länge nach hin. Lenas Herz raste. Einer der beiden Arbeiter eilte der Frau zu Hilfe, der andere sah verstört zu Lena herüber, die bereits bis zur Ladentür zurückgewichen war. „Ich hab nichts gemacht", flüsterte sie mehrmals und hob abwehrend die Hände. Ein älterer Mann kam aus einer Tür im hinteren Ladenteil herausgestürmt. Er trug eine weiße Schürze und auf dem Kopf eine ebenfalls weiße

Mütze. Sofort ließ er sich neben der Frau auf dem Boden nieder und hob ihren Kopf an. Hilfe suchend sah er sich um. Als er Lena erblickte, schaute auch er ungläubig. „Raus mit dir", schrie er sie plötzlich an. „Hau bloß ab. Geh zum Teufel, wo du hingehörst." Lena ließ sich das nicht zweimal sagen. Sie stürmte aus dem Ladenlokal hinaus auf die Straße und rannte. Sie rannte wie noch nie in ihrem Leben. Durch die Gassen an der Kirche vorbei und hinaus aus dem Dorf. Erst auf dem kleinen geteerten Wirtschaftsweg, der zum Hof hinaufführt, weit hinter den letzten Häusern, wurde sie langsamer. Ihr Fahrrad. Sie hatte ihr Fahrrad vergessen. Es stand noch immer im Radständer vor der Backstube. Sollte sie zurücklaufen und es holen? Nein, besser nicht! Was war nur passiert? Was war mit dieser Frau los gewesen? Sie verstand die Welt nicht mehr. Hatte sie irgendetwas getan? Etwas falsch gemacht? Langsam ging sie den Berg hinauf zum Hof. Vor dem Haus stand der alte Mercedes. Max war damit beschäftigt, die Pakete mit dem Laminatboden ins Haus zu tragen. Ohne dass er sie sah, schlich sie ins Haus, durch den Flur, die Treppe hinauf in Christins Zimmer. Dort ließ sie sich auf das Bett fallen und begann erneut zu heulen. Lena verstand die Welt nicht mehr. Und wie es schien, verstand die Welt auch Lena nicht. Das hatte sie noch nie.

*

Als sie die Augen aufschlug, saß Max neben ihr und strich ihr sachte über das Haar. Sie war wohl eingeschlafen. „Hier steckst du", flüsterte er. „Ich hab dich schon gesucht." Lena sah zum Fenster. Draußen war es noch immer hell. Auf dem Fensterbrett saß Mohrle und betrachtete sie aufmerksam mit seinen zu feinen Schlitzen verengten Katzenaugen. „Sorry", hauchte sie Max zu, nahm seine Hand und drückte sie auf ihre Wange. „Ich muss wohl eingeschlafen sein." Er lachte auf. „Ja, sieht ganz so aus." „Wie spät is es denn?", fragte sie, gähnte noch einmal und richtete sich dann auf. „Gleich vier. Und unten wartet Besuch auf dich." „Besuch?" Lena war schlagartig hellwach. Wer sollte sie hier besuchen? Sie kannte doch niemanden. „Aus Frankfurt?", fragte sie ungläubig. Max schüttelte den Kopf. „Nein, die Frau ist von hier. Sie hat dir dein Fahrrad zurückgebracht, das du im Ort hast stehen lassen. Sie wartet auf dich in der Küche." Mit einem Satz war Lena aus dem Bett.

Eilig lief sie die Treppe herunter, hielt aber kurz vor der Küchentür inne und wartete, bis Max hinter ihr war. Langsam öffnete sie die Tür. In dem Raum roch es noch immer nach Farbe. Die Wände hatten sie erst am Vortag in einem sanften Himmelblau frisch gestrichen. Der Farbton passte herrlich zu den alten Fußbodenkacheln und den blau gebeizten Kiefernmöbeln aus ihrer alten Frankfurter Wohnung. Am Küchentisch, auf der Eckbank vor dem Fenster, saß die blonde Verkäuferin aus der Bäckerei. Ihre Augen waren gerötet und es schien, als habe die Frau geweint. Der Tisch selbst war hübsch gedeckt, wie zu einem Kaffeekränzchen. „Hallo Lena", sagte die Frau und stand auf. Lena nickte ihr vorsichtig zu und hauchte etwas, das eigentlich „Guten Tag" heißen sollte, von dem sie aber das meiste verschluckte. Die Blonde trat auf sie zu und streckte ihr die Hand entgegen. „Ich bin Anne", sagte sie. „Ich wollte mich bei dir entschuldigen. Ich glaube, es gab da ein Missverständnis." Sie lächelte nun. Lena wusste nicht, was sie sagen sollte und auch Anne schien nach Worten zu suchen. „Ach übrigens", sagte sie plötzlich und deutete auf den Tisch. „Ich soll mich auch noch im Namen meines Vaters entschuldigen. Er hat dich wohl ziemlich blöde angeranzt. Es tut ihm fürchterlich leid und er hat mir deshalb für euch ein Paar seiner Leckereien eingepackt. Sozusagen als Wiedergutmachung für sein rüdes Auftreten." Wieder schwiegen sie sich an. Lena verstand noch immer nicht, was das Ganze hier und am Mittag drunten im Dorf zu bedeuten hatte. Max schien ihre Gedanken zu kennen. Er packte Lena bei den Schultern und schob sie zu einem der Stühle. „Nu setzt euch erst mal hin. Ich schau mal, ob der Kaffee durch ist. Und Anne erklärt dir, warum sie sich so erschrocken hat." Wie es schien, wusste Max bereits, was geschehen war. Vermutlich hatte er vorhin, als Lena noch schlief, bereits mit der Blondine gesprochen. Lena und auch Anne setzten sich hin. „Ja, Lena, dein Vater hat es schon gesagt. Ich habe mich mächtig erschrocken, als du heute Morgen plötzlich im Laden gestanden bist." Sie sah nun auf die Tischplatte und drehte nervös die leere Kaffeetasse hin und her. „Weißt du, das klingt jetzt vielleicht etwas verrückt", fuhr sie zögernd fort. „Aber als du da so standest, in dem roten Pullover und der schwarzen Jeans, da hab ich geglaubt, du wärest jemand anderes." Lena verstand auf Anhieb, was Anne ihr sagen wollte. Sie schluckte den Kloß in ihrem Hals herunter und sagte dann leise. „Du hast geglaubt, ich sei Christin." Anne nickte, ohne sie anzusehen. Lena sah, wie Tränen über die Wangen der hübschen Frau liefen, sich am Kinn sammelten und dann auf den Tisch tropften. Sie griff spontan nach Annes Händen. Erst wollte diese zurückzucken, packte aber dann doch die Hände des Mädchens und drückte sie fest. „Sehe ich ihr denn wirklich so ähnlich?", fragte Lena ungläubig und musste an sich halten, um nicht gleich mitzuheulen. Anne blickte auf und sah ihr nun in die Augen. „Du bist ihr Ebenbild." Dann ließ sie Lenas Hände los, setzte sich aufrecht hin und griff in eine Tasche, die sie neben sich auf der Bank liegen hatte. Zum Vorschein kam ein dickes Fotoalbum mit einem kitschigen Blumenmuster auf dem Umschlag. Anne schlug es auf und blätterte darin. Als sie das, was sie suchte, gefunden hatte, reichte sie es ihr hinüber und deutete auf eines der Fotos. Darauf war Christin zu sehen. Sie saß auf einer Bank vor der Bäckerei. Neben ihr ein blondes Mädchen im gleichen Alter. Christin trug den roten Strickpulli, dazu eine schwarze Jeans. Ihre langen roten Locken fielen gleichmäßig über ihre schmalen Schultern. „Das gibt's ja nicht", schnaufte Max, der über Lenas Schulter hinweg ebenfalls das Bild betrachtete. Lena verstand jetzt, warum Anne sich erschrocken hatte. „Die andere bist du?" Anne nickte wieder, sie lächelte jetzt. „Das war im Mai 1994. An dem Tag hat sie mir erzählt, dass sie schwanger war."

Dann sind wir also alle drei auf dem Foto?" Anne nickte. „Ja, das sind wir wohl."

*

Als Anne zwei Stunden später zu Fuß den Hof verlassen wollte, war es bereits dunkel. Max bestand darauf, sie mit dem Wagen nach Hause zu bringen. Lena waren die Blicke von Max nicht verborgen geblieben. Wie es schien, interessierte er sich das erste Mal seit Marinas Tod für eine andere Frau. Und Lena fand es toll. Sie freute sich für ihn. Und Anne war wirklich nett.

*

Als die beiden fortfuhren, stand sie auf dem Hof und winkte ihnen hinterher. Dann ging sie zurück in die warme Küche. Sie legte im Ofen Holz nach, setzte sich wieder an den Tisch und blätterte noch einmal durch das Fotoalbum, das die junge Frau ihr daließ. Anne hatte ihr viel über Christin erzählt. Sie war an den Folgen eines Autounfalls gestorben. Es war in der Nacht zum 1. November geschehen. Die Mädchen waren abends auf einer Feier im Nachbarort gewesen. Auf dem Weg nach Hause war Christin von einem Auto erfasst worden. Der Fahrer, vermutlich ein Betrunkener, hatte sie einfach über den Haufen gefahren und war mit Vollgas davongebraust. Christin war zu diesem Zeitpunkt bereits im siebten Monat gewesen. Die Ärzte konnten nichts mehr für sie tun. Sie war noch im Hubschrauber auf dem Weg ins Krankenhaus verstorben. Nur das Baby, wenn auch noch sehr klein und schwach, hatte wie durch ein Wunder überlebt. Das Schwein, das Christin auf dem Gewissen hatte, war nie gefasst worden. Das Geheimnis, wer der Vater ihrer Tochter war, nahm sie mit ins Grab. Noch nicht einmal ihrer besten Freundin Anne wollte sie den Namen verraten. Anne vermutete, dass es wohl ein verheirateter Mann gewesen war und Christin deshalb niemandem etwas davon erzählt hatte. Und Lena vermutete, nein, sie war sich sicher, dass Anne sie in diesem Fall anlog.

*

Lena schlief sehr schlecht in dieser Nacht. Wobei schlecht so viel bedeutete wie überhaupt nicht. Zwar war sie mehrmals kurz davor einzudösen, schreckte aber dann immer wieder auf. Mal war es der Wind und das damit verbundene Klappern der Dachschindeln. Mal eine plötzliche Bewegung von Max, mit dem sie sich nun in der siebten Nacht das große Ausziehsofa teilte. Am Abend war es Max gelungen, den Fernseher zum Laufen zu bringen. Er stand auf einer kleinen Kommode in der gegenüberliegenden Ecke des Wohnraums. Oben drauf der Satellitenreceiver mit der eingebauten Uhr aus rot leuchtenden Digitalanzeigen. Lena beobachtete, wie die Uhr die Minute zählte. So eine Minute war ganz schön lang. Sie dachte an Anne, die nach ihren eigenen Erzählungen angeblich die beste Freundin von Christin gewesen war und musste feststellen, dass sie selbst so etwas wie eine beste Freundin gar nicht besaß. Immer wieder stellte sie sich in dieser Nacht die Szene vor, wie die beiden Mädchen in der Dunkelheit auf dem Heimweg gewesen waren und Christin dann von dem fremden Wagen erfasst worden war. Anne war ihr schon sympathisch. Trotzdem glaubte Lena, dass die junge Frau sie in manchen Sachen angelogen hatte. Sie war davon überzeugt, dass Anne genau wusste, wer Lenas Erzeuger war. Vielleicht schützte sie ihn. Vielleicht war der Mann wirklich verheiratet und seine Frau durfte von dem außerehelichen Verhältnis und den Folgen daraus nichts wissen. Und wenn? Max brachte Lena seit jeher bei, dass wenn man Scheiße baut, man auch dafür geradestehen muss. Alles andere ist charakterlos und schäbig. Als sie im letzten Jahr beim Klauen in einem Supermarkt erwischt worden war, hatte sie auch dazu gestanden. Sie gab bei dem Jugendrichter alles zu und leistete die paar Sozialstunden ohne Murren in einem Altenpflegeheim ab.

Irgendwann würde Lena herausfinden, wer Christin geschwängert hatte. Alles kam irgendwann im Laufe der Zeit einmal heraus. Doch der Mann, von dem ihre Mutter schwanger geworden war, würde nie ihr Vater sein. Das war Max und er würde das auch immer bleiben.

*

Kurz vor Mitternacht entschied sie sich noch einmal aufzustehen, um sich ein Glas Wasser zu holen. Vorsichtig kletterte sie über Max und schlurfte hinüber in die Küche. Es war noch immer schön warm in dem Raum. Der urige alte Holzofen strahlte eine sehr angenehme Wärme ab. Früher hatte sie immer geglaubt, dass Wärme und Kälte nur physikalisch messbare Werte waren. Wenn ihr in Frankfurt in der alten Wohnung zu kalt gewesen war, musste sie einfach nur am Thermostat der Heizung drehen. Das war hier nicht so einfach, da es keine Heizung mit einem Drehknopf gab. Dafür gab es in fast jedem Raum einen Ofen, den man mit Holz oder Briketts befeuern musste. Dies war zwar mühsam, doch dafür wurde man auch mit einer anderen Wärme belohnt. Der Unterschied war sicherlich nicht messbar, aber er war da. Lena konnte noch nicht einmal sagen, was anders war. Vielleicht der Geruch, die Luftfeuchte, das Knacken der Holzscheite. Sie hatte keine Ahnung. Sie schaltete das Licht ein, nahm ein Glas aus dem Schrank und drehte den Wasserhahn auf. Noch ein Unterschied zu Frankfurt. Hier im Westerwald schmeckte das Leitungswasser ganz anders und hatte auch nicht diese weißliche Verfärbung, die erst nach einigen Minuten verschwand. Max meinte, das läge am Kalkgehalt. Lena war es egal, woran es lag. Hauptsache, es war besser. Ein leises Mauzen war zu hören. Sie blickte zur Tür, die einen Spalt offenstand. Vorsichtig schob Mohrle sich in die Küche. Der Kater, mittlerweile war sich Lena sicher, dass es einer war, marschierte mit hocherhobenem Haupt zur Eckbank, sprang hinauf und mit einem weiteren Satz dann direkt bis auf den Küchentisch. Dort beschnüffelte er neugierig das kleine Kännchen mit der Milch für den Kaffee, das noch von Annes Besuch am Nachmittag dort stand. Lena reagierte sofort. Sie nahm eine kleine Dessertschale aus dem Schrank, stellte sie neben Mohrle auf den Tisch und goss den Inhalt des Kännchens hinein. Der Kater schien zufrieden und machte sich sogleich über die Milch her. Dann setzte sie sich auf die Bank und sah dem Tier interessiert zu. Es war das erste Mal im Leben, dass sie einer Katze dabei zusah, wie diese ihre Milch trank. Vorsichtig streichelte sie Mohrle über den Rücken. Es schien ihn weder zu stören noch ihm zu gefallen. Das Interesse des Tieres galt ganz und gar der kleinen Schüssel Milch. Doch plötzlich schnellte der Kopf des Katers empor und ein böses Fauchen erklang. Erschrocken zuckte Lena zurück. Sie sah, wie das eben noch glatte schwarze Fell des Tieres sich am Rücken aufstellte. Die Augen funkelten gefährlich in Richtung des Fensters seitlich von Lena. Reflexartig sah sie in die gleiche Richtung wie das Tier und glaubte im Augenwinkel noch ein Gesicht zu sehen, das gerade in der Dunkelheit verschwand. Sie schrie erschrocken auf. Mohrle machte einen Satz an ihr vorbei auf die Fensterbank, während Lena aufsprang. Dabei kippte ihr Stuhl nach hinten und fiel polternd zu Boden. Ihre Augen hingen an Mohrle, der geduckt an der Scheibe saß und hinaus in die Dunkelheit starrte. Es dauerte nur Sekunden, bis die Tür aufflog und Max mit zerzausten Haaren hineinstürmte. „Da war jemand", stammelte sie und zeigte zitternd auf das Fenster. Max ging ohne ein Wort zu sagen mit ernster Miene zum Fenster und stierte hinaus auf den Hof. „Bist du sicher?", fragte er nach einigen Sekunden und drehte sich wieder zu ihr um. Zuerst nickte sie, dann hob sie die Schultern. „Weiß auch nicht, aber da war etwas." Max sah noch einmal hinaus. „Vielleicht war es ein Tier?" Lena hob erneut die Schultern. Vermutlich hatte Max recht und Mohrle witterte irgendein anderes Tier, das sich draußen herumtrieb. Bestimmt ein anderer Kater oder vielleicht ein Waschbär. Von denen hatte Anne nachmittags erzählt. Die aus Amerika stammenden kleinen Bären hatten im Westerwald, wie in vielen Teilen Deutschlands, eine neue Heimat gefunden und vermehrten sich hier rasend schnell. Die Viecher seien schon zu einer richtigen Plage geworden. Lena ging langsam zum Fenster und sah nun auch hinaus. Gegenüber, direkt über dem First der Scheune, stand hell ein riesiger Vollmond und tauchte den vorderen Teil des Hofes in ein merkwürdiges diffuses Licht. Deutlich konnte sie den großen Mercedes erkennen, der vor dem Haus parkte und auf dessen Dach sich der Mond noch einmal spiegelte. Mohrle, der noch immer vor ihr hockte, schnurrte zufrieden. Dann sprang er mit zwei Sätzen zurück auf den Tisch und schlabberte, als wäre nichts geschehen, weiter seine Milch. „Tja, was immer da war, es scheint nun weg zu sein", meinte Max, legte seinen Arm um ihre Schultern und zog sie vorsichtig mit sich. „Komm Lena, lass uns schlafen gehen." Sie folgte ihm. Als Max das Licht im Raum löschte, sah sie noch einmal kurz zurück. Der Mond schien nun durch das Fenster und vom Tisch her leuchteten wie zwei gelbe Punkte Mohrles Augen in der Dunkelheit.

Die Gestalt, die sich draußen neben dem Fenster an die Hauswand drückte, bemerkte sie nicht.

Kapitel 3

Der 8. Tag

Als Lena wach wurde, schien bereits die Sonne durch das kleine Fenster des Wohnraums. Max war nicht da, sein Schlafsack lag zusammengeknüllt auf dem Fußboden. Aus der Küche nebenan hörte sie das Geklapper von Geschirr. Sie blieb noch einen Moment liegen und schloss die Augen. Die Uhr am Receiver fiel ihr ein. Blinzelnd warf sie einen Blick darauf. Es war bereits zwanzig nach zehn. Langsam und schwerfällig erhob sie sich, reckte sich und schlurfte hinüber in die Küche. Bereits im Flur roch sie den gebratenen Speck. Als sie die Küche betrat, stand Max am Herd und schlug gerade ein Ei in die Pfanne. „Guten Morgen, mein Sonnenschein", flötete er heiter, als er sie bemerkte. „Morgen is gut", nuschelte sie noch immer müde und ließ sich auf die Bank hinter dem Tisch nieder. „Ist ja gleich schon Mittag." Sie sah sich im Raum um. Von Mohrle war nichts zu sehen. Vermutlich hatte der Kater sich wieder in irgendeinen Winkel des großen Hauses verkrochen. Lena hatte keine Ahnung, wie, ob und wenn überhaupt, wo das schlaue Tier aus dem Haus hinaus-, beziehungsweise wie es wieder hineinkam. „Ich muss irgendetwas tun", sagte sie mehr zu sich selbst, als Max ihr eine Tasse Kaffee hinschob. Er sah sie mit großen Augen an. „Wie meinst du das?" Sie zuckte mit den

Schultern. „So wie ich es sage. Ich muss mir etwas überlegen, was ich mal machen will. Ich kann ja schlecht nur hier herumlungern und nichts machen. Jeder Mensch muss doch irgendetwas tun?" Max hob die Augenbrauen. „Sieh mal einer an. Sind ja ganz neue Töne! In welche Richtung überlegst du? Ehrliche Arbeit? Eine Lehre? Wieder zur Schule? Oder Bankraub?" Lena verdrehte die Augen. „Keine Ahnung. So weit bin ich noch nicht. Aber ich mein das ernst." Max wand sich grinsend ab, ging wieder zum Herd und begann erneut in der Pfanne mit dem brutzelnden Ei herumzukratzen.

Lena hatte ihre Schule im Sommer nach der zehnten Klasse beendet. Sie besaß die mittlere Reife, wie man das so schön nannte. Eigentlich hatte sie sich dann einen Job suchen wollen, um etwas zum Haushalt beitragen zu können. Leider war das Ganze schwieriger gewesen, als sie dachte und daher irgendwie gescheitert. Mit dem Erbe und den zweitausend Euro Taschengeld im Rücken, konnte sie es sich jetzt aber wieder leisten, in die Schule zu gehen. Sie würde sich den nächsten Schritt reiflich überlegen, das stand fest.

*

Nach dem Frühstück half sie Max dabei, dessen neues Zimmer zu renovieren. Das kombinierte Schlaf- und Arbeitszimmer des Drehbuchautors, der kurz vor seinem Comeback stand, war der dritte Raum, nach Küche und Wohnraum, den sie sich gemeinsam vornahmen. Er lag in der oberen Etage direkt neben dem ehemaligen Zimmer von Christin. Es machte Spaß zu sehen, wie die alten Räume langsam und immer mehr in neuem Glanz erstrahlten. Vielleicht sollte sie einen handwerklichen Beruf erlernen. Einen Gedanken war es wert.

*

Es war schon gegen Nachmittag, als sie die Schmierereien draußen an der Hauswand entdeckte. Sie und Max wollten nur eben schnell in den nächsten Baumarkt fahren. Dieser lag in dem gut zwanzig Kilometer entfernten, kleinen Städtchen Altenkirchen. Sie saßen bereits im Wagen, als Lena noch einmal zum Haus zurücksah. Sie erschrak bei dem Anblick des Zeichens. Irgendwer hatte mit roter Farbe in das Fachwerk direkt über der Haustür einen fünfzackigen Stern mit einem Kreis drum herumgemalt. Das Gebilde war noch nicht einmal groß. Im Durchmesser vielleicht so wie ein Fußball. „Ach Scheiße, was ist denn das für eine Schweinerei", fluchte Max, der Lenas Reaktion bemerkte und ihrem entsetzten Blick folgte. Er schlug wütend auf das Lenkrad und stieg dann aus dem Auto, um sich das Grafiti aus der Nähe anzusehen. Lena schnallte sich ebenfalls ab und stieg aus. Sofort musste sie wieder an die Ereignisse der letzten Nacht denken. Also war da doch jemand auf dem Hof gewesen. Max stand auf Zehenspitzen im Türstock und streckte eine Hand in die Höhe. Es fehlte gut und gern noch ein halber Meter bis zu dem

Geschmiere. „Verflucht, wie sind die da drangekommen", schimpfte er und ließ den Arm wieder sinken. Lena blickte sich um. An der Außenwand des ehemaligen Kuhstalls, keine fünf Meter entfernt, lehnte eine alte Holzleiter. „Vermutlich hat er oder sie die da benutzt", sagte sie nur und zeigte darauf. Sofort stapfte Max zum Kuhstall und untersuchte die Leiter. Lena trat hinter ihn und sah, wie ihr Adoptivvater über eine der Sprossen strich, dann eine rote Schmiere zwischen den Fingern rieb und schließlich daran roch. Missmutig verzog er das Gesicht. „Das ist keine Farbe. Vermutlich ist das Blut." Lena war entsetzt. „Ey, wer schmiert uns denn mit Blut einen Judenstern über die Tür?", ereiferte sie sich. Max schüttelte sarkastisch lachend den Kopf. „Nee Lena. Das ist kein Judenstern. Das ist ein Pentagramm." Lena verstand nicht und besah sich das Geschmiere erneut. „Wo ist denn der Unterschied?" Max hob einen kleinen Ast auf und begann damit ein Dreieck in den Kies zu malen. „Der jüdische Stern, also der ursprüngliche Davidstern, besteht aus zwei Dreiecken und hat somit sechs Zacken", erklärte er und malte ein zweites Dreieck versetzt über das erste. „Ein Pentagramm dagegen hat nur fünf Zacken und besteht aus einer einzigen Linie." Lena beobachtete, wie er ohne einmal abzusetzen den fünfzackigen Stern in den feinen Kies malte. „Und was bedeutet es genau?" Max stöhnte. „Puh, das kann ich dir so genau auch nicht sagen. Aber ich glaub, das hat was mit schwarzer Magie oder etwas Okkultem zu tun." Lena trat einen Stein fort und fluchte: „Blöd, dass unser Internet noch nicht funktioniert. Da hätte man so etwas mal nachlesen können." Max lachte. „Ja, du hast recht, es wird Zeit, dass wir wieder Verbindung mit der Außenwelt bekommen. So ganz ohne Telefon und Internet ist schon doof. Und wer weiß, vielleicht gibt es sogar schon jede Menge Anfragen nach neuen Drehbüchern per E-Mail, von denen ich noch nichts weiß." Sie gingen zurück zum Wagen. Obwohl Max nicht mehr über das Pentagramm, wie er den Stern genannt hatte, sprach, so merkte Lena doch, dass dieser ihren Adoptivvater weit mehr beschäftigte, als er es sich anmerken lassen wollte.

*

Als sie den Weg hinunter zum Dorf fuhren, kam ihnen eine Frau mit langen grauen Haaren entgegen. Lena schätzte sie auf um die fünfzig. In der Armbeuge trug sie einen Korb mit einem Tuch drüber. Die Frau lächelte, winkte ihnen freundlich zu und ging unbeirrt weiter. Lena drehte sich um und sah ihr durch die Heckscheibe nach. „Meinst du, die wollte zu uns?", fragte sie Max, der unbeirrt weiterfuhr. „Wie kommst du darauf?" Lena verdrehte die Augen und tippte ihm ganz sachte an die Schläfe. „Hallo, jemand zu Hause? Außer uns beiden wohnt da oben keiner." Max musste lachen. „Wenn sie zu uns wollte, hätte sie uns sicherlich angehalten und uns nicht noch freundlich gewunken. Außerdem hab ich hier schon etliche Leute gesehen die über den Weg hinauf in den Wald spazieren gehen." Lena war mit der Antwort zufrieden. Trotzdem sah sie noch einmal nach hinten. Die Grauhaarige war bereits hinter der letzten Kurve verschwunden.

*

Die Kreisstadt Altenkirchen war nicht sonderlich groß. Im Vergleich zu Frankfurt war sie praktisch ein Dorf. Aber es gab hier alles, was die Menschen brauchten. Mehrere Supermärkte, Autohäuser, Möbelhäuser, einen Baumarkt, diverse Banken und sogar eine Filiale der amerikanischen Hamburgerkette mit dem großen M. Sie parkten in einem Parkhaus in der Nähe der Kreissparkasse, direkt in der Innenstadt. Mit Freude musste sie feststellen, dass ihr Konto bei dem Kreditinstitut einen fünfstelligen Guthabenbetrag aufwies. Großvaters Anwalt hatte Wort gehalten und ihr eine einmalige Summe aus dem Vermögen des alten Mannes ausgezahlt. Endlich konnten sie alle ihre Schulden bezahlen und mit dem Rest noch ein wenig renovieren. Während sie den Kontoauszug immer und immer wieder überflog, tropften Tränen von ihren Wangen auf das Papier. Sie war reich. Wie um Himmels willen sollte sie dem alten Mann, der nun auf dem Friedhof lag, das jemals danken? „Wir müssen Blumen und eine Kerze für Opa Karls Grab kaufen", sagte sie entschlossen zu Max, der ihr über die Schultern sah, sie mit großen Augen anblickte und dann erneut zu lachen begann. „Meinst du, der alte Geizkragen hätte gewollt, dass du sein sauer gespartes Geld für Blumen verpulverst?" Sie zuckte mit den Schultern und überlegte. „Wir kaufen welche, die man einpflanzen muss. Die halten länger. Das würde ihm sicherlich gefallen."

*

Bevor sie zurück zum Auto gingen, schlenderten sie noch durch die Innenstadt. Das Städtchen gefiel Lena immer besser und erinnerte sie irgendwie an die kleineren Vororte rund um Frankfurt. In einer Buchhandlung kaufte sie zwei Bücher. Ein Heimatbuch über die Region rund um Altenkirchen mit vielen Landkarten und Bildern. Und eines über Okkultismus und Hexerei. Max stöhnte beim Anblick des Buches. „Ach Schatz, das ist jetzt aber nicht dein Ernst?" Sie grinste nur frech und zahlte mit ihrem eigenen Geld.

Während Max in dem Baumarkt das nötige Material für ihre Kleinbaustelle zusammensuchte, ließ sie sich von einer netten Verkäuferin in der Gartenabteilung des Marktes ausgiebig beraten. Die dunkelhaarige Frau mittleren Alters war wirklich nett und erklärte Lena alles ganz genau. Ob sie sich die blöden Namen der Blumen und kleinen Sträucher jemals merken könnte, stand aber auf einem anderen Blatt. Egal, es würde schon werden. Nach dem Gespräch war ihr Einkaufswagen dann wirklich randvoll mit Grünzeug und Blumenerde. Dem entsetzten Blick von Max nach zu urteilen, der sie an der Kasse traf, sicherlich zu voll. Es musste ja aber auch für zwei Gräber reichen.

*

Als sie zurück zum Hof kamen, war es bereits dunkel. Sie schleppten ihre Einkäufe, bis auf die Utensilien für die Grabpflege, ins Haus. Ihr Blick fiel wieder auf das Pentagramm über der Haustür. Während Max sich um das Feuer im Herd kümmerte, überlegte Lena, welche der Dosen aus dem Konservenschrank sie heute zum Abendessen machen konnte. Kochen war nicht wirklich ihr Ding. Eine Ausbildung zur Köchin schied von vorneherein aus. Das einzige Küchenwerkzeug, das sie perfekt bedienen konnte, war der Dosenöffner. Eigentlich hatte sie sich schon für eine Dose Ravioli entschieden, als sie es sich noch einmal anders überlegte. Sie stellte die Ravioli zurück in den Schrank und blickte zu Max, der stolz das Feuer in dem alten Küchenherd betrachtete und leise mit sich selbst sprach. „Na, wer sagt's denn. Geht doch immer besser." „Du, Max?" Er fuhr herum. „Was hältst du davon, wenn ich dich zum Essen einlade?" Seine Augen wurden groß. Er schien belustigt. „Du mich?", fragte er dann verwundert. „Klar. Ich dich", sagte sie gespielt empört. „Wir machen uns jetzt schick, fahren runter ins Dorf und schauen uns das Restaurant mal genauer an." Max grinste. „Super Idee." Zehn Minuten später fuhren sie zum zweiten Mal an diesem Tag den Weg in das kleine Dorf hinunter. Zuerst hatte Lena überlegt sich noch umzuziehen. Ihre eigenen Klamotten anzuziehen. Sie entschloss sich aber dann doch, den roten Strickpulli und die schwarze Hose von Christin anzulassen. Mittlerweile wussten die Leute bestimmt eh, wer sie war und ein Vorfall wie gestern in der Bäckerei würde sich sicherlich nicht wiederholen.

*

Max parkte den alten Mercedes direkt vor der Tür der Gaststube. Als sie den Schankraum betraten, schlug ihnen dicker Zigarettenqualm entgegen. An der Theke saßen fünf Männer älteren Baujahres. Sofort als sie Lena und Max bemerkten, verstummten die Gespräche. Bohrende Blicke trafen Lena. Sie registrierte, wie die alten Kerle sie begafften und taxierten. An einem Tisch direkt neben der Tür hockte eine Gruppe von acht Jungs. Sie alle trugen die gleichen rot-weißen Trainingsanzüge und waren, der Aufschrift auf dem Rückenteil der Jacken nach, Mitglieder des örtlichen Fußballvereins. Auch die Burschen, die ungefähr in Lenas Alter waren, stellten ihr Gespräch ein und glotzten blöde. Lena grüßte freundlich mit einem Nicken und einem sehr leisen „guten Abend." Am Tisch der Jungs erklang ein mehrstimmiges Gemurmel, aus dem sie Laute wie: „guten" und „Abend" vernahm. Die Alten sagten nichts. Sie drehten sich einfach um und quasselten weiter. Max steuerte einen Tisch in der hintersten Ecke an und setzte sich hin. Lena wählte ihren Platz so, dass sie mit dem Rücken an der Wand saß und das ganze Lokal einsehen konnte. Noch immer schielten die Jungs kurz zu ihr hinüber, wandten sich aber, wenn sie Lenas Blick bemerkten, sofort wieder ab und tuschelten dann miteinander. Nur einer von ihnen, ein großer mit schwarzen schulterlangen Haaren, beobachtete sie ganz unverblümt. Er lächelte und schien an dem Geflüster und Gekicher seiner Kumpels nicht interessiert. Ihre Blicke trafen sich für einige Sekunden, bis die Bedienung, die nun unmittelbar vor dem Tisch stand, ihr die Sicht nahm. Das Mädchen war freundlich und genau wie die Fußballer ungefähr in Lenas Alter. „Hey, ich bin Diana, was kann ich euch denn bringen?" Diana war ausgesprochen hübsch. Sie besaß lange blonde Haare und ihre enge Bluse und die Bluejeans ließen eine tolle Figur erahnen. Ihr Gesicht war, soweit Lena das erkennen konnte, nicht geschminkt. Das schien sie auch nicht sonderlich nötig zu haben. „Wir hätten gerne die Karte und etwas zu trinken." „Für mich ne Cola", quatschte Max dazwischen. Diana sah zu Lena. „Mir auch ne Cola." „Kommt sofort." Das Mädchen drehte sich um, ging zur Theke und kam mit zwei kleinen Ledermappen zurück, die sie ihnen reichte. Auf dem Rückweg hinter die Theke blieb sie kurz bei dem Tisch der Jungs stehen. „Darf's für euch noch was sein?" Die Jungs grölten und hoben ihre leeren Biergläser. Einer, ein blonder mit lustigem Igelhaarschnitt, hob ebenfalls sein Glas in die Höhe. Mit der anderen freien Hand packte er um Dianas Hüften und zog sie laut lallend zu sich. „Für mich dürfte es ruhig auch noch was anderes sein." Dann ging alles sehr schnell. Mit einer geschickten Drehung entwand sich Diana dem Griff und schlug dem Typen mit der flachen Hand auf die Wange. Dem lauten Klatschen nach zu urteilen hatte der Schlag richtig gesessen. Vor Schreck ließ der

Blonde das Glas aus der Hand fallen. Klirrend fiel es zu Boden und zerbarst in tausend Teile. Sofort packte Diana den Kerl an seinen kurzen Haaren, riss den Kopf nach hinten und hielt ihm ihre ausgestreckte Handfläche vor das Gesicht. „Letzte Warnung, Basti! Pack mich noch einmal an und es knallt richtig." Sie stieß ihn wütend weg, stapfte zur Theke, holte ein Kehrblech samt Handfeger und reichte es dem Blonden, der sich mit der Hand an der Wange rieb. „Mach die Schweinerei weg. Aber zz. Ziemlich zügig." Die anderen grölten, was das Zeug hielt. Lena musste sich abwenden, um nicht mitzulachen, während Basti die Reste des Bierglases zusammenfegte. Diana imponierte ihr. Wie die die Jungs im Griff hatte, war wirklich der Knaller.

Die Speisekarte in dem Restaurant war sehr übersichtlich. Es gab Schnitzel mit Pilzen. Schnitzel mit Zwiebeln. Schnitzel mit Pilzen und Zwiebeln. Und noch fünf weitere Schnitzelgerichte. Zu allen gab es Pommes und Salat. Sonst gab es nichts. Sie entschieden sich beide für das Jägerschnitzel mit Pilzen und Pommes. Das Essen war wirklich lecker gewesen und auch die Rechnung, die Diana ihnen im Anschluss präsentierte, fiel sehr human aus. Die Jungs waren mittlerweile verschwunden und auch die Opis an der Theke waren fort. An dem Tresen stand nun lediglich noch ein dicker Mann mittleren Alters mit Kochjacke und Schürze. Er trank Bier und paffte an einer Zigarette. Mit glasigen Augen musterte er Lena und Max, während sie bezahlten. „Hat et den Herrschaften denn geschmeckt?", lallte er nicht unbedingt unfreundlich mit einem deutlichen Westerwälder Dialekt. „Ja, war sehr gut", antwortete Max. „Sind Sie der Koch?" Der Dicke sah an sich hinunter und zupfte an der weißen Jacke. „Jo mein Jong, sieht su aus." Dann lachte er über seinen Witz. Der Mann schien leicht betrunken. Lena wusste nicht warum, aber der Dicke war ihr irgendwie sympathisch. „Ihr seid die Neuen vom Tannenhof", stellte er fest. Max lachte. „Stimmt, woher wissen Sie das?" Der Dicke grinste und zeigte auf Lena. „Is ja nicht zu übersehen. Bist genauso hübsch wie deine Mama damals." Lena ging zu dem Mann hin. „Sie haben sie gekannt?" Der Kerl lachte. „Mädchen, du bist hier auf'm Dorf. Hier kennt jeder jeden." Er sah in das Glas auf dem Tresen. Lena glaubte zu meinen, dass der Mann kurz davor war zu heulen. Er flüsterte nun. „War ne schlimme Sache damals. Wirklich ne schlimme Sache. Hat mir leid getan, die Christin. Aber so ist das, wenn man mit dem Feuer spielt. Dann kommt man schnell darin um." Lena spürte wieder den Kloß in ihrem Hals. Die Worte des Dicken machten ihr Angst. Sie wollte noch etwas sagen, doch Diana kam dazwischen. Sie ging zu dem Mann, der immer noch in das Glas starrte und packte ihn an den Schultern. „Komm Papa, geh ins Bett, ist genug für heut." Der Dicke richtete sich auf, glitt von dem Hocker und packte die Schachtel mit den Zigaretten. „Ja, is genuch für heut." Jetzt, wo der Mann stand, schwankte er entsetzlich. Er hob seine Hand, eine Riesenpranke und klopfte erst Max und dann Lena auf die Schulter. „Wisst ihr wat? Ich kann euch gut leiden. Gut Nacht." Dann schaukelte er an Diana vorbei um den Tresen herum und verschwand in der Tür dahinter. Diana schaute ihm traurig hinterher. Lena wusste ganz genau, was die hübsche Blonde in diesem Moment fühlte. Sie schaute zu Max, der nicht minder betroffen wirkte. Dann verabschiedeten sie sich von Diana und fuhren schweigend nach Hause. Als sie vor dem Hof parkten, blieb Max im Wagen sitzen. Lena, die bereits ausgestiegen war, glitt, als sie es bemerkte, zurück auf den Beifahrersitz und schloss die Tür. Max weinte. Seine Finger krallten sich um das Lenkrad. Als Lena seinen Arm fasste, sah er sie an. „War ich auch so? Hab ich dir das auch angetan?" Sie nickte. Er wischte sich die Tränen mit dem Ärmel weg und flüsterte dann. „Das wird es bei mir nie mehr geben. Nie mehr!"

*

Wie in der vorherigen Nacht konnte Lena auch in dieser nicht einschlafen. Wieder kletterte sie über Max, der leise schnarchte. Sie ging in die Küche und setzte Wasser für einen Tee auf. Diesmal zog sie jedoch als Erstes die Gardinen vor das Fenster und vergewisserte sich, dass es keine Ritzen gab, durch die jemand von draußen hereinsehen konnte. Während das Wasser langsam zu kochen begann, stellte sie eine Schale mit Milch auf den Tisch. Wie erhofft, dauerte es dann auch nicht lange, bis Mohrle durch die Küchentür huschte und wie am Vorabend mit zwei Sätzen zuerst auf einen Stuhl und dann auf den Tisch sprang. Lena entschied sich für einen Kamillentee mit Honig. Den hatte

Marina ihr früher immer gemacht. Dann holte sie das Buch über Magie und Hexerei, das sie nachmittags gekauft hatte, hervor und begann darin zu blättern. Es dauerte nicht lange, bis sie fand, wonach sie suchte.

Auf einem Foto erkannte sie das Zeichen, das der Unbekannte über ihrem Türstock angebracht hatte. Auch auf dem Bild in dem Buch war das Pentagramm über der Tür eines Fachwerkhauses angebracht worden. Zwar etwas sorgfältiger, mit ganz geraden Linien, aber im Grunde genau wie hier bei ihnen. Lena las den Text und war erstaunt.

Das Pentagramm, auch Drudenfuß genannt, galt in mittelalterlicher und nachmittelalterlicher Zeit, als Bannzeichen gegen das Böse sowie als Zauber- und Abwehrzeichen gegen Dämonen. Der Name „Drudenfuß" wird zum einen damit erklärt, dass das Zeichen als Schutzzeichen gegen nächtliche Spukgeister, die Druden, angesehen wurde. Es gab aber auch den Glauben, dass Druden selbst einen vogelartigen Fußabdruck hinterlassen, der in etwa dem Pentagramm gleicht. Pentagramme finden sich häufiger auf den Türstöcken mittelalterlicher Häuser und sogar an den Wiegen der Babys zu deren Schutz.

Sie ließ das Buch in ihren Händen sinken. Wenn sie es richtig verstand, war das da draußen gar kein böses Zeichen. Im Gegenteil, irgendwer wollte sie damit beschützen. Vor Geistern und Dämonen. Was natürlich vollkommener Blödsinn war. Es gab keine Gespenster. Vorsichtig streichelte sie Mohrle über das schwarze Fell. „Nicht, Mohrle, Geister und Dämonen gibt es nicht."

Kapitel 4

Der 9. Tag

Die eisenbereiften Räder des kleinen hölzernen Leiter-
wagens machten einen höllischen Lärm auf dem holp-
rigen Teerweg hinunter ins Dorf. Lena hatte das Gefährt bereits vor Tagen unter einem Haufen Gerümpel
in der Scheune entdeckt. Solche Bollerwagen kannte sie
bisher nur aus dem Fernseher. Dieser war bestimmt
schon einige Jahrzehnte, wenn nicht gar Jahrhunderte
älter als sie selbst. Dennoch war er gut in Schuss und
löste nun ihr Transportproblem. Direkt nach dem Aufstehen, noch vor dem Frühstück, hatte sie den kleinen
Leiterwagen aus der Scheune geholt und mit ihren Blu-
meneinkäufen vom Vortag beladen. Vorher hatte sie
versucht Max zu bequatschen, mit ihr hinunter zum
Friedhof zu fahren, um die Gräber zu bepflanzen. Mit
dem Auto natürlich. Aber Max hatte, das sah sie sofort,
nicht wirklich Bock auf Lenas Unterfangen gehabt und
deshalb wieder einmal versucht, sie auf den Nachmittag zu vertrösten. Das tat er häufig. Manchmal vertrös-
tete er sie über Tage. „Wir machen das heut Nachmittag", sagte er dann. Wenn dann der Nachmittag kam,
hieß es: „Ach Lena, lass uns das doch morgen machen."
Max konnte das über Tage hinziehen und immer wieder verschieben. Dabei schien er wohl die Hoffnung zu
hegen, dass sich die für ihn ungeliebten Tätigkeiten entweder von selbst erledigten oder ganz einfach hinfäl-

lig wurden. Dann lieber direkt selber machen. Es ging auch ohne ihn und das Auto. Außerdem gefiel ihr die Vorstellung, bei dem schönen Wetter allein und zu Fuß hinunter ins Tal zu gehen. Das erste Mal seit sie hier wohnten, schien die Sonne von einem wolkenlosen, blauen Himmel und es wehte fast kein Wind. Auf den gelbgrünen verödeten Wiesen glitzerte der Raureif und vom Dorf unten im Tal konnte man schemenhaft einige Dächer erkennen, die aus einem dicken See aus Nebel hervorlugten. Lena blieb auf halbem Weg stehen und besah sich das Schauspiel genauer. So musste es für einen Piloten aussehen, wenn er hoch über den Wolken flog, ging es ihr durch den Kopf. Sie stand hier auf einer Höhe in strahlendem Sonnenschein und unter ihr, rings um sie herum, in den vielen Tälern des Westerwaldes, waberte der Nebel wie dichte Wolken. So etwas hatte sie noch nie gesehen. Sie schloss die Augen, drehte sich mit dem Rücken zum Tal und mit dem Gesicht in die Sonne. Obwohl es noch früh am Morgen war, wärmten die Strahlen schon ungemein.

Als sie die Augen öffnete und in die Sonne blinzelte, glaubte sie am Waldrand in der Nähe des Hauses eine Gestalt zu erkennen, die gerade im Schatten der hohen Fichten verschwand. Vermutlich ein Jäger oder Wanderer.

*

An dem gelben Ortsschild, kurz bevor sie die Nebelgrenze erreichte, kam ihr aus dem Dunst eine weitere Gestalt entgegen. Automatisch ging sie langsamer. Beim

Näherkommen erkannte sie die ältere Frau mit den langen grauen Haaren. Wie am Vortrag trug sie auch diesmal einen geflochtenen Korb in der Armbeuge, über dem sich ein Tuch befand. „Guten Morgen", grüßte Lena freundlich, aber leise, als sie sich auf gleicher Höhe befanden. Dabei schaute sie nur kurz zur Seite zu der Alten und dann wieder schnell vor sich auf die Straße. „Guten Morgen, Lena", erwiderte die Frau. Lena erstarrte förmlich. Woher kannte die Unbekannte ihren Namen. Sie sah zu der Frau, die nun ebenfalls stehen geblieben war und sie anlächelte. „Woher wissen Sie...?", fragte Lena ungläubig. Die Alte winkte ab, trat auf Lena zu und streckte ihr die Hand entgegen. „Entschuldige Liebes, dass ich dich so überfalle." Zögernd ergriff Lena die ausgestreckte Hand. Sie fühlte sich sehr weich und warm an. „Ich bin Elisabeth. Kannst aber ruhig Lisa zu mir sagen. Das tun sie alle." Lena lächelte nun auch. In Lisas Augen sah sie etwas Vertrautes. Obwohl sie der Frau noch nie begegnet war, mochte sie Lisa auf Anhieb. „Im Dorf haben sie von dir erzählt", erklärte die Frau, deren Alter Lena gestern im Vorbeifahren noch auf um die fünfzig geschätzt hatte. Heute war sie sich da nicht mehr so sicher. Die Augen der Frau waren wie die eines jungen Mädchens, die Gesichtszüge, die einer Frau von Mitte vierzig und die ergrauten, glatt zurückgekämmten Haare passten eher zu einer Greisin. Sie trug eine blaue Jeans, dazu recht klobige braune Wanderstiefel und einen graublauen Anorak, wie man ihn häufig bei Wanderern sah. „Was erzählen sie denn im Dorf?", fragte Lena nun neugierig und mit fester Stimme. Lisa winkte ab. „Nicht's Wildes.

Halt das Übliche, wenn jemand neu ins Dorf zieht. In der Hauptsache wird getuschelt, dass du deiner Mutter sehr ähnlich sähest." Elisabeth musterte sie kurz. „Und ich muss eingestehen, dass die Dorfschwätzer diesmal ausnahmsweise recht haben. Du bist Christin wirklich sehr ähnlich." Lena nickte, „Anne sagt das auch. Sie hat mir von Christin und dem Unfall erzählt." Elisabeth hob die Augenbrauen. „Hat Anne das? Na, sie muss es ja wissen." Etwas Beunruhigendes huschte über Lisas Gesicht. Für einen kurzen Augenblick war das gütige Lächeln der Älteren verschwunden. Doch so schnell wie es gegangen war, kam das Strahlen in ihre Augen zurück. Ganz so, als wäre nichts gewesen. Lisa mochte Anne nicht. Das stand fest. Aber warum nur? Anne schien doch auch ganz nett zu sein. Egal! Wer wusste schon, was die beiden Frauen miteinander zu tun hatten. Lena ging es jedenfalls nichts an. Außerdem hatte sie noch etwas vor. Sie deutete auf den Inhalt des Bollerwagens. „Entschuldigung, ich muss weiter. Hab noch was zu tun." Die Frau nickte ihr freundlich zu: „War schön dich zu treffen, Lena." Lena erwiderte den Gruß flüchtig, drehte sich um und wollte bereits losgehen, als sie Lisa noch sagen hörte. „Und pass auf dich auf, Kind."

Als sie sich noch einmal umdrehte, sah sie, wie die Frau bereits schnellen Schrittes den Weg hinaufging und hinter der nächsten Straßenbiegung verschwand.

*

Die Erde auf dem Grab des alten Karl war hart und steinig, teilweise sogar gefroren. Zum Glück hatte sie eine kleine Gartenhacke hinter einem der anderen Grabsteine gefunden. Das Bepflanzen gestaltete sich schwieriger, als sie sich das vorgestellt hatte. Mühselig grub sie kleine Löcher in die kalte Erde und steckte die Blumen mitsamt den Töpfen hinein. Dann nahm sie die beiden Säcke mit der Blumenerde und verteilte sie gleichmäßig bis auf einen kleinen Rest zwischen den Pflanzen über das ganze Grab. Zum Schluss platzierte sie obendrauf die kleine Laterne, die sie ebenfalls am Vortag in dem Baumarkt gekauft hatte, stellte eines der roten Grablichter hinein und zündete es an. Sie richtete sich auf, ging einen Schritt zurück und betrachtete ihr Werk. Im Gegensatz zu den umliegenden Gräbern, die alle eine steinerne Einfassung und auch richtige Grabsteine besaßen, sah das von Großvater Karl schon recht merkwürdig aus. Irgendwie erinnerte es Lena an einen bunt bepflanzten Maulwurfhügel oder das Teletubbieshaus aus dem Fernseher. Doch es war immer noch besser als vorher und bestimmt hätte es dem alten Mann gefallen.

Das Knirschen von Schritten im Kies hinter ihr ließ sie erschrocken herumfahren. In einiger Entfernung kam ein älterer Herr, im dunklen Anzug und einem ebenfalls dunklen Hut, zwischen den Reihen der Gräber direkt auf sie zu. Der Mann war sehr groß, dünn und sein Gesicht wirkte merkwürdig blass und eingefallen. Kurz vor ihr blieb er stehen. Er sah sie aus dunklen Augen an, schaute dann auf das Grab von Großvater Karl und lächelte. „Das ist lieb von dir, meine Tochter", sagte er in schwülstigem Deutsch. Meine Tochter. Wie sich das anhörte. Noch bevor er sich als solcher zu erkennen gab, begriff Lena, dass der Mann ein Pastor war. Vielen dieser frommen Männer war sie noch nicht begegnet. „Mein Name ist Pfarrer Eckmann, mein Kind. Du bist sicherlich Lena, die Enkelin des alten Karl?" Er trat neben sie und schaute auf das Grab. Seine Lippen bewegten sich. Vermutlich betete er leise. Dann bekreuzigte er sich. Lena beschlich das Gefühl, Zuschauer bei einer schlechten Theaterinszenierung zu sein. „Leider habe ich dich noch gar nicht in einem der Gottesdienste begrüßen dürfen", sagte er mit eindringlicher Stimme. Lena merkte, wie sie rot wurde, zum Boden blickte und den Kopf schüttelte. Was sollte sie auch sagen. Etwa: ich glaub eh nicht an Gott, was soll ich da? Nein, das ging gar nicht. Es war wohl das Beste, sie würde einfach gar nichts sagen. Langsam sah sie wieder auf. Eckmann musterte sie mit seinen dunklen Augen und schien auf eine Antwort zu warten. „Na, du kannst es dir ja mal überlegen, ob du nicht doch einmal am Sonntagmorgen vorbeischaust", erklärte er schließlich und strich ihr über die Schulter. Die Berührung des fremden Mannes war ihr unangenehm. Lena zuckte zurück. Eckmann war das nicht entgangen. Sie konnte in seinem Gesicht eine nicht zu deutende Regung erkennen. Dann drehte er sich um und ging. In diesem Moment wusste sie, dass sie nicht in die Kirche gehen würde. Nicht, um sich über ihre Mutter zu erkundigen und schon gar nicht, um einen Gottesdienst zu besuchen. Nachdem Eckmann verschwunden war, machte sie sich daran, die restlichen Blumen auf dem Grab von Christin zu pflanzen. Anders als am Vortag lag auf dem Grab eine einzelne, angewelkte rote Rose. Wer die wohl dahin gelegt hatte. Lena nahm sie fort und legte sie vorsichtig oben auf den Grabstein. Immer wieder fiel ihr Blick auf das Sterbedatum. Noch nie hatte sie so intensiv den Wunsch verspürt, die junge Frau, die hier begraben lag, kennenzulernen, wie in diesem Moment. Aber es ging ja nicht. Nichts war endgültiger als der Tod. Als sie das Loch für die letzte der Pflanzen unmittelbar vor dem Stein grub, stieß die kleine Harke auf etwas Hartes. Es war genau die Stelle, wo zuvor die rote Rose lag. Zuerst glaubte sie, auf einen Stein gestoßen zu sein. Doch dann glitzerte etwas silbrig in der schwarzen Blumenerde. Vorsichtig grub sie mit den Händen weiter. Zum Vorschein kam eine feingliedrige silberne Kette mit einem Medaillon daran. Ein Medaillon in Form eines Pentagramms. Lena betrachtete das Schmuckstück. Es sah genau aus wie das Geschmiere droben auf dem Hof über dem Türrahmen. Sollte das ein Zufall sein? Das Metall war schwarzbläulich angelaufen. Die Kette war direkt neben dem Verschluss entzweigerissen. Lena vermutete jedoch, dass es sich um echtes Silber handelte, das lange nicht poliert worden war. Das alte Silberbesteck von Marinas Großeltern, das sie im letzten Jahr auf dem Flohmarkt verkauft hatten, wies genau die gleichen Verfärbungen auf wie dieser Anhänger. Sie überlegte kurz, ob sie das Schmuckstück wieder vergraben sollte, entschied sich dann aber anders und steckte es in ihre Hosentasche. Zuerst musste sie es Max zeigen. Zurückbringen konnte sie es immer noch. Dann nahm sie die Rose und legte sie wieder auf die kahle Erde zurück. Genau so, wie sie sie vorgefunden hatte.

*

Am Nachmittag begann sie damit, Christins Zimmer auf- und umzuräumen. Den Entschluss hatte sie auf dem steilen Weg nach Hause gefasst. Ihre Mutter war tot. Der Raum unter dem Dach würde ab sofort ihr Zimmer sein. Als Erstes entfernte sie vorsichtig die Poster und Bilder von den Wänden und verstaute diese in einem Pappkarton. Dann war der Kleiderschrank dran. Hier sortierte sie aus. Einige der Sachen waren wirklich zu schräg und unmodern, um sie noch zu tragen. Andere dagegen waren schick, beinah zeitlos oder nach all den Jahren schon wieder voll im Trend. Diese würde sie waschen und später wieder benutzen. Im Gegensatz zu Sabine, ihrer ehemaligen Freundin in Frankfurt, machte es Lena nichts aus, gebrauchte Sachen zu tragen. Als sie einen Stapel Markenjeans aus dem Schrank zog, fiel ein flaches Buch, das zwischen den Hosen steckte, heraus und klatschte auf den Boden. Sie hob es auf und blätterte neugierig darin. Es handelte sich um ein Tagebuch. Der erste Eintrag war auf den zwanzigsten März 1994 datiert. Lena schlug das Buch wieder zu. Durfte sie das lesen? Es gehörte sich nicht, in anderer Leute Tagebuch zu lesen. Sie setzte sich aufs Bett und überlegte. Vielleicht hätte Christin ja auch gewollt, dass Lena das Buch liest. Schließlich war es eine Möglichkeit, mehr über ihre Mutter zu erfahren. Ein Geräusch von der Zimmertür ließ sie erschrocken aufhorchen. Die Tür öffnete sich einen Spalt. „Ach Mohrle", sagte Lena erleichtert, als sie sah, wie der Kater sich durch den Spalt drückte, ein wenig hochnäsig durch das Zimmer schritt und mit einem Satz neben sie auf das Bett sprang. Sachte strich sie dem Tier über den Rücken. „Was meinst du denn?", flüsterte sie dem Kater zu. „Meinst du, Christin hätte gewollt, dass ich das lese?" Zu Lenas Verwunderung schien es, als würde Mohrle mit dem Kopf nicken. Natürlich war das Quatsch. Die Katze konnte sie ja nicht verstehen. Aber merkwürdig war das Verhalten des Tieres doch, das nun mit seinen Vorderpfoten auf dem Einband des Buches stand und sie irgendwie auffordernd ansah. „Na gut!", erklärte sie. Sie schob den Kater beiseite, schlug das Buch wieder auf und las die ersten Worte unter dem Datum. *,Hallo Lena, nach dem ersten Schreck über deine Anwesenheit vor einigen Tagen fand ich es toll, dass wir beide uns heute nun endlich kennengelernt haben. Sicherlich werden wir beide einmal gute Freundinnen werden'.* Lena schrie auf. Sie ließ das Buch fallen und sprang vom Bett. Mohrle wirbelte erschrocken durch die Luft und landete dann laut fauchend mit einem Satz auf dem Schreibtisch. Lena stolperte rückwärts, ihren Blick starr auf das Buch gerichtet, das nun auf dem Boden vor dem Bett lag. Ihre Gedanken rasten. Wie konnte das sein. Die ersten Zeilen im Tagebuch von Christin waren an sie, an Lena, gerichtet. Das war unmöglich. Sie war ihrer Mutter nie begegnet. Lautes Poltern von der Treppe ließ sie herumfahren. Dann die Stimme von Max. „Lena? Lena, ist was passiert?" „Nein", stammelte sie leise und schob das Buch mit ihrem Fuß gerade noch rechtzeitig unter das Bett. Die Tür flog auf. Max stand atemlos vor ihr. „Was ist denn los? Ich hab dich schreien hören." Sie blickte zum Bett. „Nichts", log sie. „Hatte mich nur erschrocken. Da war eine Spinne." Die Miene von Max erhellte sich. „Eine Spinne?", fragte er sichtlich belustigt. Lena nickte. Max begann zu lachen. „Seit wann hast du Angst vor Spinnen?" Lena lächelte gequält. „Quatsch, hab ich nich. Ich hatte mich halt nur erschrocken." „Und wo ist sie jetzt hin? Unters Bett?" Max beugte sich vor, hob die Bettdecke an und machte Anstalten unter dem Bett nachzusehen. „Mohrle hat sie gefressen", behauptete Lena schnell und sah zu dem Kater, der aufrecht auf der Arbeitsfläche des Schreibtisches saß und sie beobachtete. Max verzog angewidert das Gesicht und ließ die Bettdecke los. „Der Kater hat das Vieh gefressen?" Lena nickte und als hätte Mohrle verstanden, hob er eine seiner Vorderpfoten und leckte daran. „Oh Gott, wie eklig", erklärte Max, grinste aber dabei immer noch. Von draußen war das Aufheulen eines Motors zu hören und das Knirschen von Autoreifen auf Kies. Max trat ans Fenster, spähte hinaus und stellte begeistert fest: „Oh, das ist Anne."

*

Während sie gemeinsam mit Anne und Max bei Kaffee und Kuchen in der Küche saßen, drehten sich Lenas Gedanken noch immer um das Tagebuch unter Christins Bett. „Hallo Lena" hatte dort gestanden. Vielleicht war ja irgendeine andere Lena gemeint? Konnte es sein, dass Christin vielleicht eine Freundin gehabt hatte mit diesem Namen? Sie blickte zu Anne, die sich angeregt mit Max unterhielt. Wie es den Anschein hatte, war die hübsche Blondine diesmal nicht wegen ihr, sondern hauptsächlich wegen Max gekommen. Selbst ein Blinder würde bemerken, dass sich zwischen den beiden etwas anbahnte. „Wer hat euch eigentlich diesen hässlichen Stern über die Haustür gemalt?", wollte Anne plötzlich wissen. „Ach der", Max winkte ab. „Keine Ahnung, wer das war. Gestern Morgen war das Ding einfach da. Mit dem blöden Scherz wollte uns wohl irgendwer erschrecken. Stell dir vor: Der oder die haben das sogar mit echtem Blut gemalt!" Anne kicherte. „So was Albernes." Lena fiel etwas ein. Sie befühlte die vordere Tasche ihrer Jeans. Deutlich spürte sie das Medaillon, das sie morgens auf dem Friedhof gefunden hatte, durch den dicken Stoff. Sie überlegte kurz und trotz der Gefahr, dass die beiden sich über sie lustig machen würden, holte sie es hervor und legte es auf den Tisch. „Das hab ich heut morgen auf dem Friedhof gefunden", erklärte sie, während Max das Schmuckstück stirnrunzelnd aufhob und betrachtete. Annes Augen schienen sich ein wenig zu verengen. Ihr Oberkörper zuckte zurück. Lena glaubte plötzlich, dass das Medaillon die junge Frau auf irgendeine Art beunruhigte. Ihr Angst machte. Doch dann entspannten sich ihre Gesichtszüge wieder und sie begann, erneut herumzualbern. „Was für ein Zufall. Das Ding sieht ja genauso aus wie dieser Stern draußen. Man soll gar nicht glauben, was die Leute alles auf dem Friedhof verlieren." Lena schüttelte den Kopf. „Glaub nicht, dass es jemand verloren hat. Ich hab's direkt vor Christins Grabstein in der Graberde gefunden, als ich eine Blume einpflanzen wollte." „Du meinst, jemand hat es absichtlich dort vergraben?", hakte Max sofort nach, während er mit dem Fingernagel Reste von Erde aus dem Stern kratzte. „Denke schon. Vielleicht war es ein Geschenk von einem Freund an Christin."

„Welcher Freund sollte einer Toten so ein Teufelsding schenken", bemerkte Anne verächtlich. „Und dazu noch eines, das kaputt ist", bemerkte Max und hielt ihr die zerrissene Kette hin. Lena nahm sie und betrachtete sie. „Ein Pentagramm ist ein Schutzsymbol", erklärte sie schließlich. „Kein Teufelszeichen! Glaube nicht, dass jemand uns oder Christin was Böses möchte. Ein Pentagramm über der Tür soll die Bewohner des Hauses beschützen." Max sah erst sie und dann Anne ungläubig an. „Wer erzählt dir denn so einen Unsinn", spottete er. Lena antwortete nicht. Sie stand auf, ging zum Küchenschrank, holte das Buch über Hexen und schlug die passende Seite auf. Dann legte sie es aufgeschlagen vor Max auf den Tisch und deutete auf die Textpassage über Pentagramme. Max las die Zeilen aufmerksam und reichte das Buch dann an Anne weiter. „Lena, du glaubst doch sicher nicht an solchen Unsinn?" Lena hob die Augenbrauen. „Ich nicht. Aber vermutlich der oder die, die uns das Pentagramm über die Tür geschmiert haben." Anne ließ das Buch sinken. „Ich glaube immer noch, dass sich irgendwelche dummen Jungs aus dem Dorf einen üblen Scherz mit euch erlaubt haben. Vermutlich wussten die gar nicht, was dieses Pentagrammding bedeutet."

Max stimmte ihr zu. Auch Lena nickte. Dennoch. Tief in ihr drinnen glaubte sie nicht an einen Dummejungenstreich. Sie musste an die Rose denken. Von wem sie wohl war? Wer auch immer das Schmuckstück dort unter der einzelnen Blume vergrub, hatte es für Christin getan und bestimmt nicht beabsichtigt, dass eine Lena aus Frankfurt kam und es zufällig fand.

Kapitel 5

Der 10. Tag

Vorsichtig streichelte Lena über die Nase des riesigen schwarzen Pferdes. „Und du bist wirklich noch nie geritten?", erkundigte Anne sich hinter ihr belustigt. „Nee, auf einem Pferd noch nie. Bei uns in Frankfurt gab es immer nur Drahtesel", versuchte Lena zu witzeln. Sie war nervös. Mehr noch. Sie hatte sogar irgendwie Schiss. In Anbetracht der Größe des Pferdes wusste sie plötzlich nicht mehr, ob sie wirklich auf dessen Rücken steigen wollte. Anne lachte indes noch lauter. Dann öffnete sie das Gatter und führte den Rappen aus der Box. „Und das Pferd gehört wirklich dir ganz allein?", erkundigte sich Lena ungläubig. „Klar! Attila war ein Geschenk meines Papas zum Abitur." Lena blieb abrupt stehen. „Du hast Abi und arbeitest in einer Bäckerei?" Anne drehte sich amüsiert zu ihr um. Am liebsten wäre Lena im Boden versunken, so töricht kam ihr ihre Frage nun vor, da es sie ja überhaupt nichts anging, was Anne tat. „Stell dir vor, ich hab sogar ein abgeschlossenes Studium", erklärte die derweil lachend. Lena überlegte kurz. Ihre Neugier siegte und deshalb fragte sie erneut, diesmal etwas vorsichtiger, nach. „Darf ich fragen, was du studiert hast?" „Klar darfst du fragen! Ich habe auf Lehramt studiert." Lena war baff. „Du bist Lehrerin?" Die blonde Frau wippte mit dem Kopf hin und her. „Ich war Lehrerin.

An einer Grundschule. Hab aber schnell gemerkt, dass das nichts für mich ist und bin dann zu meinem Papa in den Betrieb gegangen." Lena verstand und beobachtete, wie Anne damit begann, den Rücken von Attila mit einer Bürste zu reinigen. Die junge Frau wirkte plötzlich sehr nachdenklich. Und auch Lena dachte nach. Sie musste in Zukunft irgendetwas tun. So viel stand fest. Vielleicht wäre es wirklich das Beste, erst einmal weiter zur Schule zu gehen. Bis zum Abi wären es drei Jahre. Zeit genug, sich alles andere ganz genau zu überlegen. Nicht dass es ihr wie Anne ging.

*

Es war ein mulmiges Gefühl, auf Attilas Rücken zu sitzen. Von hier aus gesehen wirkte der Rappe sogar noch größer als eben, als sie vor ihm auf dem Boden stand. Bevor sie in die angrenzende Reithalle gegangen waren, hatte Anne ihr alles genau erklärt. Wie sie den Sattel auflegen und befestigen musste. Wie die Zügel zu halten waren und wie man das Pferd damit lenken konnte. So kompliziert stellte sie sich das weiß Gott nicht vor. Im Fernseher sah das Ganze immer so einfach aus. Die Cowboys und Indianer sprangen auf ihre Pferde und ritten einfach los. Gestern Nachmittag, als Anne sie bei dem Kaffeekränzchen mit Max gefragt hatte, mit ihr Reiten zu gehen, war Lena sofort begeistert gewesen. Heute war Sonntag und da hatte Anne frei. Nach dem Frühstück war sie vorbeigekommen, um Lena abzuholen und mit ihr zum Sonnenhof gefahren. Lena trug eine schwarze Reithose und enge hohe Gummistiefel aus dem Besitz von Christin. Als sie so vor dem Kleiderschrank stand, dachte sie daran, das Tagebuch noch einmal unter dem Bett hervorzuholen, entschied sich aber dann trotz ihrer Neugier dagegen. Es lief ihr ja nicht weg.

Bevor sie fuhren, hatte Anne sogar noch versucht, Max zu bequatschen, mit zum Pferdehof zu kommen. Doch der wollte nicht. Im Gegenzug jedoch hatte er die Chance genutzt, die Blondine für den Abend ins Kino einzuladen. Zur Wiedergutmachung, da Anne sich ja so nett um Lena kümmerte. Lena hätte fast laut gelacht.

Der riesige Stall des Sonnenhofs beherbergte an die zwanzig Pferde, dazu kamen locker noch einmal so viele, die draußen auf einer Weide standen. Die Box, in der Attila wohnte, hatte Anne von dem Besitzer des Hofs gemietet. Inklusive Futter, Stall ausmisten und Pflege des Tieres. Das „Rundum-sorglos-Paket" nannte sie es. Lena vermutete, dass dieser Service sicherlich nicht gerade billig war. Auf ihre Nachfrage hin, was so etwas wohl kosten würde, hatte Anne lediglich gegrinst und bemerkt, dass Hobbys halt Geld kosten. Und da sie außer Attila keine anderen kostspieligen Hobbys besäße, wäre es egal.

Mit jeder Runde, die der Rappen in der Reithalle trottete, wurde Lena sicherer. Anne, die das Pferd von der Mitte der großen Halle aus an einer langen Leine führte, schien das zu bemerken. Auf ein Kommando von ihr wurde das Pferd plötzlich schneller. Lena war voll konzentriert. Sie hatte Mühe, mit Attilas Bewegungen mitzuhalten. Den jungen Mann, der an der Bande stand und ihr zusah, bemerkte sie deshalb auch erst, als Attila vor Anne stoppte und Lena mit zittrigen Beinen in das Sägemehl sprang. Sie erkannte ihn sofort. Es war der nette Fußballer, den sie vor zwei Tagen abends in der Kneipe mit seinen Freunden gesehen hatte. Als er bemerkte, dass Lena zu ihm herübersah, winkte er ihr zu. Lena winkte zurück. Anne sah sie amüsiert an. „Ihr kennt euch? Du und Marc?" Lena schüttelte schnell den Kopf. „Nee, ich hab ihn neulich abends in der Dorfkneipe mit seinen Kumpels gesehn. Wusste noch nicht mal, wie er heißt." „Aha." Der zweideutige Unterton in Annes „Aha", war nicht zu überhören. Lena sah sie mit zusamengekniffenen Augen an. „Was heißt denn jetzt Aha?" Anne prustete los. „Aha heißt Aha." Lena sah wieder zu Marc hinüber, der sich nun angeregt mit einem älteren Mann unterhielt. „Das ist Marcs Vater", erklärte Anne. „Ihm gehört der Sonnenhof." Lena beobachtete, wie Marc die Reithalle verließ, während sein Vater zu ihnen hinüberkam. Sie merkte förmlich, wie der Mann sie taxierte. Er war ungefähr so alt wie Max, also so Anfang bis Mitte vierzig. Seine Haare wie die seines Sohnes etwa schulterlang, jedoch an den Seiten schon merklich ergraut. „Morgen Anne", begrüßte er Lenas Begleiterin, als er bis auf einige Meter zu ihnen hinübergekommen war und wand sich dann ihr zu. „Und du must Lena, die Tochter von Christin, sein." Lena war nicht erstaunt, dass der Mann wusste, wer sie war und ergriff vorsichtig seine ausgestreckte Hand. „Guten Morgen Herr ..." „Sonnendal! Friedrich Sonnendal", stellte er sich vor. „Kannst aber ruhig Frieder zu mir sagen." Lena lächelte. Frieder war ihr auf Anhieb sympathisch. Trotzdem sah sie kurz an ihm vorbei zum Ausgang der Halle. Von Marc war nichts mehr zu sehen.

*

Als sie die geschlängelte Straße hinauf zum Tannenhof fuhren, war es bereits Nachmittag. Es goss in Strömen. Heftige Böen rüttelten an Annes kleinem roten Fiat Panda. „Nicht dass wir mit dem Autochen noch weggeweht werden", witzelte Lena und lachte gemeinsam mit Anne über ihren Witz. Es war ein schöner Tag gewesen. Lena konnte sich nicht erinnern, wann sie zuletzt so einen Spaß gehabt hatte wie heute. Auf dem Hof selbst schien auf den ersten Blick alles beim Alten. Noch bevor der Wagen hielt, bemerkte sie, dass das Pentagramm über der Haustür immer noch nicht vollständig entfernt war. Max hatte zwar damit begonnen, die Wand über der Tür mit weißer Farbe zu streichen. Doch noch immer war der Stern halb zu sehen. Lena vermutete, dass er vom Regen überrascht worden war und die Arbeit deshalb nicht zu Ende gebracht hatte. Anne war es, die als Erstes die Leiter bemerkte, die zerbrochen vor der halb geöffneten Haustür lag. Lena spürte, wie ihr plötzlich unwohl wurde. Wie Angst in ihr aufstieg. Sie sprang aus dem Wagen und rannte los. Im Vorbeilaufen fiel ihr Blick auf die Leiter. Drei der hölzernen Sprossen waren mitten durchgebrochen. Der Eimer mit der Farbe lag daneben auf dem Boden. Ein langes Band der weißen Flüssigkeit schlängelte sich im Regen zu einem Kanaldeckel. Lena rannte weiter in den Flur. Und hielt beim Anblick des verschmierten Bluts auf den Bodenfließen kurz inne. „Max", schrie sie panisch. „Max, wo steckst du?" Sie folgte dem Blutgeschmier ins Wohnzimmer. Max lag auf dem Schlafsofa und versuchte gequält zu lächeln. „Die Scheiß Leiter", keuchte er und hielt sich die Arme über den Bauch und Brustkorb. Sein weißes T-Shirt war voller Blut. Sein Gesicht schmutzig und ebenfalls blutverschmiert. Hilflos stand Lena im Türrahmen, bis Anne sie beiseiteschob. Zielstrebig ging sie auf Max zu und kniete sich vor ihm auf den Boden. „Mensch Max, was machst du denn? Dich kann man wirklich keine fünf Minuten allein lassen", flüsterte sie und fasste behutsam seine Arme, die noch immer den Oberkörper umschlangen. Max lehnte sich zurück und stöhnte gequält auf. Langsam trat Lena näher. Tränen rannen über ihre Wangen. Sie sah zu, wie Anne vorsichtig das T-Shirt von Max hochschob und dann angewidert das Gesicht verzog. „Wir brauchen einen Krankenwagen", stellte sie entschlossen fest. „Wir haben noch kein Telefon", stotterte Lena immer noch heulend. „Handy funktioniert auch nicht." Anne nickte. „Okay, Lena, bleib du bei ihm. Ich hol Hilfe." Dann rannte sie nach draußen.

*

Die Zeit verstrich nur langsam, während Lena gemeinsam mit Anne auf dem Flur vor der Notaufnahme des Krankenhauses wartete. Seit fast zwei Stunden war Max nun im OP. Lena kam es vor wie Tage. Der Notarzt hatte ihr noch auf dem Hof erklärt, dass sich eine von Max' zahlreichen gebrochenen Rippen durch die Bauchdecke nach außen gebohrt hatte. Daher auch das viele Blut. Das Ganze sähe eigentlich schlimmer aus als es wäre. Seine Lunge wäre nämlich wie durch ein Wunder heil geblieben. Trotzdem würden sie ihn operieren müssen. Da Lena zu Hause eh keine Ruhe haben würde, hatte sie Anne gebeten, dem Krankenwagen hinterherzufahren. „Meinst du, wir können ihn nachher wieder mitnehmen?", fragte sie und wusste sofort, als sie das erstaunte Gesicht der jungen Frau sah, wie töricht ihre Frage gewesen war. Anne schüttelte den Kopf. „Nee, ich vermute, die werden ihn schon noch ein paar Tage hierbehalten." Lena überlegte. „Aber er hat ja gar keine Klamotten und so dabei. Als er letztes Mal in der Klinik war, hab ich ihm immer jeden dritten Tag frische Sachen gebracht. Bin dann immer mit der Straßenbahn gefahren. Wie mach ich das denn hier?" Anne lachte auf. „Ich fahr dich! Ist doch Ehrensache." Lena war ein bisschen beruhigt. Dann beugte sich Anne zu ihr hinüber und fragte leise. „Sag mal! Was hatte er denn beim letzten Mal?" Lena sah zu Boden. Jetzt bloß nicht noch verplappern und was von der Alkoholsucht ausplaudern. „Er hatte 'nen Herzinfarkt. Böse Sache. Damals hab ich gedacht, er stirbt", erklärte sie. Anne schien die Antwort zu genügen. Dann griff sie nach Lenas Hand. „Weißt du was! Der Max kann echt froh sein, dass er dich hat!" Lena drehte den Kopf und sah die Ältere an. „Weißt du was? Ich bin aber auch froh, dass ich ihn hab. Und dich!"

*

Als Lena abends nach Hause kam, war es bereits nach neun. Es regnete immer noch in Strömen. Dazu blies heftiger Wind. Max ging es den Umständen entsprechend gut. Nach der OP durfte sie kurz zu ihm. Dann war sie mit Anne nach Hause gefahren. Die junge Frau versuchte Lena während der ganzen Fahrt dazu zu überreden, bei ihr unten im Dorf zu übernachten. Doch Lena lehnte ab. Als sie dann die Haustür ins Schloss zog und hörte, wie Annes Auto draußen vom Hof fuhr, ärgerte sie sich fürchterlich, nicht auf das Angebot eingegangen zu sein. Doch jetzt war es zu spät. Als Erstes machte sie sich daran, das Schlafsofa neu zu beziehen. Die blutige Wäsche steckte sie in die Waschmaschine. Anschließend putzte sie den Flur. Mohrle beobachtete sie aufmerksam dabei. Das Gesicht des alten Katers wirkte zufrieden. Fast so, als wollte er sagen. „Das machst du gut! So ist es richtig." Als sie schließlich auch noch eine Tasche für Max gepackt hatte war es kurz vor Mitternacht. Erschöpft sank sie auf die Eckbank und schloss die Gardinen am Fenster hinter sich. Erst jetzt merkte sie, wie müde sie war. Es war ein anstrengender Tag gewesen. Voller Höhen und Tiefen. Zum Glück ging es Max gut und er würde wieder gesund werden. Das war das Wichtigste überhaupt. Sie schloss die Augen und horchte. Es schien, als habe der Regen nachgelassen. Nur das

Rauschen des Windes in den Fichten hinter dem Hof war noch zu hören. Dieses Rauschen der Bäume und das Pfeifen des Windes gefielen ihr. Zumindest war es besser als das Nichts. Und tausendmal besser als das Atmen der Großstadt Frankfurt. Sie schreckte auf, als Mohrle wie immer zuerst auf einen Stuhl und dann weiter auf den Tisch sprang. Suchend, mit der Nase auf der Tischplatte, schlich er zu Lena und strich dann mit gewölbtem Buckel an ihrem Arm vorbei. „Du suchst wohl deine Milch?" flüsterte sie dem Kater zu. Dann stand sie wieder auf, schlurfte zum Küchenschrank, holte eines der Glasschälchen heraus, goss es voll Milch und stellte es vor Mohrle auf den Tisch. „Hier! Trink du schön! Aber sei nicht bös, dass ich schon mal in die Heia geh. Bin todmüde." Sie strich dem Kater noch einmal über den Rücken, ging dann hinüber ins Wohnzimmer, wo sie sich wie ein nasser Sack auf das Schlafsofa fallen ließ. Ein seltsames Gefühl der Einsamkeit beschlich sie. Es war keine Angst. Nein, es war irgendwie anders. In ihrer Frankfurter Wohnung war sie, in der Zeit als Max krank war, oft alleine gewesen. Aber hier war das anders. Hier konnte man nicht mal eben über den Hausflur rennen und bei einem der Nachbarn schellen. Hier war sie allein. Wirklich allein.

Die Haustür! Sie hatte die Haustüre nicht abgeschlossen! Mit pochendem Herz rutschte sie von ihrer Schlafstätte und tapste durch den dunklen Raum in Richtung Korridor. Gerade als sie die Hand auf dem Lichtschalter neben der Tür betätigen wollte, hörte sie es. Ein Schürfen und Poltern. Das Geräusch war leise.

Sehr leise. Lena hatte einmal gelesen, dass einem die Sinne, insbesondere der Hörsinn, nachts im Dunkeln schon einmal einen Streich spielen konnten. Manchmal bildete man sich Geräusche einfach ein oder sie klangen viel lauter und bedrohlicher als sie in Wirklichkeit waren. Sie hielt in ihrer Bewegung inne und lauschte. Wieder war nur das leise Rauschen des Windes zu hören. Durch die drei schmalen hohen Scheiben der Haustür fiel dämmrig das Mondlicht in den Flur und malte dabei ein seltsames Muster auf die Fliesen in der Mitte des Fußbodens. Dann hörte sie das Schurfgeräusch wieder. Diesmal war sie sich sicher, dass es keine Einbildung war. Es klang, als würde irgendetwas Schweres draußen über das Katzenkopfpflaster gezogen. Deutlich hörte sie die Kieselsteine knirschen, die überall auf den ungepflegten Plastersteinen verstreut lagen. Lena begann zu zittern. Rechts von sich nahm sie eine Bewegung war. Mohrle! Gebückt schlich der schwarze Kater an ihr vorbei auf die Tür zu. Obwohl Lena wusste, dass eine kleine Katze wie Mohrle sie nicht beschützen konnte, beruhigte die Anwesenheit des Tieres sie ein wenig. Mitten in dem Bild aus dämmrigem Licht, das der Mond auf den Boden zeichnete, blieb der Kater stehen und drehte sich zu ihr um. Die Augen leuchteten wie zwei kleine Lämpchen in der Dunkelheit, die plötzlich noch zunahm. Lena stierte zur Tür. Ein dunkler Schatten bewegte sich hinter den Scheiben der Haustür und verdeckte das wenige Mondlicht. Deutlich erkannte sie die Gestalt eines Menschen. Sie kämpfte gegen die aufsteigende Panik an. Gleich würde sich die Tür öffnen.

Doch anstatt wegzulaufen und sich zu verstecken, blieb sie wie angewurzelt stehen. Dann, aus einem Reflex heraus, bewegte sie die Hand, die noch immer auf dem Lichtschalter ruhte. Die Deckenbeleuchtung flammte auf. Draußen war lautes Poltern zu hören. Schritte im Kies. Dann wurde es ruhig. Lena löste sich aus ihrer Starre und rannte in die Küche. Sie schob den Vorhang beiseite und sah nach draußen. Der Halbmond über der Scheune warf ein gespenstisches Licht auf den Hof. Nichts war zu sehen. Mit pochendem Herz taxierten ihre Augen die Umgebung. Draußen war rein gar nichts. Langsam wurde es immer dunkler. Wolken schoben sich vor den Mond und verdeckten ihn schließlich völlig. Sie lief zurück ins Wohnzimmer, kramte eine Taschenlampe aus der Schublade der Kommode und schaltete sie an. Zum Glück funktionierte sie. Dann ging sie langsam zur Haustür. Von Mohrle war weit und breit nichts mehr zu sehen. Vorsichtig öffnete sie die Tür und spähte durch einen Spalt nach draußen in die Dunkelheit. Eisige Luft streifte über ihr Gesicht. Noch immer zitternd leuchtete sie mit der Taschenlampe nach draußen. Direkt vor der Haustür stand die alte Gartenbank. Das Möbelstück stand sonst immer vor dem Küchenfenster. Irgendwer musste sie über das Pflaster hierhergeschoben haben. Sicher waren das die Geräusche gewesen. Aber wozu? Wer um Himmels willen zog nachts eine alte Parkbank über den Hof, um sie direkt hier vor die Haustür zu stellen? Ein Gedanke kam ihr. Während sie den Lichtkegel der Lampe über den kompletten Hof gleiten ließ trat sie ins Freie. Dann leuchtete sie über die Haustür.

Hatte sie es doch gewusst. Das Pentagramm über der Tür war wieder komplett. Da, wo Max den Stern am Nachmittag weiß übertüncht hatte, war er von dem Unbekannten erneuert worden. Direkt hinter der Bank lag die kaputte Leiter auf den Pflastersteinen. Natürlich. Die Leiter war zerbrochen. Deshalb hatte der unbekannte Schmierfink die Bank vor die Tür geschleift. Sie leuchtete über das Pflaster. Noch immer waren dort Reste der weißen Wandfarbe zu sehen. Und mitten darin Abdrücke von Schuhen. Die Schritte führten fort vom Haus. Zwar waren sie verschwommen, aber trotzdem deutlich auf den Pflastersteinen zu erkennen. Der Unbekannte musste bei der Flucht in die vom Regen noch immer flüssige Farbe getreten sein und hinterließ nun seine Fußspuren auf dem Boden. Vorsichtig folgte sie den Fußabdrücken einige Meter. Ihr Herz pochte noch immer. Die nassen Pflastersteine unter ihren nackten Füßen waren entsetzlich kalt. Die kleinen Kiesel, auf die sie immer wieder trat, schmerzten höllisch. Doch die Neugierde war stärker. Sie stellte ihren rechten Fuß neben einen der Abdrücke. Da die Ränder auf dem nassen Untergrund jedoch sehr verschwammen, war die Größe des Abdrucks nur schwer einzuschätzen. Sie sah zurück zum Haus auf das Pentagramm. Nach dem, was sie in dem Hexenbuch gelesen hatte, war der Drudenfuß ein Schutzsymbol. Er sollte die Bewohner des Hauses beschützen. Wer immer also ihr nächtlicher Besucher war, wollte ihr nichts Böses. Trotzdem raste Lenas Herz weiterhin wie wild. Der oder die Unbekannte, so viel war sicher, musste übermäßig abergläubisch sein.

Lena leuchtete noch einmal in Richtung Hofausfahrt. Der Wind war abgeflaut. Von den talabwärts liegenden Wiesen und Feldern stieg Nebel den Berg hinauf und begrenzte den Strahl der Lampe auf nicht einmal fünfzig Meter. Langsam ging sie zurück. Immer noch leuchtete sie ängstlich umher. Auch sah sie mehrmals hinter sich. Ein Gefühl, als würde sie beobachtet, beschlich sie. Vermutlich war der Unbekannte immer noch irgendwo da draußen und beobachtete sie. Plötzlich hörte sie das unheimlichste Geräusch, das sie je in ihrem Leben vernommen hatte. Ein lang gezogener Heulton. Sie wusste sofort, was das war. Schon oft hatte sie im Fernsehen gehört, wie ein Wolf heulte. Doch noch nie war es so echt und so nah gewesen. Sie drehte sich nicht mehr um, sondern lief los. Sie rannte so schnell sie konnte. Mit einem Satz sprang sie über die zerbrochene Leiter, hechtete in den Hausflur, warf die Tür ins Schloss und drehte panisch den Schlüssel um. Rannte dann weiter ins Wohnzimmer. Auch diese Tür warf sie hinter sich zu. Ein kurzer Blick zum Fenster. Zum Glück besaß der Raum ein Rollo. Hastig ließ sie den Rollladengurt durch die Finger laufen. Sie spürte die Reibungshitze des Bandes in ihren Handflächen, als der Rollladen krachend auf der Fensterbank landete. Dann kauerte sie sich mit angezogenen Beinen unter die Decke auf dem Schlafsofa. Hier war sie sicher. Zumindest hoffte sie das. Noch dreimal hörte sie in dieser Nacht das Heulen des Wolfes, das jedes Mal weiter entfernt klang. Morgen würde sie Annes Angebot annehmen. Als sie das letzte Mal auf die Uhr sah, war es kurz nach drei Uhr morgens. Draußen prasselte der Regen gegen die Rollläden und auch die Bäume hinter dem Haus rauschten wieder im Wind. Alles war besser als das Nichts.

Kapitel 6

Der 11. Tag

„Quatsch, du spinnst", erklärte Anne belustigt, als sie am nächsten Vormittag zu Max ins Krankenhaus fuhren. „Hier im Westerwald gibt es keine Wölfe." Lena biss sich auf die Unterlippe. Verflixt, sie hätte Anne nichts von dem Wolfsheulen erzählen dürfen. „Ich hab aber deutlich das Heulen gehört", erklärte sie kleinlaut. „Okay", lenkte Anne ein. „Du hast heut Nacht ein Tier im Wald heulen gehört. Aber es muss ja kein Wolf gewesen sein." „Was denn sonst? Etwa ein Eichhörnchen?", erwiderte sie beleidigt und verschränkte die Arme vor der Brust. Am Rande ihres Gesichtsfeldes bemerkte sie, wie Anne die Augen verdrehte. „Nein. Aber es könnte auch ein Hund gewesen sein. Mein Papa, der hatte mal einen Schäferhund. Der hat auch immer geheult. Regelmäßig jeden Samstagmittag um Punkt zwölf, wenn die Feuersirene auf dem alten Schulhaus getestet wurde. Dann hat dieses blöde Vieh am Fenster gestanden und mit der Sirene im Duett gejault. Und ob du es glaubst oder nicht. Das klang genau so wie die Wölfe im Fernseher in den Gruselfilmen." Lena überlegte. Vielleicht hatte Anne recht. Dass es im Westerwald Wölfe gab, hatte sie auch noch nicht gehört. Zwar wusste sie aus einer Fernsehsendung, dass es in Ostdeutschland seit einigen Jahren wieder welche gab. Aber die würden sicherlich nicht zum Heulen in den Westerwald kommen.

*

Den restlichen Weg in die Kreisstadt Altenkirchen fuhren sie schweigend. Lena beobachtete Anne aus dem Augenwinkel und überlegte, was die junge Frau wohl im Moment dachte. Anne hatte sich extra heut morgen frei genommen, um mit Lena zu Max ins Krankenhaus zu fahren. Natürlich war sie froh, dass die junge blonde Frau das tat. Die Frage war nur warum und für wen. Tat sie es, weil sie Lena mochte? Wegen Max? Oder vielleicht aus alter Freundschaft zu Christin?

*

Max ging es besser. Als sie das Zimmer betrat, saß er aufrecht in seinem Bett und konnte sogar schon wieder grinsen. Lena berichtete ihm von dem Reitausflug gestern. Und dass sie zu Hause schon sauber gemacht hatte und natürlich von Mohrle. Von dem nächtlichen Besucher und dem unheimlichen Heulen sagte sie nichts. Max plagten zurzeit wahrlich andere Sorgen. Er erzählte ihnen, dass der Arzt ihn noch zwei oder drei Tage zur Beobachtung dabehalten wollte. Wenn nichts dazwischen käme, könne er dann spätestens am Donnerstag nach Hause. Und mit ein bisschen Glück bereits am Mittwoch. Lena war ein wenig enttäuscht. Insgeheim hatte sie gehofft, dass sie Max

heute schon wieder mit nach Hause nehmen konnte.
Aber was nicht ging, das ging nicht.

*

„Wusste gar nicht, dass ihr eine Katze habt?", fragte
Anne, als sie eine Stunde später das Krankenhaus verließen. „Wusst ich selbst bis vor ein paar Tagen noch
nicht", erwiderte Lena und erzählte Anne von Mohrle
und wie er plötzlich aufgetaucht war. „Is ja seltsam",
überlegte die Blondine laut. „Was ist seltsam?" Anne
schüttelte den Kopf. „Nichts! Musste nur gerade daran
denken, dass Christin damals auch einen schwarzen
Kater besaß. Herr Peterchen hat sie ihn genannt. Ihre
Tante Elisabeth hat ihn ihr damals zum 17. Geburtstag
geschenkt." Lena blieb stehen. „Vielleicht ist Mohrle ja
Herr Peterchen!", stellte sie fest. Anne lachte.
„Quatsch, dann müsste der Kater ja mindestens 18
Jahre alt sein." „Kann doch sein", erwiderte Lena. „Ein
Freund von Max hatte mal einen Dackel, der ist auch
so alt geworden." Anne winkte ab. „Überleg doch mal,
wer hätte sich denn um das Tier kümmern sollen,
nachdem Christin gestorben ist? Der alte Bodenheim
etwa?" Anne hatte wohl recht. Aber vielleicht war
Mohrle ja ein Nachfahre oder Verwandter von Herrn
Peterchen. Wortlos gingen sie weiter zum Auto und
fuhren los. Nach einigen Minuten fiel Lena noch etwas
ein. „Du Anne? Du hast eben gesagt, Christin hätte
ihren Kater von einer Tante zum Geburtstag bekommen?" Die Blonde nickte. „Ja, von Elisabeth. Die verrückte Lisa, wie alle sie nennen, ist die Schwester von

deinem Opa gewesen." „Warum gewesen? Lebt sie nicht mehr?" Sie beobachtete, wie Anne tief Luft holte und zu überlegen schien. „Doch, doch", antwortete sie schließlich nach einem Moment. „Die alte Hexe lebt noch. Unkraut vergeht nicht. Aber halt dich besser von ihr fern. Bevor sie dich mit ihrer spitzen Zunge vergiftet." Lena verstand nicht. „Warum!" Die Blondine schnaufte. „Wenn du mich fragst, ist Lisa ein altes verbittertes Weibsstück. Und verrückt ist sie noch dazu. Alle im Dorf, einschließlich sie selbst, haben geglaubt, dass sie nach dem Tod des alten Bodenheim den Tannenhof und die Kohle des Alten erbt. War natürlich Pech, dass der alles seiner längst vergessenen Enkelin vererbte. Hättest mal hören sollen, wie schadenfroh die Dörfler waren, als das Gerücht umging, dass Lisa leer ausgeht. In dem Kaff gönnt ja eh der eine dem anderen noch nicht mal das Schwarze unter den Fingernägeln." „Wie sieht diese Lisa denn aus?", wollte Lena wissen, obwohl sie die Antwort bereits zu kennen glaubte. Anne schnaubte und wiegte den Kopf hin und her. „Im Grunde eigentlich ganz normal. Also ich mein, man sieht ihr nicht an, dass sie verrückt ist. Sie ist mittelgroß, mittelschwer, lange graue Haare. Die is auch noch nicht so alt. So Anfang sechzig vielleicht." „Kann sein, dass ich die schon mal gesehen hab", dachte Lena laut. „Sie ging mit einem Korb in Richtung Wald hoch." Anne nickte heftig. „Genau. Das ist sie. Läuft fast jeden Tag hoch in den Wald und sammelt irgendwelchen Kräuterkram, Pilze und Beeren. Ist halt so ne grüne Ökohexe. Sie haust allein in einem kleinen Fachwerkhäuschen am Dorfrand. Hat, soweit ich weiß, zu niemandem richtig Kontakt." Lena überlegte eine Weile. Auf sie hatte Lisa einen sehr freundlichen und normalen Eindruck gemacht. Außerdem hatte sie ihr erzählt, die Dörfler würden über Lena sprechen. Da musste sie ja zu irgendwem noch Kontakt haben. Sonst wüsste sie das schließlich nicht. Die Antipathie der beiden Frauen schien jedenfalls auf Gegenseitigkeit zu beruhen. Lisa hatte ja ähnlich reagiert, als das Gespräch auf Anne kam. Max und Marina hatten ihr immer beigebracht, erst alle Seiten anzuhören, bevor man sich ein Urteil erlaubte. Sicherlich hatte Anne ihre Gründe dafür, dass sie Lisa nicht mochte. Umgekehrt gab es diese Gründe vermutlich auch. Und verrückt war in Lenas Augen sowieso ziemlich relativ. Mit vermeintlich verrückten Typen hatte sie bisher nur gute Erfahrungen gemacht. Die meisten Freunde von Max waren Künstler und Schriftsteller. Und alle waren auf die eine oder andere Art ein wenig durchgeknallt. Aber dennoch total in Ordnung und nett.

„Was meinst du denn damit, sie sei eine Hexe?", erkundigte sie sich nach einer Weile. Anne winkte lachend ab. „Ist nur so ein Spruch. Sie ist halt komisch." Lena verstand noch immer nicht. „Und was ist so komisch an ihr?", hakte sie nach. Anne grinste. „Du bist schon recht hartnäckig, oder?" Lena musste grinsen. Genau das sagte Max auch immer. Anne holte erneut tief Luft. „Okay. Ich versuch es dir zu erklären. Elisabeth lebt zurückgezogen. Spricht mit den Leuten im Dorf nur das Aller-, Allernötigste. Erschwerend kommt dazu, dass sie Atheistin ist. Unseren Pfarrer hat sie mal mit Hundescheiße beschmissen, als er bei ihr geklingelt hat, um mit ihr über Gott zu reden. Angeblich hat sie ihn sogar verflucht." Lena hob die Augenbrauen. „Also bei uns in Frankfurt kenn ich ne Menge Leute, die nix mit Gott und der Kirche zu tun haben. Finde ich jetzt nich so ungewöhnlich. Max sagt auch immer, jeder soll nach seiner Fassong glücklich werden. Und ob einer nu an Jesus, Allah oder Schiwa glaubt, das müsse jeder für sich selbst entscheiden. Hauptsache, er respektiert die anderen, die an was anderes glauben." Anne lachte. „Klingt ja alles sehr löblich. Aber solche Sprüche solltest du bei uns im Dorf eher nicht loslassen. Dann bist du nämlich sofort unten durch. Die sind alle erzkatholisch. Mein erster Freund damals kam aus einem Kaff bei Limburg und war evangelisch. Was meinste, was die Alten sich damals die Mäuler drüber zerrissen haben. Das ging gar nicht." Lena verzog entsetzt das Gesicht. „Das meinst du jetzt aber nicht ernst? Ich mein, wir leben im einundzwanzigsten Jahrhundert. Da ist so etwas doch kein Problem mehr?" Anne kicherte. „Nein. Ist ja heut auch nicht mehr so schlimm. Aber glaub mir, auf dem Land ticken die Uhren noch etwas anders als in Frankfurt." Lena zögerte ein wenig, bevor sie die nächste Frage stellte. „Könntest du dir vorstellen, dass diese Lisa auch hinter den Schmierereien über unserer Haustür steckt?" Anne wiegte den Kopf hin und her. „Kann schon sein. Vielleicht will sie euch Angst machen. Oder hofft sogar, dass ihr verschwindet und sie irgendwie doch noch an das Erbe vom alten Karl kommt."

*

Auf dem Tannenhof half Anne Lena, einige Sachen zusammenzupacken. Das hieß, sie versuchte ihr Vorschläge zu unterbreiten, was sie nach ihrer Meinung alles brauchte. „Mist, ich hab aber gar keine Hose mehr sauber", schimpfte Lena und wühlte in dem Korb mit ihrer Wäsche. „Hast du keinen Schrank?", fragte Anne ungläubig. „Nee! Ich hab ja noch nich mal ein eigenes Zimmer. Geht halt alles noch nicht so schnell. Frag mich in 'nem halben Jahr noch mal. Dann sollte alles vorhanden sein." Ihr kam eine Idee. „Warte, ich lauf schnell hoch und hol mir 'ne Jeans von oben." Sie rannte die Treppe hinauf und durchwühlte im Schrank den Stapel mit Christins Hosen. „Gott, das sieht ja fast noch genauso aus wie damals", hörte sie Anne hinter sich sagen. Lena fuhr herum. Die blonde Frau stand in der Tür und sah sich um. Ihre Augen wirkten mit einem Mal glasig. „Meinst du, meiner Mama wär es unangenehm, wenn ich in ihren Sachen herumwühle?", fragte Lena. Anne schüttelte schnell den Kopf. „Nee. Bestimmt nicht." Lena ließ sich aufs Bett sinken und beobachtete, wie die Blonde an den Schrank trat und eine fliederfarbene Bluse herausnahm. „An die meisten der Klamotten kann ich mich sogar noch erinnern", erzählte sie tonlos. Sie hängte die Bluse zurück und fasste den Stapel mit den Jeans. Dabei schob sich ihre Hand unauffällig unter die unterste Hose und tastete dort herum. Lena wusste sofort, was Anne suchte. Sie musste an das Tagebuch unter dem Bett denken. Als Christins beste Freundin wusste sie vermutlich davon. Annes Augen blitzten auf, als sie bemerkte, dass das, was sie vermutlich suchte, nicht an seinem Platz war. Dann zog sie die Hand unauffällig zurück und widmete sich wieder den Kleidungsstücken auf den Bügeln.

*

Annes Wohnung war eine Wucht. Sie bewohnte einen Bungalow in einer Seitenstraße unweit der Kirche. Das Haus und die schicke Einrichtung erinnerten Lena irgendwie an ihr ehemaliges Zuhause, in dem sie, Max und Marina früher lebten. Damals, vor Marinas Tod, als sie noch nicht pleite waren.

„Und du wohnst hier wirklich ganz allein?", fragte Lena ungläubig. Anne lachte. „Mittlerweile ja. Und glaub mir, das wird sich auch so schnell nicht mehr ändern. Ich bin heilfroh, dass mein Ex die Biege gemacht hat." „Du warst mal verheiratet?", rief Lena überrascht. Anne lachte spöttisch. „Jep, war ich. Und es war der größte Fehler meines Lebens." Lena sah sie an. Nachfragen, warum Anne froh war ihren Mann los zu sein, würde sie nicht. Wenn die hübsche Blonde ihr es erzählen wollte, würde sie es schon tun. Doch neugierig war sie schon. Anne schien ihre Gedanken zu erraten. Sie ließ sich auf das Sofa fallen und packte sich ein Kissen vor den Bauch. „Er hat mich jahrelang belogen und betrogen. Jedem Rock ist er hinterhergestiegen. Eines Tages bin ich mal früher nach Hause gekommen und hab ihn hier im Wohnzimmer mit meiner Arbeitskollegin erwischt." Sie winkte ab. „So sind die Kerle nun mal. Erst machen sie dir schöne Augen, versprechen dir ewige Treue und kaum drehst du dich

um, springen sie mit der Nächstbesten in die Kiste."
„So sind aber nicht alle", entgegnete Lena ihr. „Pah
Lena, was weißt du. Mich hat bisher noch jeder Typ
früher oder später verarscht." Lena schüttelte den
Kopf. „Max würde so etwas nie tun. Der hat Marina
wirklich geliebt. Seit sie tot ist, hat er andere Frauen
noch nicht mal angeguckt." Anne begann laut zu lachen. „Also auf mich machte Max einen sehr aufge-
schlossenen Eindruck. Hatte nicht das Gefühl, er sieht
weg." Lena spürte Zorn in sich aufkeimen. „Was weißt
du schon über Max!", schrie sie. Anne zuckte zurück
und hob abwehrend die Hände. „Stopp Lena. Stopp!
Sorry. Ich glaub, du verstehst da gerade was vollkommen falsch. Ich hab nichts gegen deinen Max. Ich find
ihn sogar ausgesprochen süß. Sicher gibt es auch nette
Kerle. Und vermutlich ist er sogar einer von ihnen.
Und ganz sicher kann er nichts dafür, dass ich bei meinen Freunden jedes Mal ins Klo greife." Lena ließ sich
auf einen Sessel fallen und packte sich ebenfalls eines
der Kissen vor den Bauch. „Sorry. Ich wollt dich nicht
anschreien", flüsterte sie leise. Anne sah sie lächelnd
an. „Du bist genau wie sie", sagte sie nach einer Weile.
„Christin hat auch immer nur das Gute in den Menschen gesehen. Bis es irgendwann zu spät war."

*

Den Nachmittag verbrachte Lena damit, mit Annes
Computer im Internet zu surfen. Zuerst checkte sie ihre
E-Mails und eventuelle Einträge auf ihren Profilseiten
bei den diversen sozialen Netzwerken, auf denen sie

angemeldet war. Wie befürchtet, war sie bei ihren ehemaligen Freunden in Frankfurt bereits in Vergessenheit geraten. Die wenigen Beiträge, die dort gepostet worden waren, waren einfach nur dämlich oder oberflächlich. Meistens sogar beides. Von den zweiundsechzig E-Mails waren alle bis auf eine Werbung oder Spams. Doch die eine hatte es in sich. Es war eine Benachrichtigung von Facebook. Schwarz auf weiß stand da: „Marc Sonnendal möchte mit dir auf Facebook befreundet sein." Sie rief die Seite auf und besah sich das Profil von Marc Sonnendal. Er war es tatsächlich. Marc! Der nette Typ aus der Reithalle. Okay. Ob er wirklich nett war, würde sich zeigen. Aber auf den ersten Blick war er Lena zumindest nicht unsympathisch. Sie schrieb ihm eine Nachricht. „Wie hast du mich so schnell gefunden?" Es dauerte keine Minute, bis er antwortete. „Musste nicht lange suchen. Wollen wir uns nicht mal treffen?" Lena dachte nach. Damit hatte sie so schnell nicht gerechnet. Sich mit einem fremden Jungen treffen, auch wenn der noch so lieb aussah, war eigentlich nicht ihr Ding. Aber warum nicht. Solange es ein Ort war, an dem auch andere Leute waren, sprach nichts dagegen. Vielleicht würde sie auch Anne fragen, ob die sie begleitet. Sie antwortete deshalb eher diplomatisch. „Vielleicht. Kommt drauf an wo?"

*

Der Wind blies kalt, als sie Marc eine Stunde später an der Parkbank auf dem Friedhof traf. „Eigentlich treffe ich mich nie mit Fremden an so einsamen Orten wie diesem", begann sie das Gespräch und setzte sich neben ihn. „Wieso, wir sind doch nicht allein. Hier sind überall Leute, wie du es gewünscht hast", flachste er. Gut, er hatte nicht unrecht. Nur waren die Leute an diesem Ort dummerweise für gewöhnlich sehr tot. „Ich hab dich letztens mit Anne in der Reithalle gesehen", wechselte Marc geschickt das Thema. Lena nickte. „Ja, Anne hat mir ihr Pferd gezeigt. Ich wohn auch momentan bei ihr, weil mein Vater im Krankenhaus ist." „Was Schlimmes?", erkundigte Marc sich. „Na ja, wie man es nimmt. Er ist von der Leiter gefallen und eine Rippe hat sich durch die Haut nach draußen gebohrt."

Die Zeit verging wie im Flug. Marc war wirklich nett. Sie sprachen über alles Mögliche. Eltern, Pferde, Schule. Er besuchte die 12. Klasse des Gymnasiums und würde an Heiligabend achtzehn werden. Lena fand das witzig. Bisher hatte sie noch nie jemanden getroffen, der am gleichen Abend wie das Christkind geboren worden war. „Wann ist denn dein Geburtstag?", fragte Marc irgendwann. Lena wollte schon antworten, doch dann fiel ihr etwas ein. Sie sprang auf, packte Marc am Arm und zog ihn mit sich zu dem frisch bepflanzten Grab, das sich keine zehn Meter von ihnen entfernt befand. Dort angekommen, deutete sie auf den Grabstein. Marc las das Datum laut vor: „Erster November neunzehnhundertvierundneunzig! Sag jetzt aber nicht, das ist dein Geburtstag." Lena sah starr auf den Grabstein. „Ist doch merkwürdig in der Welt, oder? Die einen werden am gleichen Tag wie das Christkind geboren, die anderen an dem Tag, wo ihre Mama stirbt." „Das tut mir leid", flüsterte Marc. Lena wischte sich mit dem Ärmel eine einzelne Träne aus dem Gesicht. „Muss dir nicht leidtun. Du kannst ja nix dafür." Eine Weile standen sie schweigend an dem Grab. Marc war es schließlich, der die Stille durchbrach. „Woran ist sie denn gestorben?" „Angeblich ein Autounfall, mit Fahrerflucht. Was Genaues weiß ich nicht. Die Ärzte konnten wohl nur mich retten. Wer der Fahrer des Wagens war, weiß man nicht." Wieder schwiegen sie eine Weile. „Und dein Vater hat dich dann alleine aufgezogen?" „Nee, Max ist nicht mein richtiger Papa. Er und seine Frau haben mich adoptiert. Wer mein wahrer Erzeuger ist, weiß angeblich nur Christin selbst." Sie sah zu Marc. Der verzog recht missmutig das Gesicht. „Und du hast keine Ahnung, wer es sein könnte?", fragte er nachdenklich. „Nee, keinen Schimmer. Ich hab den Verdacht, dass Anne es wissen könnte. Sie selbst sagt aber, sie wüsste nichts." „Und du glaubst ihr nicht?" „Nee. Was das betrifft, kein Wort." Marc kaute auf seiner Unterlippe herum. „Weißt du was?", erklärte er schließlich. „Ich hör mich einfach mal um! Vielleicht erzählt mir ja einer was. Mich kennen die Leute hier. Da labert man schnell mal was raus, was man einer Fremden nicht erzählen würde." Sie verabredeten sich für den kommenden Nachmittag zur gleichen Zeit wieder auf dem Friedhof. Als Lena die wenigen hundert Meter zu Annes Bungalow zurückging, war es bereits dunkel. Es regnete wieder. Aber Lena war das egal. Innerlich, also tief in ihr drin, war sie seit Langem nicht mehr so zufrieden und glücklich gewesen. Die Unterhaltung mit Marc hatte ihr gutgetan. Endlich war da jemand, der ihr zuhörte und bei dem sie das Gefühl bekam, dass er mit ihr an einem Strang zog. Natürlich! Anne war auch total lieb zu ihr und half ihr, wo sie konnte. Aber mit Marc war es anders. Er schien sie wirklich zu verstehen. Er hätte sie bestimmt nicht ausgelacht, wenn sie ihm von dem Wolfsgeheul erzählte. Vielleicht würde sie das morgen sogar tun.

*

Die Einfahrt vor dem Bungalow war leer. Von Annes rotem Panda war nichts zu sehen. Vermutlich war sie noch einmal weggefahren. Lena kramte den Schlüssel aus der Hosentasche hervor, den die Blondine ihr gab, bevor sie am Nachmittag das Haus verlassen hatte und schloss auf. Wohlige Wärme schlug ihr entgegen, als sie das Haus betrat. Während sie ihre Schuhe im Flur auszog, rief sie mehrmals Annes Namen. Vergeblich!

Die Ursache für die Abwesenheit der jungen Frau fand sie schnell heraus. Auf dem Garderobenspiegel klebte ein gelber Notizzettel. „Bin kurz noch was einkaufen. LG Anne." Als sie ihre Schuhe in das kleine Schuhregal hinter der Hautür zwischen zwei Paar Stiefel quetschen wollte, passierte es. Einer von Annes Reitstiefeln kippte von dem schmalen Brett und landete mit einem lauten Klatsch auf dem Boden. Lena stöhnte genervt, bückte sich und hob den Stiefel auf. Dabei fiel ihr Blick auf die Sohle. Sie war weiß. Unter dem Stiefel waren deutlich die Reste weißer Farbe zu sehen. Ihr Herz begann zu pochen. Sie griff nach dem Gegenstück des Stiefels und drehte ihn um. An diesem war nichts zu sehen. Zwar war die Sohle leicht verschmutzt, aber keine Spur von weißer Farbe. Lena versuchte sich das Bild aus der letzten Nacht vor Augen zu führen. Die Farblache auf dem Hof. Die weißen Fußspuren. Waren da nur rechte oder nur linke Abdrücke gewesen? Oder waren es rechte und linke? Verflixt, sie wusste es nicht mehr. Das Knacken des Haustürschlosses ließ sie herumfahren. Die Tür schwang auf und Anne kam fluchend herein. „So ein blödes Dreckswetter", schimpfte sie und schüttelte ihre nassen Haare. Dann sah sie zuerst Lena, anschließend den Stiefel in Lenas Hand an. „Is irgendwas?" Lena schüttelte den Kopf. „Nee wieso?" antwortete sie schnell und stellte den Stiefel wieder ins Regal. Anne trat an ihr vorbei, griff danach und besah sich die Unterseite. Sie verzog das Gesicht. „Jetzt weiß ich wenigstens, woher die Farbe in meinem Wagen kommt. Die ganze Fußmatte ist versaut. Bin wohl gestern, als ich rauslief, um den Notarzt zu holen, in diese verfluchte Farbe reingetreten." Sie stellte den Stiefel zurück, schlüpfte aus ihren Turnschuhen, ohne diese aufzuschnüren und rannte dann mit einer dicken Einkaufstüte in die Küche. „Es gibt Nudelauflauf mit Brokkoli", hörte Lena sie rufen. „Hoffe, du magst Brokkoli?" Lena nickte. Sie hasste Brokkoli. Aber es war egal. Ihre Gedanken waren immer noch bei den Farbresten. Natürlich konnte es sein, dass Anne gestern Nachmittag in die Farbe getreten war. Vielleicht aber auch nicht. Wieder einmal hatte sie das Gefühl, dass Anne sie anschwindelte.

*

Der Auflauf schmeckte gar nicht mal so schlimm wie sie befürchtet hatte. Lena aß sogar einige Bröckchen des verhassten Gemüses. Den Rest sortierte sie aus und legte ihn auf den Tellerrand. Auf alle Fälle waren Annes Kochkünste besser als die von Max und ihr selbst. „Wie war's denn auf dem Friedhof?", fragte Anne irgendwann eher beiläufig. Lena hätte sich vor Schreck fast verschluckt. Natürlich hatte sie Anne nicht den wahren Grund ihres Besuches auf dem Friedhof genannt. Offiziell war sie dort gewesen, um das Grab von Christin zu besuchen. „Wie soll's gewesen sein?", fragte sie daher und versuchte dabei ganz lässig zu wirken. „Weiß nicht?", erklärte Anne grinsend. „Vielleicht hast du ja noch jemanden getroffen. Warst ja schon ziemlich lang weg. Als ich nachmittags mit dem Auto am Friedhof vorbeigefahren bin, hätte ich schwören können, dass da jemand bei dir stand." Lena merkte, wie sie rot wurde. Anne begann zu kichern. „Kannst es ruhig zugeben. Ist ja nichts Schlimmes dabei, sich mit einem Jungen zu treffen. Wer ist denn der Glückliche?" Lena musste nun auch grinsen. „Okay. Ich geb's zu. Ich hab mich mit Marc Sonnendal getroffen. Aber wir haben nur geredet." Anne klatschte in die Hände. „Hab ich's mir doch gedacht. Das Moped an der Friedhofsmauer kam mir gleich so bekannt vor."

Lena senkte den Kopf „Sorry, ich hätte es dir sagen sollen", flüsterte sie verlegen. Anne winkte ab. „Quatsch! Schwamm drüber. Im Grunde geht's mich ja auch gar nichts an, mit wem du dich triffst." Dann fügte sie noch grinsend hinzu. „Hat hübsche Augen der Typ, oder?" Lena spürte, wie ihr Kopf von Rot zu Dunkelrot wechselte. Zum Glück wechselte Anne, ohne auf eine Antwort zu warten, für den Rest des Abendessens das Thema.

Es ging wieder einmal um Pferde. Annes Lieblingsthema. Lena war nicht bös drum. Sie mochte es, wenn Anne erzählte. Und Anne erzählte, wie es schien, gerne und viel. Nach dem gemeinsamen Abwasch verabschiedete sich Lena ins Gästezimmer. Sie war einfach zu müde. Der mangelnde Schlaf der letzten Nacht machte sich durch ständiges Gähnen und tränende Augen bemerkbar. Trotzdem lag sie noch lange im Bett, starrte in die Dunkelheit und dachte nach. Über Marc. Die Vorkommnisse der letzten Nacht und über die Farbe an Annes Stiefel. Nach einer halben Ewigkeit entschied sie sich noch einmal aufzustehen, um sich aus der Küche ein Glas Wasser zu holen. Immer noch und obwohl sie ihre Zähne gründlich geputzt hatte, glaubte sie den Geschmack des Brokkoliauflaufs in ihrem Mund wahrzunehmen. Leise öffnete sie die Tür des Gästezimmers und schlüpfte in den dunklen Flur. Durch einen schmalen Spalt der nur angelehnten Wohnzimmertür fiel ein Lichtstrahl über den hellen Laminatboden. Deutlich hörte Lena die Stimme von Anne. Neugierig schlich sie näher und schaute durch den Spalt. Die Blondine rekelte sich mit dem Rücken zu ihr in einem der Sessel und telefonierte leise. Ihr rechtes Bein hing lässig über der Lehne und schwang leicht hin und her. „Sie schläft schon. War wohl sehr müde. Heut Nachmittag hat sie sich mit Marc auf dem Friedhof getroffen", hörte Lena sie gerade dem oder der Unbekannten am anderen Ende der Leitung zuflüstern. „Ja, er scheint ihr zu gefallen", Anne kicherte nun. „Nein, mach dir keine Sorgen ich pass schon auf sie auf." Lena lauschte angestrengt, um vielleicht doch etwas von der Person, die mit Anne telefonierte, mitzubekommen. „Nein, sie ist vollkommen ahnungslos", erzählte Anne gerade. „Pah! Ich werd den Teufel tun und ihr etwas sagen. Ich kann schweigen wie ein Grab", schnaufte sie nun etwas lauter. „Ja. Okay, ich melde mich morgen noch mal. Gute Nacht!" Dann legte sie auf und ließ ein, wie Lena glaubte, verliebtes Seufzen erklingen. Lena flitzte lautlos zurück durch die Diele in die Küche und goss sich ein Glas Wasser ein. Als sie Minuten später wieder in ihrem Bett lag, rotierten ihre Gedanken noch mehr als vorher. Mit wem zum Kuckuck hatte Anne eben über sie gesprochen? Um was für ein Geheimnis war es gegangen? Spielte die Blonde ein falsches Spiel mit ihr? Wenn ja, dann war sie eine wirklich gute Schauspielerin. Nein, das konnte einfach nicht sein. Lena redete sich ein, dass die Hintergründe des Gespräches vollkommen harmlos gewesen waren.

Kapitel 7

Der 12. Tag

Es war bereits heller Tag, als Lena am nächsten Morgen wach wurde. Sie hatte beschissen geschlafen. Mehrmals war sie aus wirren Träumen schweißgebadet aufgewacht. Wirklich erinnern an das, was sie geträumt hatte, konnte sie sich nicht. Nur Fetzen ohne Zusammenhang und Sinn schwirrten in ihrem Kopf. Das Einzige, an was sie sich sicher erinnern konnte war: Feuer! Sie hatte von lodernden Flammen geträumt. Einem riesigen Feuer in einem dunklen Wald. Sie selbst versuchte wegzulaufen, doch das Feuer war immer hinter ihr gewesen. Es war, als wäre sie immer auf der Stelle gelaufen. In ihrem Traum sah sie Christin. Es war das erste Mal in ihrem Leben, dass sie von ihrer Mutter träumte. Aber auch Anne war dagewesen. Und sie glaubte, sie hätte den Wolf in ihrem Traum heulen gehört, konnte ihn aber nicht sehen.

Lena schwang sich aus dem Bett, schüttelte den Kopf und wuselte sich durchs Haar. Das Gute an wirren Träumen war, dass man sie meist schnell wieder vergaß. Noch verschlafen schlurfte sie in die Küche. Das Haus war verlassen. Anne hatte ihr gestern erzählt, dass sie bereits morgens um vier zu ihrem Papa in die Bäckerei fahren würde, und Lena hatte beschlossen, dass die Arbeit in einer Bäckerei für sie selbst nicht in Frage käme. Jeden Morgen vor vier aufstehen? Nee! Das ging irgendwie gar nicht. Am besten wäre eine Arbeit so ab zehn Uhr morgens. Das schien ihr eine gute Zeit. Da Frühstücken in der Regel auch nicht ihr Ding war, trank sie nur einen Kaffee aus Annes Kaffeevollautomat. Ein tolles Teil. Einfach eine Tasse drunterstellen und auf einen Knopf drücken. Fertig! Sie würde Max vorschlagen, dass sie sich auch so ein Ding zulegten. Sie duschte, zog sich an und verließ gegen halb elf das Haus. Als Erstes würde sie zum Hof gehen, Mohrle füttern und ihr Fahrrad holen. Anschließend zu Anne in die Backstube. Und dann einmal sehen, wie sie die Zeit bis um drei Uhr nachmittags rumbekam. Irgendwie konnte sie es kaum erwarten Marc wiederzutreffen.

*

Als sie schon fast oben am Hof war, kam ihr an der Weggabelung eine wohlbekannte Gestalt entgegen. Lisa winkte ihr bereits beim Näherkommen zu und rief. „Guten Morgen Lena." Lena erwiderte den Gruß, reagierte aber eher zurückhaltend. Annes Worte vom Vortag hatten sich tiefer in ihr Bewusstsein eingebrannt als sie es für möglich gehalten hatte. Und das, obwohl sie sich doch vorgenommen hatte, unvoreingenommen auf Lisa zuzugehen, wenn sie ihr das nächste Mal über den Weg lief. Als sie direkt vor Lisa stand, konnte sie es nicht unterlassen, neugierig in den Korb, der in der Armbeuge der älteren Frau hing, hineinzuschielen. In dem Korb befanden sich einige vergammelte Holzstücke mit Moosbewuchs. Lisa war ihr Blick scheinbar nicht entgangen. „Brauch ich nur für Deko", erklärte die Grauhaarige lächelnd. Lena runzelte die Stirn. „Was dekoriert man denn mit alten Knüppeln und Grünzeug?" erkundigte sie sich und verzog dabei das Gesicht. Noch bevor sie die Worte zu Ende aussprechen konnte, taten sie ihr leid und sie schämte sich fast für ihre abwertende Bemerkung. Lisa begann laut zu lachen. „Du gefällst mir Lena. Ich mag es, wenn Menschen geradeheraus sind. Die sind mir immer noch lieber als diese ganzen Scheinheiligen, die einem nach dem Mund quasseln. Bei denen weiß man nie, wo man dran ist. Vorne herum lächeln sie dich an und kaum kehrst du ihnen den Rücken zu, stechen sie mit dem Messer zu. Natürlich nur verbal", fügte sie schnell hinzu. Mehr als ein zögerliches „Ach so", fiel Lena gerade nicht ein. In den Sekunden der Stille überlegte sie krampfhaft, was sie sagen sollte. Gerne hätte sie mehr über die Frau, die angeblich mit ihr verwandt war, erfahren. Lena wollte nicht, dass diese einfach weiterging und wieder um die nächste Wegbiegung verschwand „Ich habe gehört, Sie seien so eine Art Tante von mir?", fragte sie deshalb geradeheraus. Lisa hob die Augenbrauen. „So, hast du das gehört? Na, wenn man es ganz genau nimmt, bin ich deine Großtante. Dein Opa Karl war mein großer Bruder." Wieder sahen sie sich einige Sekunden an. Diesmal war es die Ältere, die die Stille durchbrach. „Was hast du denn sonst noch so gehört?" Lena wippte mit dem Kopf hinterher und entschloss sich wieder für die Wahrheit. „Ich hab auch gehört, Sie seien verrückt und eine böse Atheistin." Lisa brach in schallendes Gelächter aus, das irgendwie auch wirklich ein bisschen irre klang. „Sehr gut ‚mein Kind. Sie haben dich also im Dorf schon entsprechend geimpft. Was hältst du davon, wenn deine verrückte, ungläubige Großtante dich zu einem Tee einlädt?" Lena willigte ein, irgendwie war das genau das, was sie gehofft hatte. Zum Hof hinauf konnte sie auch später noch. Ihr Fahrrad lief ihr nicht weg und Mohrle würde schon nicht verhungern. So ein Kater würde sich sicherlich in der Not auch mal eine Maus fangen können.

*

Das Fachwerkhaus, in dem Lisa wohnte, war alt, aber total gemütlich und super gepflegt. Die Decken waren niedrig, aus schweren dunklen Balken und die Einrichtung wirkte größtenteils wie aus einem Museum. Lena bekam beinahe das Gefühl, als sei sie mit einem Mal einhundert Jahre in der Zeit zurückgereist. Lena sah sich begeistert um. Die Kombination aus antiken Möbeln und modernen Geräten war perfekt. In der Küche befand sich ein uralter großer Küchenherd und verbreitete eine wohlige Wärme. Unweit davon ein moderner Herd mit Induktionsplatten. „Toll haben Sie es hier", sagte sie anerkennend. Lisa lächelte. „Lena, würdest du mir den Gefallen tun und nicht immer Sie zu mir sagen. Ich komm mir dann immer vor, als wäre ich noch Lehrerin in der Grundschule. Schließlich bist du ja nicht meine Schülerin." Lena horchte auf. „Sie... ich meine, du bist Lehrerin?", fragte sie überrascht. Lisa grinste nur, füllte einen alten großen Kessel mit Wasser und schob ihn auf den

Herd. „Ich war Lehrerin", korrigierte sie. „Ich bin seit über einem Jahr im Ruhestand." Lena setzte sich an den Küchentisch und betrachtete einige kleine Schalen mit getrockneten Kräutern, die in der Mitte des Tisches standen. „Und was machst du jetzt so in deinem Ruhestand? Ich meine, du musst doch eine Menge Zeit haben? Oder?" Lisa stellte eine wunderschöne Teekanne aus weißem Porzellan und einem blauen Muster auf den Tisch. „Tja, was mach ich? Meistens abwarten und Tee trinken." Sie lachte und schüttelte dann den Kopf. „Nein! Ist natürlich Quatsch. Ich hab schon eine Menge zu tun. Ich bin recht aktiv im Natur- und Artenschutz." „Und was für Arten schützt du da so?" „Och, da gibt es einige. Da wären zum Beispiel ...", ein leises Maunzen unterbrach Lisa. Die Küchentür bewegte sich und eine schwarze Katze schlich in die Küche. Lena glaubte sich zu versehen. Die Katze sah genau aus wie Mohrle und sie benahm sich auch so. Mit einem eleganten Satz sprang das Tier zuerst auf die Eckbank und dann weiter auf eine freie Stelle auf dem Fensterbrett. „Darf ich dir Herrn Peterchen vorstellen", erklärte Lisa. Lena starrte den Kater ungläubig an. „Der sieht ja genau aus wie Mohrle", flüsterte sie. Lisa hob die Augenbrauen. „Wer ist Mohrle?" Lena deutete auf das Tier. „Bei uns oben auf dem Hof haben wir einen Kater, der sieht genauso aus wie dieser. Ich hab ihn Mohrle getauft." Lisa lachte laut. Herrn Peterchen schien das Gelächter gar nicht zu gefallen, denn er schaute die ältere Frau hochnäsig und irgendwie beleidigt an. „Lena, ich befürchte, wir reden von ein und demselben Rumtreiber." Lena verstand noch immer nicht. Lisa deutete auf den Kater und erklärte es ihr. „Herr Peterchen ist ein alter Rumtreiber. Manchmal ist er tagelang verschwunden und taucht dann irgendwann wie aus dem Nichts wieder auf. Gelegentlich trifft man ihn sogar schon mal im Wald an. Ich hab dann immer fürchterliche Panik, dass irgendeiner dieser schießwütigen Jägersleute ihn einfach abknallt. Die letzten Tage hab ich ihn gar nicht gesehen." Lena erhob sich und quetschte sich hinter den Tisch auf die Eckbank. Mohrle oder Herr Peterchen, wie Lisa ihn nannte, schnurrte zufrieden, als sie ihn streichelte. Lena besah sich das linke Ohr, in dem ein tiefer Riss zu sehen war. Eindeutig! Es war tatsächlich Mohrle. „Aber weshalb taucht deine Katze bei uns auf dem Hof auf?" Lisa sah plötzlich nachdenklich aus. „Herr Peterchen ist nicht mein Kater, Lena. Eigentlich gehört er niemandem. Früher gehörte er einmal Christin. Ich hab ihr ihn damals geschenkt, als er noch ein kleines Kätzchen war. Irgendwann, vielleicht ein halbes Jahr nach Christins Tod, saß er dann morgens vor meiner Tür. Seitdem kommt und geht er wie es ihm beliebt." Lena spürte, wie sie eine Gänsehaut bekam. Sie betrachtete den Kater, der wie eine Statue auf der Fensterbank hockte und dabei stolz umherblickte, als wäre er der König aller Katzen auf diesem Planeten. Von draußen peitschte der Wind schwere Regentropfen gegen die Scheiben. Sie beobachtete interessiert, wie Lisa ein kleines Sieb in den Hals der Teekanne steckte und damit begann ihr einzuschenken. Dann stellte sie die Frage, die sie schon seit ihrer Ankunft im Westerwald beschäftigte. „Du Lisa. Hast du eine Ahnung wer mein Vater ist?"

*

Seine Finger strichen zitternd über den mit Leder bezogenen Buchrücken. Leise flüsterte er die auf dem Umschlag aufgedruckten Worte „Malleus Maleficarum." Nur die wenigsten Menschen ahnten heute noch, wie viel Wahrheit in diesem Werk vereint war. Einem Buch, von dessen bloßer Existenz die meisten noch nicht einmal wussten. Der „Malleus Maleficarum" oder „Der Hexenhammer", wie viele ihn nannten, war mehr als nur eine Ansammlung von Wissen über das Entlarven und Bekämpfen des Dämons, der sich der Weiber bemächtigte, um das Böse in die Welt zu bringen. Nein, aus ihm sprach Gottes Wort. Und seine Worte waren deutlich. Tod dem Dämon. Er hatte sie gesehen. Die Hexe. Sie war wieder da. Er war sich sicher. Siebzehn Jahre waren seit der Nacht vergangen, als er in seiner Torheit glaubte, er hätte den Dämon besiegt. Ihn mit dem Feuer bekämpft. Und jetzt war er wieder da. Genauso jung und verführerisch schön wie damals. Diesmal würde er nicht versagen. Diesmal würde er es zu Ende führen. Diesmal würde die Hexe bis zum Ende brennen.

*

Lena sah auf das Display ihres Handys. Es war bereits vier Minuten nach drei. Was, wenn Marc sie vergessen

hatte? Sie trat aus dem Wartehäuschen der Bushalte-
stelle und blickte die Straße hinunter über den Friedhof. Bestimmt hatte er sie vergessen. Vielleicht sollte
sie doch noch zu Anne in die Bäckerei gehen. Zumindest war es dort wärmer. Als sie vor einer halben
Stunde das Haus von Lisa verließ, entschied sie, dass
es schon zu spät war, um noch bei Anne vorbeizu-
schauen. Was, wenn Marc schon auf sie wartete? Was,
wenn er dachte, sie käme nicht mehr und wieder fuhr?
Die Frage, wer ihr Vater war, hatte Lisa nicht beant-
wortet. Sie wisse es nicht, behauptete sie. Und wie bei
Anne vor einigen Tagen hatte Lena auch diesmal wieder das Gefühl, sie würde nach Strich und Faden belogen. Sie hatte genau gesehn, wie Lisa nach Lenas
Frage nervös geworden war. Ihre Hände, mit denen
sie die Teekanne hielt, hatten gezittert. Warum nur
versuchten alle sie zu belügen? Fast allen Fragen
Lenas, die die Zeit ihrer Geburt und die Zeit davor be-
trafen, war Lisa geschickt ausgewichen. Sie hatte ihr
von mehreren Dorfbewohnern erzählt, die irgendwie
um einhundert Ecken mit ihr verwandt waren. Natürlich war Lena nicht ein einziger dieser Menschen bekannt. Woher auch. Zu guter Letzt war Lena genauso
schlau gewesen wie vorher. Trotzdem war sie Lisa
nicht böse. Lena glaubte sogar, dass die ältere Frau sie
irgendwie vor der Wahrheit schützen wollte. Oder redete sie sich das jetzt nur ein, weil Lisa ihr so sympathisch war?

Sie sah zum Himmel. Wie eine dunkelgraue Decke
ohne Ränder und Muster hingen die Wolken über ihr.
Eine scheinbar glatte Fläche ohne Anfang und Ende.

Zumindest hatte es für den Moment aufgehört zu regnen. Nur der Wind blies immer noch eiskalt. Motorengeräusche rissen sie aus ihren Gedanken. Erneut sah sie die Straße hinunter. Ein Geländemotorrad kam mit einem Affenzahn auf sie zugerast und kam dann leicht schlitternd mit blockierendem Hinterrad vor ihr zum Stehen. Marc. Er war doch noch gekommen. Lena spürte, wie ihr Herz schneller schlug. Marc stellte den Motor ab und zog dann seinen Helm aus. „Hallo, sorry, bin etwas spät", entschuldigte er sich hastig, nahm dann einen großen Rucksack vom Rücken und streckte ihn ihr hin. „Zieh das an. Die Klamotten sind von meiner großen Schwester." Lena öffnete den Sack und sah hinein. „Was soll ich mit einem Helm und Motorradklamotten?", fragte sie entsetzt, obwohl sie die Antwort bereits kannte. „Ich muss dir was zeigen. Und zu Fuß ist es ein bisschen weit", erklärte er und sah sie eindringlich an. Er hat wirklich schöne Augen, fiel ihr ein. „Was ist jetzt?" Lena schreckte aus ihrem Tagtraum. Sie nahm den Helm aus dem Rucksack. Darunter kamen ein zerknitterter Plastikregenoverall, sowie ein Paar Handschuhe zum Vorschein. Schnell zog sie die Sachen über. Im Gegensatz zu dem Helm, der ein wenig groß schien, passten der Overall und die Handschuhe wie angegossen. Kurz bevor sie hinter Marc auf das Motorrad stieg, musste sie an Max denken. Wenn der sie so sähe, würde er total ausflippen. Organspender nannte ihr Adoptivvater Motorradfahrer immer verächtlich. Für ihn waren alle Menschen, die sich auf zwei Rädern durch die Landschaft bewegten, verrückte Raser, die früher oder später ihr

Leben lassen würden. Wie Marina. Sie hatte das Motorradfahren geliebt. Bis zu dem Tag, als ein Lastwagen ihr die Vorfahrt nahm.

Lena war schon mulmig zumute, als sie gerade das erste Mal seit Marinas Unfall vor einigen Jahren wieder auf ein Motorrad stieg. Sie spürte, wie die Sitzbank zu vibrieren begann, als Marc die Maschine antrat. Wenn sie früher mit Marina gefahren war, in der Einfahrt ihres Hauses, hatte sie immer vorne auf dem Tank sitzen müssen. Marinas Arme hatten sie fest umschlungen. Jetzt saß sie hinter Marc und wusste im ersten Moment überhaupt nicht, wie sie sich festhalten sollte. Ihre Hände tasteten nach hinten, verflixt, wo hielt man sich auf diesem Ding bloß fest? Marc schien ihre Gedanken erraten zu haben. Er drehte sich um und schrie ihr durch den Helm und gegen den Motorenlärm zu. „Halt dich an mir fest." Zaghaft legte sie ihre Hände auf seine Seiten. Marc griff danach, zog sie nach vorne um seinen Bauch und brüllte erneut. „Richtig festhalten." Lena klammerte sich an ihn. Keine Sekunde zu spät. Das Motorrad schoss los. Sie drückte sich fest an ihn. Wow, es war toll. Die Häuser flogen an ihnen nur so vorbei. Sie spürte, wie der Wind an ihren Haaren riss. Sie rutschte näher an Marc heran und umschlang ihn noch fester. Kurz nach dem Ortsschild legte sich das Motorrad sachte in eine lange Linkskurve. Kurz kam Panik in ihr auf. Was musste sie tun? Sich mit in die Kurve legen oder dagegenstemmen? Noch bevor sie eine Antwort gefunden hatte, lag die Kurve hinter ihnen. Noch nie in ihrem Leben überkam sie das Gefühl von Freiheit so wie in diesem Moment.

Nach einigen hundert Metern auf der Landstraße verlangsamte Marc das Tempo und bog in einen Waldweg ab. Schlamm spritzte, während sie immer tiefer in den Wald fuhren. Lena versuchte über Marcs Schulter zu sehen. Verflixt, wo fuhren sie bloß hin? Der Weg führte stetig bergauf. Die Fichten rechts und links des Weges ragten bis zum Himmel und über ihren Köpfen schwappten die Äste wie Wellen zusammen. Der Himmel selbst war nur noch gelegentlich zu sehen. Vor dem Motorrad sah sie deutlich den Scheinwerfer über den matschigen Waldweg wandern. Dann wurde es wieder heller. Sie fuhren auf eine große Lichtung. Marc wurde langsamer und blieb dann stehen. Als der Motor ausging, wurde es mit einem Mal unwirklich ruhig. „Absteigen", rief Marc ihr in die Stille hinein zu. Zitternd stieg sie ab. Obwohl die Fahrt nur einige Minuten dauerte, mussten sich ihre Beine erst wieder daran gewöhnen, auf festem Boden zu stehen. Marc stellte das Motorrad auf den Ständer und zog dann seine Handschuhe und den Helm aus. Lena versuchte indes den Verschluss ihres Helms an ihrem Hals zu öffnen. Erst mit seiner Hilfe gelang das Unterfangen. „Was machen wir hier eigentlich?", fragte sie neugierig, als sie das Ding von ihrem Kopf endlich abgenommen hatte. Marc fasste ihre Hand und zog sie mit sich weiter auf die Lichtung. Erst jetzt bemerkte Lena, dass sie sich hoch oben auf einem Bergrücken befanden. Vor ihnen eröffnete sich ein wunderbarer Ausblick über das Dorf. Auf dem gegenüberliegenden Berg erkannte sie den Tannenhof. Auf der höchsten Stelle, die direkt an einem steilen Abhang lag, stand ein weiß gestrichenes Gipfelkreuz. Rechts daneben zwei aus halben Baumstämmen gefertigte Bänke und ein Tisch. Der Ort gefiel Lena. Sie lehnte sich an die Kante des Tisches und ließ ihren Blick über die umliegenden Hügel schweifen. Der kalte Wind wehte ihr ständig Haarsträhnen ins Gesicht. „Wirklich schön hier", flüsterte sie. Mehr zu sich selbst. Marc setzte sich hinter ihr auf eine der Bänke. Lena schloss die Augen und sog die frische Luft ein. „Hier ist es angeblich damals passiert", sagte Marc plötzlich leise. Lena fuhr herum. „Was ist passiert?" Marc deutete hinter sich auf die Lichtung. „Hier war der Unfall. Der, bei dem deine Mutter gestorben ist." Lena sah ihn fassungslos an. Sie spürte wieder, wie sich ihre Kehle zuschnürte. Wie sie nach Luft rang. „Aber... Aber hier ist doch gar keine Straße?", stammelte sie schließlich. Marc sah sie fragend an. „Wieso Straße?" Lena ging zurück auf das Motorrad zu und deutete dann auf den Boden. „Na, die Straße. Sie ist doch von einem Auto angefahren worden?" Marc schüttelte langsam den Kopf. „Nein. Soweit wie ich das rausbekommen habe, ist sie hier verbrannt." Die Atemnot kam zurück. Lena begann zu würgen. Vor ihren Augen sah sie das Feuer aus dem Traum. Dann fiel sie auf die Knie und erbrach sich.

*

Ohne jeglichen Appetit und mit den Gedanken immer noch auf der Lichtung im Wald, bei dem Gipfelkreuz, stocherte Lena in ihrem Abendessen herum. Ihr gegenüber saß Anne. Lena spürte ihre bohrenden Blicke.

„Schmeckt's nicht", fragte Anne irgendwann. Lena sah auf. Anne wirkte ganz normal wie immer. War sie wirklich so abgebrüht? Für einen Moment überlegte Lena, sie mit dem, was sie am Nachmittag von Marc erfahren hatte, zu konfrontieren. Unterließ es aber, da sie sich nicht sicher war, ob das, was sie da gehört hatte, wirklich die Wahrheit war. Noch nicht einmal Marc selbst wusste, wie viel von dem, was er ihr erzählte, den Tatsachen entsprach. Scheinbar war es schwer gewesen, überhaupt etwas über die Vorfälle von vor siebzehn Jahren herauszubekommen. Zuerst hatte Marc es bei seinem Vater versucht. Der jedoch speiste ihn sofort mit der lapidaren Antwort „Das wäre lange her" und „Man solle die Toten ruhen lassen" ab. In der Schule hatte er dann das blonde Mädchen aus der Dorfgaststätte angesprochen. Diana wusste immer, was in dem kleinen Ort passierte und was so erzählt wurde. Hinter der Theke der Gaststätte schnappte sie einiges von dem auf, was die Alten im Rausch so erzählten. Sogleich hatte sie Marc aber auch davor gewarnt, nicht alles für bare Münze zu nehmen, was die Suffköppe, wie sie ihre Gäste titulierte, so von sich gaben. Auch Lena kannte aus eigener Erfahrung, dass Betrunkene nur zu oft Unsinn quatschten. Angeblich hatten die Jugendlichen des Dorfes in der Nacht damals Halloween gefeiert. Mit einem großen Lagerfeuer mitten auf der Lichtung und jede Menge Alkohol. Es war nicht das erste Mal gewesen, dass an dieser Stelle gefeiert wurde. Marc erklärte, dass auch er schon mehrmals mit Freunden dort im Wald abgehangen hatte. Zuletzt verbrachten sie dort die Nacht zum ersten Mai im Zelt. Irgendwie musste Christin damals, vor siebzehn Jahren, den Flammen zu nahe gekommen sein. Ihre Kleidung fing Feuer. Diana behauptete allerdings auch, es gäbe das Gerücht, dass irgendwer Christin gestoßen habe. Wenn an diesem Gerücht etwas dran war, so schlussfolgerte Lena, dann wäre es Mord gewesen! Sie musste mehr herausfinden. Und ihr Gefühl sagte ihr, dass Anne ihr dabei nicht helfen würde. Warum hätte die ihr sonst die Lüge mit dem Autofahrer erzählt. Von wegen Fahrerflucht! Vielleicht log Anne, um sie zu vor der Wahrheit zu schützen. Vielleicht glaubte sie, Lena würde die Wahrheit nicht verkraften können. „Lena?", fragte Anne erneut und wedelte mit der Hand vor ihrem Gesicht. „Ist irgendwas?" Lena schreckte auf und schüttelte den Kopf. „Nee, ist alles okay. Bin halt nur hundemüde". Anne nickte. „Was hast du denn den ganzen Tag so getrieben, dass du so müde bist?" „Nichts Bestimmtes", log sie. „Ich war vormittags oben auf dem Hof und hab Pet..., ich meine Mohrle, gefüttert und nachmittags hab ich mich kurz mit Marc getroffen." Anne grinste „Aha. Mit Marc?", stellte die Blondine fest. „Dann warst du die Person hinten auf seinem Motorrad?" Lena sah sie entsetzt an. Woher wusste Anne das nun schon wieder. Konnte man in diesem Kaff keinen Schritt unbemerkt tun? Die Blondine lächelte. Scheinbar erriet sie Lenas Gedanken. „Ich hab ihn zufällig gesehn, als er mit dem Motorrad am Laden vorbeibrauste. Hintendrauf hockte jemand. Jemand mit langen roten Haaren. Hab mir gleich gedacht, dass du das warst?" Lena senkte den Blick und stocherte wieder in ihrem Essen herum. „Erzählst du es Max?" Anne ließ die Gabel sinken. „Warum soll ich das Max erzählen? Oder vielmehr, warum soll ich es ihm nicht erzählen? Marc ist doch ein netter Typ. Dein Papa freut sich bestimmt, wenn du im Dorf Anschluss bekommst." Lena winkte ab. „Nee, das mein ich ja gar nicht. Es ist nur ...", sie zögerte. „Max rastet total aus, wenn er hört, dass ich auf einem Motorrad gesessen bin." Anne sah sie fragend an. Dann erzählte Lena ihr von Marinas Unfall. Dem Lastwagen. Der Zeit danach. Dem Alkohol und dem Entzug. Anne hörte ihr zu. Sie stellte keine Fragen. Sie unterbrach sie nicht. Lena erzählte ihr alles. Warum sie das tat, wusste sie selbst nicht. Eigentlich ging das Ganze doch niemanden etwas an. Nur sie und Max. Es war doch irgendwie ihr Geheimnis. Dennoch redete sie immer weiter. Als sie fertig war, ging es ihr besser. Und für einen Moment war sogar das Feuer auf der Waldlichtung erloschen, das seit Stunden in ihren Gedanken brannte. Nur davon hatte sie der Freundin nichts erzählt.

Kapitel 8

Der 13. Tag

Am nächsten Morgen stand Lena früh auf. Wobei früh relativ war. Es war kurz nach acht, als sie den Bungalow von Anne verließ und zur Backstube ging. Das erste Mal seit Tagen konnte sie gut schlafen. Traumlos. Das glaubte sie zumindest, da sie sich an keinen Traum erinnern konnte.

Als sie die Bäckerei betrat, stand Anne hinter der Theke und belegte mehrere Brötchen mit Wurst und Käse. An dem kleinen Stehtisch stand Annes Vater, der Mann, der sie bei ihrem letzten Besuch in der Bäckerei zum Teufel befohlen hatte. Er frühstückte. In einer Hand hielt er ein dick belegtes Brötchen, in der anderen eine Zeitung. Vor ihm stand eine Tasse mit Kaffee. Mit offenem Mund gaffte er sie an, als käme sie wirklich geradewegs aus der Hölle. Lena vermutete, dass ihr Besuch ihm nach dem letzten Zusammentreffen immer noch reichlich unangenehm war. Sie nickte ihm freundlich zu und hauchte ein schüchternes „Guten Morgen." Der Bäcker ließ das Brötchen auf den Teller zurücksinken und sagte mit einer brummigen Bassstimme ebenfalls „Guten Morgen." Dann widmete er sich wieder seiner Zeitung. Anne schien gut gelaunt. „Hey, Morgen du Langschläfer." Dann fügte sie schnell hinzu. „Magst du auch einen Happen frühstücken?" Lena blickte kurz zu dem Alten, der immer noch so tat, als würde er Zeitung lesen und schüttelte dann den Kopf. Die Vorstellung, in Gesellschaft des Griesgrams ihr Frühstück einzunehmen, widerstrebte ihr. Vielleicht lag es auch nur an dem Eindruck, den sie nach ihrem ersten Zusammentreffen von dem Mann gehabt hatte. Sie mochte ihn nicht. „Nee Anne. Ich ess morgens selten was." Das war noch nicht einmal gelogen. Dann kramte sie einige Münzen aus ihrer Hosentasche und deutete auf die Schokowecken in der Auslage. „Ich nehme mir zwei von denen mit. Für später." Anne nickte, nahm eine Papiertüte, steckte zwei Wecken hinein und reichte sie ihr über die Theke. Lena nahm die Tüte und streckte Anne im Gegenzug ein Zweieurostück hin. „Du spinnst wohl", erklärte die lachend. „Du bist mein Gast. Da nehme ich doch kein Geld." Lena blickte zu dem Stehtisch. Der Alte schaute blitzschnell wieder in seine Zeitung, als interessierte ihn das alles gar nicht. Lena bedankte sich und steckte das Geldstück zurück in die Tasche. „Du Anne, ich geh mal noch ein bisschen die Gegend erkunden." Die Blondine grinste und bemerkte spitz: „Marc ist aber noch in der Schule." Lena spürte, wie sie wieder rot wurde. „Hey hey. War nur Spaß", beschwichtigte sie schnell. „Sei aber bitte um elf Uhr wieder hier." Lena sah sie fragend an. „Max hat eben angerufen. Er sagt, wir können ihn dann abholen", erklärte die Blondine. Lena war ein wenig verwirrt darüber, dass ihr Max bei Anne und nicht bei ihr angerufen hatte. Sie nickte deshalb nur schnell, ging dann nach draußen und marschierte los. Wenn Max heute Mittag wieder da war, würde es sich nicht lohnen, das Fahrrad noch zu holen.

Kurz überlegte sie, dennoch hinauf zum Hof zu gehen, entschied sich dann aber anders. Sie musste an die Lichtung mit dem Gipfelkreuz denken und bog deshalb an der Kirche in die entgegengesetzte Richtung ab. Kurz bevor der Waldweg von der Hauptstraße abzweigte, überholte sie ein schwarzer BMW. Lena sah dem Wagen hinterher und bekam das Gefühl, dass dieser langsamer wurde. In einiger Entfernung sah sie, wie der Wagen stoppte. Die Rückfahrscheinwerfer leuchteten auf. Sie drehte sich um. Niemand war zu sehen. Plötzlich wurde ihr mulmig. Sie war hier allein mitten im Wald. Was, wenn der Typ im Wagen ein Verbrecher, ein Vergewaltiger oder sonst was war. Es gab nur den schwarzen Wagen und sie. Niemand würde ihr helfen. Der Motor heulte auf und der BMW fuhr nun rückwärts. Sie beschleunigte ihren Schritt und bog dann in den Waldweg ein. Das Motorengeräusch kam näher. Lena rannte los, so schnell sie konnte. Ihre Füße rutschten auf dem schlammigen Boden aus. Immer noch hörte sie den Wagen rückwärtsfahrend näherkommen. Rechts von ihr befand sich dichtes Gestrüpp. Ohne zu überlegen sprang sie zur Seite und kauerte sich auf den Boden. Sie spürte, wie Dornen über ihr Gesicht ratschten. Aber das war jetzt egal. Der Wagen stoppte. Sie hörte, wie eine Autotür geöffnet wurde. Wie gern hätte sie einen Blick auf den Fahrer des Wagens gewagt, aber sie konnte nicht. Vor Angst wie gelähmt kauerte sie auf dem Boden. Dann, nach einer halben Ewigkeit, vernahm sie, wie die Tür wieder zugeschlagen wurde. Der Motor des BMW heulte auf. Dann entfernte sich der Wagen. Erst jetzt wagte sie den Kopf zu heben. Vorsichtig spähte sie zur Straße. Sie war allein. Von irgendwoher krächzten einige Raben. Sonst war es ganz leise. Das Nichts war wieder um sie herum.

*

Der Aufstieg durch den Wald war beschwerlicher, als sie es gedacht hatte. Gestern, hinter Marc auf dem Motorrad, war es ihr gar nicht so weit und so steil vorgekommen. Unweigerlich musste sie an ihn denken. Es war ein tolles Gefühl gewesen, ihn so dicht bei sich zu spüren. An seinen Rücken gedrückt, die Hände um seine Hüften. Und auch als es ihr schlecht ging, nachdem sie sich erbrach, versuchte er sie zu trösten. Am liebsten hätte sie es zwar gehabt, wenn er sie fest in die Arme genommen hätte. Aber das tat er nicht. Vorsichtig hatte er die ganze Zeit neben ihr auf der Bank gesessen und mit seiner Hand immer wieder zaghaft über ihre Schultern gestrichen. Aber schon das half. Seitdem dachte sie darüber nach, was sie für ihn empfand. War sie in ihn verliebt? Bestimmt nicht. Oder doch? Empfand er ähnlich wie sie? In Frankfurt war sie ganze drei Monate mit Timo gegangen. Aber das war anders gewesen. Im Nachhinein betrachtet, hatte die Beziehung auch nichts mit Liebe zu tun gehabt. Natürlich hatte sie mit ihm rumgeknutscht. Meist so, dass ihre Freundinnen es auch mitbekamen. Es war eben cool gewesen, einen Typen zu haben. Zweimal hatte sie mit ihm geschlafen. Beim ersten Mal war es eine Katastrophe gewesen und überhaupt nicht schön.

Beim zweiten Mal war es noch schlimmer gekommen. Sie hatte ihn von sich gestoßen, ihn vor die Tür gesetzt und ihn nie mehr getroffen. Damals war sie sich so benutzt und schäbig vorgekommen. Aber sie lernte auch etwas daraus. So etwas würde ihr nicht noch einmal passieren. Entschlossen stapfte sie weiter und versuchte die Gedanken an Frankfurt aus dem Kopf zu bekommen. Frankfurt war vorbei. Jetzt war sie hier. Christin fiel ihr nun ein. Bestimmt war sie genau diesen Weg hier hinaufgegangen. Dann blieb sie stehen, schlug sich gegen die Schläfe und flüsterte leise zu sich selbst. „Oh Mann, Lena. Du denkst echt viel zu viel. Irgendwann platzt dir noch dein dusseliger, blöder Kopf."

Der Weg vor ihr erinnerte sie an einen Tunnel. Heute kamen ihr die Äste der großen Fichten, die sich über dem Weg wie ein Reißverschluss ineinanderkrallten, noch dichter und bedrohlicher vor als am Vortag. Der Waldboden rechts und links war bis auf die dicke Schicht abgestorbener Fichtennadeln kahl und braun. Vereinzelt gab es Flächen, die mit Moos bewachsen waren. Gelegentlich entdeckte sie einige unscheinbare Pilze, von denen sie aber keine kannte. Vermutlich würden aber alle hochgiftig sein. Bei Pilzen ging Lena auf Nummer sicher, bei ihr und Max gab es nur welche aus der Konservendose. Plötzlich registrierte sie eine Bewegung rechts von ihr zwischen den Bäumen. Sie erschrak und spürte sogleich, wie sie eine Gänsehaut bekam. Ein untrügliches Gefühl sagte ihr, dass sie nicht allein war. Sie blieb erneut stehen und starrte nach rechts. Zuerst konnte sie nichts entdecken.

Sie glaubte bereits, sich getäuscht zu haben und dass ihre Sinne ihr einen Streich spielten. Doch dann sah sie ihn. Fast perfekt getarnt zwischen den dicken Baumstämmen, verschmolzen mit seiner Umgebung, stand er reglos gut fünfzig Meter von ihr entfernt und betrachtete sie aufmerksam. Konnte das sein? Nein, eigentlich nicht. Es gab keine Wölfe im Westerwald. Zu ihrer eigenen Verwunderung empfand sie keine Angst. Nein. Das Gefühl, das ihr Herz schneller schlagen ließ, war Neugier. Neugier auf dieses fremde Wesen. Der Wolf sah sie vollkommen bewegungslos an. Lena fixierte seine Augen. Das Tier wirkte überhaupt nicht bedrohlich. Denn auch in seinen Augen spiegelte sich nur Neugierde. Es gab hier nur sie und ihn und wieder einmal das allgegenwärtige Nichts. Nach einer halben Ewigkeit, Lena hätte nicht sagen können, wie lange es gedauert hatte, drehte der Wolf plötzlich den Kopf und blickte talwärts. Sekunden später verschwand er lautlos zwischen den Bäumen.

*

Es war gar nicht so einfach, Max in Annes kleinen Fiat zu verfrachten. Bei jeder Bewegung stöhnte ihr Adoptivvater auf. „Gibt's 'ne Stelle, die nicht wehtut?", fragte Anne besorgt. Max schüttelte den Kopf. Lena war sich sicher, dass Max mit seinen vier gebrochenen Rippen sicherlich unter Schmerzen litt. Sie war sich aber auch sicher, dass er Annes Bedauern und Bemuttern in vollen Zügen genoss und maßlos übertrieb. Der junge Arzt in der Klinik hatte ihr eine kleine Tüte mit

Medikamenten für ihn gegeben und grinsend gesagt: „aber nicht selbst nehmen, Fräulein, die Dinger nehmen nicht nur den Schmerz, sondern können in der Not auch einen Elefanten umhauen. Die nächste darfst du ihm auch erst gegen Abend geben. Der ist schon so high, der dürfte eigentlich gar nichts mehr merken."

Auf dem Heimweg versuchte Anne, Max davon zu überzeugen, dass es doch am besten wäre, wenn er und Lena für die nächsten Tage zu ihr in den Bungalow zögen. So lange bis es Max wieder besser ginge. Lena versuchte das abzuwiegeln und schaffte es schließlich, sich gegen die Ältere durchzusetzen. Sie musste an den Arzt denken. Der Mann hatte recht gehabt. Max merkte wirklich gar nichts mehr. Noch nicht mal, wie die Blondine versuchte ihn einzuwickeln. Doch zum Glück war Lena ja da. Sie freute sich darauf, dass sie und Max wieder allein in ihren eigenen vier Wänden auf dem Hof sein würden. Bedenken, dass sie mit dem Kranken nicht allein fertig wurde, hatte sie nicht.

*

Als sie auf dem Hof ankamen, bemerkte Max trotz der Medikamentendröhnung sofort, dass der Stern über der Haustür wieder komplett war. Er fluchte und schimpfte wie ein Rohrspatz. Vor lauter Aufregung schien er sogar zu vergessen, bei jedem Schritt in Richtung Haustür zu jammern und zu zetern. Vorsichtig schlurfte er ins Wohnzimmer und ließ sich in den einzigen Sessel sinken. Anne ging in die Küche und machte ganz selbstverständlich, als täte sie dies jeden Tag, Feuer in dem alten Herd. Als es im Ofen bereits knisterte, setzte sie Wasser für Tee auf. Lena mochte Anne ja. Und sie war auch irgendwie froh, dass jemand da war. Trotzdem war die Frau auf irgendeine Weise ein Fremdkörper in der kleinen Welt des Hofes und es wäre Lena lieber gewesen, wenn sie mit Max endlich allein sein könnte. Wenigstens mal ein paar Stunden. Seit Tagen hatten sie nicht mehr unter vier Augen miteinander gesprochen. Gut! Es gab nichts wirklich Wichtiges. Nichts, was Anne nicht hätte hören dürfen. Trotzdem fehlten ihr die zweisamen Minuten mit Max. Wie sie so darüber nachdachte, fiel ihr Marc ein. Mit ihm konnte sie auch reden. Morgen Nachmittag würde sie sich wieder mit ihm treffen, um vier an der Bank auf dem Friedhof. Hoffentlich kam er auch. Sie wischte die Gedanken fort, schnappte sich den leeren Holzkorb, der neben dem Herd stand und ging nach draußen. Heftige Böen bliesen nasskalt über den Hof. Zwar regnete es nicht direkt, als sie hinüber zur Scheune flitzte, wo sich der riesige Brennholzvorrat befand, doch die feinen Tropfen, die der Wind ihr ins Gesicht wehte, stachen wie klitzekleine Nadeln auf ihrer Haut. Während sie den schweren Riegel des Scheunentors zurückzog, sah sie kurz hinüber zu dem hohen Fichtenwald. Die Bäume bogen sich schwankend zur Seite. Fast hätte sie den Mann übersehen, der an dem Stamm einer der großen Bäume lehnte und zu ihr hinübersah. Lena ließ den Korb sinken und kniff die Augen zusammen. Bis zu dem Unbekannten waren es bestimmt weit über einhundert Meter, weshalb sie das

Gesicht des Mannes nicht erkennen konnte. Was sie erkannte war, dass er einen Bart zu haben schien und
eine Art grüngefleckte Jäger- oder Militärmontur trug.
Gerade als sie schon beschlossen hatte, ein wenig in
Richtung des Kerls zu gehen, drehte dieser sich weg
und verschwand im Dunkeln zwischen den Bäumen.
Während sie in der Scheune das Holz in den Korb stapelte, überlegte sie fieberhaft, wer ein Interesse daran
haben könnte, den Hof zu beobachten. Vor einigen
Tagen, als sie herunter ins Dorf gegangen war, hatte
der Unbekannte an genau der gleichen Stelle gestanden. Da hatte sie noch geglaubt, sie könne sich geirrt
haben. Doch nun war es ganz sicher. Irgendwer schlich
da herum und beobachtete sie.

*

„Ach Lena. Das meinst du nur. Das war bestimmt ein
Jäger oder so", meinte Max lapidar und winkte ab.
Hilfe suchend sah sie zu Anne. Die Blondine schien zu
überlegen. Kleine Falten waren auf ihrer Stirn zu erkennen. „Erzähl noch mal genau, wie der Mann aussah", hakte sie nach. Lena stöhnte. „Ich weiß nicht. Er
war ja so weit weg. Ich glaube, er hatte einen Bart und
längere Haare. Und er trug Tarnklamotten. So wie die
Soldaten sie anhaben. Mit Flecken drauf." „Vielleicht
ein Manöver der Bundeswehr?", schlug Max vor.
„Quatsch!" erklärte Anne und sah ihn ungläubig an.
„Mein Ex ist Berufssoldat. Die haben in ihrer Truppe
keine langhaarigen Typen mit Bart. So etwas geht da
gar nicht. Da herrscht Disziplin." Max nickte. Das

schien er einzusehen. Anne stand auf und griff ihren Mantel. „Komm Lena. Unser Patient kann auch mal ein paar Minuten alleine bleiben." Lena verstand erst nicht. Anne war schon im Flur, als sie endlich begriff, dass Anne nach draußen gehen und nachschauen wollte. Sie lief hinter ihr her. Im Vorbeigehen schnappte sie sich den roten Strickpulli und das schwarzweiß karierte Halstuch von der Kommode und zog es über. Anne wartete auf dem Hof. „Wo genau stand der Typ denn?", fragte sie interessiert. Lena deutete auf die Stelle am Waldrand. Sofort setzte Anne sich in Bewegung. Auf direktem Weg quer über eine große Wiese. Lena folgte ihr und spürte, wie die feuchte Kälte des nassen Grases durch ihre Turnschuhe drang. Anne ging nicht. Nein! Sie rannte fast. „Da vorne der große Baum", rief Lena ihr hinterher, als Anne sich kurz nach ihr umdrehte und dann die Richtung leicht korrigierte. Bei einer der riesigen Fichten am Waldrand blieb sie stehen und sah sich um. Lena rang nach Atem. „Mensch Anne. Was hast du es denn so eilig", schnaufte sie und war erstaunt, dass die Blondine nicht im Geringsten außer Atem war. Anne bückte sich, hob etwas vom Boden auf und betrachtete es. Es war eine Zigarettenkippe. „Ich glaub, das ist chinesisch", sagte sie leise und reichte Lena die Kippe mit spitzen Fingern. Lena betrachtete die Symbole auf dem Glimmstängel knapp über dem Filter. Das waren tatsächlich asiatische Schriftzeichen. Dann suchte sie gemeinsam mit Anne den Waldboden ab. Es gab noch mindestens an die zwanzig weitere Zigarettenstummel, die sie alle aufsammelten. Alle waren von derselben Marke. Während sie suchten, sah Lena immer wieder zwischen den Bäumen in den Wald hinein. Durch das dichte Dach der Bäume fiel kaum Licht auf den mit Nadeln übersäten Boden. Kerzengerade standen die dicken Stämme gleichmäßig wie ein riesiges Feld hölzerner Säulen da. Die Bäume waren zum größten Teil so dick, dass sich hinter jedem ein schlanker Mensch problemlos verstecken konnte. Alleine und freiwillig würde sie da nicht hineingehen. Sie sah hinüber zum Haus. Von hier aus konnte man den Hof supergut überblicken. Hinter einem der Fenster in der unteren Etage erkannte sie Licht. Das Wohnzimmer. Bei offenen Rollläden und mit einem guten Fernglas könnte man von hier alles mitbekommen, was sich in dem Raum abspielte.

„Ich hab was", rief Anne hinter ihr triumphierend und hob eine leere rote Zigarettenschachtel in die Höhe. „CHUNGHWA Filter Kings", las sie vor. Lena hatte von dieser Marke noch nie gehört. Anne öffnete die Packung, sah hinein, roch anschließend daran und verzog dann das Gesicht. „Also gut riechen tun die Dinger schon mal nicht. Und bis auf die drei Worte ist auch alles auf Chinesisch", erklärte Anne und gab Lena die Schachtel. Sie nahm sie und sah hinein. Wie erwartet, war sie leer aber vollkommen trocken. So fühlte sich kein Papier an, das lange im Wald gelegen hatte. „Wer immer hier geraucht hat, hat hier eine ganze Weile gestanden", überlegte Anne laut. „Oder mehrfach", gab Lena zu bedenken und betrachtete die Stummel in ihrer Hand. Einige waren trocken, als hätte sie eben erst jemand weggeworfen, andere waren voll-

kommen durchweicht. Sie hatte recht gehabt. Irgendwer beobachtete den Hof.

*

Anne fuhr nach dem verspäteten Mittagessen. Lena
hatte zwei Dosen mit Ravioli in einem Topf erwärmt.
Sie haute sich auf das Schlafsofa im Wohnzimmer und
las in dem Reiseführer über den Westerwald, den sie
vor einigen Tagen gekauft hatte. Max schlief derweil
im Sitzen in seinem Sessel. Liegen war mit seiner Verletzung nur schwer möglich. Immer wieder stand Lena
auf und sah aus dem Fenster zum Wald hinüber.
Draußen schüttete es wie aus Eimern. Der Fremde mit
den chinesischen Zigaretten ließ sich nicht mehr bli-
cken, ging ihr aber auch nicht mehr aus dem Sinn.

*

Am späten Nachmittag, sie war gerade in der Küche,
um einen Tee für Max zu kochen, hörte sie, wie mit
einem lauten Knattern ein Geländemotorrad auf den
Hof brauste. Sie rannte ans Fenster und erkannte die
Maschine und ihren Fahrer sofort. Es war Marc. Obwohl sie sich riesig freute, stand sie nur wie versteinert
hinter der Gardine und hielt die Teekanne fest. Erst als
es klingelte, löste sie sich aus ihrer Starre und rannte
zur Haustür. Marc trug wie in den letzten Tagen seinen schwarzroten Regenkombi. Er war klatschnass.
Wasser tropfte von ihm herab auf die blauen, gemus-
terten Fliesen im Eingang und bildete kleine Pfützen.

„Hei, was machst denn du hier?", fragte sie immer noch überrascht. Er zog den Helm ab und grinste. „Ich dachte mir, ich schau mal, ob du zu Hause bist." Lena nickte. „Darf ich reinkommen, oder stör ich?", fragte er vorsichtig und deutete auf die Kanne in Lenas Hand. „Ach ja. Nee, oh Entschuldigung. Klar, komm rein", stammelte sie und trat beiseite. Marc ging an ihr vorbei zur Garderobe und begann wie selbstverständlich, seinen Overall auszuziehen. Darunter trug er Jeans und ein blaues Hemd. Zu Lenas Verwunderung schienen die Sachen vollkommen trocken zu sein. Krampfhaft überlegte sie, was sie sagen sollte. „Magst du Tee oder lieber Kaffee", fragte sie schließlich.

Fünf Minuten später hockten sie gemeinsam in der Küche, schlürften Kaffee mit viel Milch und schwiegen sich an. Die ganze Situation war irgendwie merkwürdig grotesk. Marc war es schließlich, der als Erster die Stille durchbrach. „Recherchierst du immer noch, was vor 17 Jahren mit deiner Mutter passiert ist?" Lena sah ihn mit großen Augen an. „Oh ja, nee. Also ich mein, recherchieren ist jetzt nicht wirklich das richtige Wort", stammelte sie. „Aber du würdest schon gerne wissen, was genau passiert ist?", fragte er. „Wieso, weißt du was Neues?" Marc schüttelte den Kopf. „Nee. Aber ich weiß, wo wir was erfahren könnten." Lena wurde hellhörig. „Die Zeitung!", erklärte Marc. „Wenn es damals einen Unfall oder so gab, dann muss es in der Zeitung gestanden sein." Lena verstand nicht. „In welcher Zeitung?" Marc verdrehte die Augen. „Wenn hier bei uns was passiert, dann schreibt doch die *Rhein-Zeitung* was drüber. Ich mein, wenn damals vor 17 Jahren hier ein Unfall war, dann haben die hundertpro darüber berichtet." Lena musste grinsen und schlug sich vor die Stirn. „Klar. Natürlich." Die Freude bei ihr dauerte jedoch nur einige Sekunden an. Genau gesagt bis ihr auffiel, dass die Sache einen kleinen Haken zu haben schien. „Sach mal, weißt du auch, wie man an die Zeitung von damals rankommt?", fragte sie vorsichtig. An seinem Grinsen erkannte sie sofort, dass Marc auch auf diese Frage eine Antwort wusste. „Klar. Ich hab heut Morgen, als mir das mit der Zeitung einfiel, einfach in der Redaktion der *Rhein-Zeitung* in Betzdorf angerufen. Die haben mir erklärt, dass sie kein Archiv haben. Aber die Frau am Telefon war so nett und hat mir die Telefonnummer des Kreisarchivs in Altenkirchen gegeben. Da kann man alles nachlesen, was in den letzten hundert Jahren hier aus der Region in der Zeitung stand." „Und wie kommen wir da hin?", erkundigte sie sich. „Ganz einfach. Ich hol dich morgen früh um acht ab und wir fahren zusammen mit dem Moped hin." „Das könnt ihr gleich knicken", hörte Lena die Stimme von Max hinter sich. Sie wirbelte herum. Max stand in der offenen Küchentür und schlurfte nun langsam herein. „Lena steigt mir auf kein Motorrad", erklärte er, als er am Tisch angekommen war. Lena sagte nichts. Sie kannte die Einstellung von Max zu motorisierten Zweirädern. Und obwohl sie es für vollkommen übertrieben hielt, verstand sie ihn sogar. „Vielleicht ist es besser, ich fahr jetzt", erklärte Marc zögernd und wollte schon aufstehen. Max, der nun neben dem Jungen stand und sich vorsichtig auf einen Stuhl sinken ließ, schüttelte den Kopf. Er lächelte sogar ein wenig. „Nein. Wegen mir musst du nicht fahren, Junge." Er reichte ihm seine Hand hin. „Ich bin übrigens Max, Lenas Vater." Marc ergriff die Hand und stellte sich, wie Lena zugeben musste, sehr höflich mit Vor- und Zunamen vor. Bei ihren ehemaligen Freunden in Frankfurt hatte das nie so elegant gewirkt.

„Hör zu Marc. Ich habe nicht gesagt, dass du nicht mit Lena in dieses Archiv fahren darfst. Ich möchte lediglich nicht, dass du sie auf deinem Motorrad mitnimmst. Ich weiß nicht, ob Lena dir erzählt hat, dass ihre Mutter... also meine Frau, bei einem Motorradunfall ..." Er stockte kurz. „Ist ja auch egal", erklärte er schließlich. „Wegen mir nehmt den Bus oder ein Taxi. Alles! Nur kein Motorrad." Marc nickte eingeschüchtert.

*

Heute hatte er die Hexe wieder im Dorf gesehen. Es fing wieder an. Genau wie damals vor siebzehn Jahren. Wie damals stierten ihr die jungen Männer nach. Geil und verblendet waren sie in ihren Gedanken an die fleischliche Lust mit der Hure Satans. Nur diesmal war er gewappnet. Diesmal würde er alles richtig machen. Diesmal würde er den Dämon zurück in die Hölle schicken. Es würde kein Entrinnen geben. Die Hexe musste in den Flammen sterben.

Kapitel 9

Der 14. Tag

Um sieben klingelte der Wecker ihres Handys. Lena war total gerädert. Wie so oft hatte sie schlecht geschlafen. Diesmal lag es vor allem an Max. Jedes Mal, wenn der sich in seinem Sessel bewegte, stöhnte er vor Schmerz laut auf. Irgendwann in der Nacht war es ihr zu bunt geworden. Sie war aufgestanden, hatte sich ihren Schlafsack gepackt und war nach oben in Christins Zimmer gegangen. Doch auch dort konnte sie keinen Schlaf finden. Die Gedanken in ihrem Kopf rasten und schlugen wahre Purzelbäume. Hier im Bett ihrer toten Mutter war der Gedanke an sie allgegenwärtig. Sie musste wissen, was damals passiert war. Und sie musste wissen, wer ihr Vater war. Nach nur wenigen Minuten stand sie wieder auf, bückte sich und tastete unter dem Bett nach dem Tagebuch. Es war fort. Fast panisch warf sie das Bettzeug auf den Boden und hob die Matratze hoch. Nichts! Das Buch war verschwunden. Wie konnte das sein? So ein Tagebuch löste sich nicht einfach in Luft auf. Wer wusste von dem Buch? Wer hatte die Möglichkeit gehabt, hier ins Zimmer zu gehen und danach zu suchen? Max schied aus. Der würde auf so etwas gar nicht kommen. Aber Anne! Anne wusste von dem Buch. Lena hatte genau gesehen, wie die Blondine unauffällig unter dem Stapel Hosen danach gesucht hatte. Anne hätte auch die

Möglichkeit gehabt, in den Tagen, wo Lena bei ihr wohnte, an den Haustürschlüssel zu kommen, zum Hof zu fahren und danach zu suchen.

*

Pünktlich auf die Minute um acht Uhr und zweiundzwanzig Minuten hielt der Omnibus der *Westerwaldbahn* an dem kleinen Bushäuschen, unweit der Dorfgaststätte. Bis auf eine Oma, die direkt hinter dem Fahrer saß und sich angeregt mit dem Mann über das Wetter unterhielt, war der Bus leer. So etwas war Lena in Frankfurt noch nicht passiert. In der Stadt waren die Busse und die Straßenbahnen nie leer. Noch nicht einmal nachts. Laut Fahrplan fuhr der Bus hier im Dorf auch nur viermal am Tag. Am Wochenende und in der Nacht ging man besser gleich zu Fuß, da dann der öffentliche Personennahverkehr in der Provinz vollkommen zum Erliegen kam.

„Wie kommt es eigentlich, dass du heute nicht zur Schule musst?", fragte sie, als sie nebeneinander auf einer der hinteren Sitzbänke hockten. Marc verzog augenblicklich das Gesicht und hielt sich die Hände vor den Bauch. „Mir ist so schlecht und diese Bauchschmerzen. Ich kann einfach nicht in die Schule." Dann grinste er und flüsterte noch: „Und wir schreiben heute 'ne Lateinarbeit. Das ging gar nicht." Lena musste so laut lachen, dass die Oma in der ersten Reihe sich neugierig zu ihnen umdrehte. Die Fahrt nach Altenkirchen dauerte fast eine dreiviertel Stunde. Es tat Lena gut, sich mit Marc zu unterhalten. Er erzählte ihr einiges über das Dorf und die Leute. Interessant fand Lena die Tatsache, dass Diana, das Mädchen aus der Wirtschaft, und dieser Basti, der Typ, dem sie abends eine geschmiert hatte, seit zwei Jahren ein Paar waren. Damit hatte sie nun gar nicht gerechnet. „Und warum wurde die so bös, als er sie angefasst hat?", fragte Lena interessiert. Marc grinste und hob die Schultern. „Die zwei sind halt so. Diana mag es nicht, wenn Basti sie in der Öffentlichkeit begrapscht. Hast ja gesehen, was dann passiert. Die sind wie Katz und Maus. Moritz, das ist der Bruder von Diana, sagt immer, die zwei können nicht ohne, aber auch nicht miteinander. Die haben auch in den letzten zwei Jahren locker zwanzigmal miteinander Schluss gemacht. Das dauert dann ein paar Stunden und sie fallen wieder übereinander her." Lena fand das lustig. „Hast du eigentlich auch eine Freundin?", fragte sie und ließ es vollkommen belanglos klingen. Marc sah sie an und lächelte. „Nee, gerade nicht. Aber ich arbeite daran." Noch bevor Lena weiterbohren konnte, hielt der Bus am Altenkirchener Marktplatz an. Marc war, dass musste Lena zugeben, gut organisiert. Er hatte an alles gedacht. Er hatte nicht nur die Adresse des Kreisheimatarchivs gegoogelt, sondern er wusste auch die Öffnungszeiten, die Ansprechpartner und hatte sich sogar den Stadtplan ausgedruckt, auf dem er das Archiv mit einem Kreuz markiert hatte. Und er hatte an einen Regenschirm gedacht, unter den sie beide passten und mit dem sie jetzt durch die Stadt schlenderten. Marc hielt den Schirm, während Lena sich einfach wie selbstverständlich bei ihm einhakte. Für Außenstehende mussten sie aussehen wie ein verliebtes Pärchen, und insgeheim wünschte Lena sich, dass es auch so war. Der Archivar, ein älterer Herr mit einem osteuropäischen Namen, den sie bereits wieder vergessen hatte, als der Mann ihn ausgesprochen hatte und den sich Lena nie würde merken können, war wirklich sehr nett. Geduldig hörte er Lena zu, als sie ihm erklärte, dass sie für eine Recherche die Regionalausgaben der *Rhein-Zeitung* aus dem November 1994 benötigten. Den genauen Grund ihrer Forschungen verriet sie nicht und es schien den Mann auch nicht zu interessieren. Er nickte mehrmals und verließ dann den Raum. Es dauerte eine ganze Weile, bis er zurückkam. In seinem Arm hielt er eine Art riesiges Buch, das er behutsam wie ein rohes Ei auf einen großen Tisch legte. „Bitte schön die Herrschaften. Die RZ vom November 94 in gebundener Form. Bitte vorsichtig umblättern. Das Papier ist äußerst dünn." Marc stöhnte und flüsterte Lena zu. „Das ist aber auch 'ne Menge Papier." Lena nickte. Damit hatte sie nicht gerechnet. Sie war davon ausgegangen, dass die Zeitungen alle als Dateien in einem Computer zu sichten waren. So wie man das aus Filmen kannte. Wo Ermittler stundenlang vor einem Monitor hockten und die Zeitung im Schnelldurchgang durchscrollten.

Sie zogen sich zwei Stühle herbei und schlugen die erste Seite auf. Es handelte sich um das Titelblatt der RZ vom Mittwoch, dem 2. November 1994. Lena stutzte und flüsterte Marc verschwörerisch zu: „Die Zeitung von Dienstag, dem 1. November fehlt!" Marc stubste sie mit dem Ellenbogen in die Seite und lachte. „Die wird es auch gar nicht geben, du Dummerchen, da ist doch Allerheiligen! Am Feiertag erscheint keine Zeitung." Lena überlegte; ihr erster Gedanke war zugegebenermaßen der an eine Verschwörung gewesen. Eine Verschwörung gegen sie, die verhindern wollte, dass sie etwas über den Tod ihrer Mutter herausbekam. Erst verschwanden das Tagebuch und dann auch noch die Zeitung aus dem Archiv. Zugegeben! Allerheiligen klang wesentlich besser als Verschwörung. Außerdem viel plausibler. Sie hatte davon gehört, dass der 1.11. in manchen Bundesländern ein Feiertag war. Da war es auch klar, dass es an dem Tag keine Zeitung gab. Sie knuffte Marc erleichtert zurück. „Selber Dummchen. Bei uns in Frankfurt gibt's diesen komischen Feiertag überhaupt nicht. In Hessen war der 1. November immer ein Tag wie jeder andere." Konzentriert blätterten sie weiter. Auf Seite 24, es war die erste Seite des Regionalteils, fanden sie das, was sie suchten:

Blittersbach: In der Nacht zum 1. November ereignete sich in einem Waldstück nahe der Gemeinde Blittersbach im Kreis Altenkirchen ein tragischer Unfall. Bei einer von privat organisierten Halloweenparty fing die Kleidung einer 17-jährigen Jugendlichen Feuer. Trotz des Einsatzes der örtlichen Feuerwehr, eines Notarztes und dem Rettungshubschrauber, der das Unfallopfer in eine Spezialklinik für Verbrennungen nach Koblenz fliegen sollte, erlag die junge Frau ihren schweren Verletzungen noch auf dem Weg in die Klinik. Zum Zeitpunkt des Unfalls war die Verunglückte hochschwanger. Da auf dem Transport die Wehen einsetzten, wurde sie vom Notarzt noch im Hubschrauber per Kaiser-

schnitt entbunden. Laut Informationen des Klinikum Ko-
blenz geht es dem Neugeborenen gut. Gerüchte, dass ein
Fremdverschulden vorliegt, wollten die ermittelnden Beam-
ten der Kriminalpolizei Betzdorf weder bestätigen noch de-
mentieren. Die Ermittlungen dauern an.

Lena las den Bericht zweimal. Ein Foto gab es nicht.
Sie zitterte plötzlich und merkte, wie ihr wieder
schlecht wurde. Sie spürte, dass Marc sie an der Schulter fasste. Dann begann sie zu heulen, um sie herum
verschwamm alles. Diesmal dauerte es nicht lange, bis
sie sich gefasst hatte. Sie musste dagegen angehen. Sie
holte tief Luft, öffnete die Augen und kramte immer
noch zitternd einen Schreibblock aus ihrem Rucksack,
um den Artikel abzuschreiben. „Ist was passiert",
hörte sie hinter sich die besorgte Stimme des Archi-
vars. Lena wischte sich mit dem Ärmel ihres Pullis
über das Gesicht und verneinte entschlossen. Doch der
ältere Herr war bereits näher gekommen. Er stand nun
unmittelbar hinter ihr und sah ihr neugierig über die
Schultern. Lena entdeckte auf dem gräulichen Zei-
tungspapier einige dicke Wasserflecken von ihren Tränen und versuchte, diese schnell mit dem Ärmel weg-
zuwischen. Blitzschnell fasste der ältere Herr ihren
Arm und erklärte ruhig. „Nicht wischen Fräulein,
dann wird es nur schlimmer. Tränen trocknen wieder
von ganz allein." Lena drehte sich zu ihm um und
schniefte, obwohl sie das gar nicht wollte. Der Archivar hatte ein freundliches Gesicht, sah aber zuerst gar
nicht sie an, sondern überflog die aufgeschlagene Zeitung. „Ja Kinder, das war 'ne schlimme Geschichte da-

mals", murmelte er nach einer halben Ewigkeit und betrachtete dann Lena. „Darf ich fragen, wann du Geburtstag hast?" Lena deutete auf den Artikel. Der Archivar nickte, zog sich einen Stuhl heran und setzte sich. „Du bist das Baby von damals?" Lena musste sich zusammenreißen, um nicht wieder loszuheulen. „Können Sie sich an den Vorfall noch erinnern?", fragte Marc den Herrn. „Ja, junger Mann, das kann ich wohl. Es kommt mir nur merkwürdig vor, dass es schon so lange her ist." Der Alte strich sich mit den Fingern über die Bartstoppeln an seinem Kinn. „Schon seltsam, wie schnell die Zeit ins Land geht. Aber das war damals schon eine Story. Ich wohne zwei Orte weiter. Die Leute in den Dörfern haben sich noch lange die Mäuler drüber zerrissen. Mein Schwager war damals bei der Kripo. Er und seine Kollegen haben den Fall untersucht. Das Gerücht, dass jemand das Mädchen ins Feuer gestoßen hat, hielt sich hartnäckig." „Wurde der Schuldige gefunden?", hakte Marc nach. Der Archivar wiegte den Kopf hin und her. „Nicht wirklich. Es gab damals einen Verdächtigen. Einen jungen Mann aus dem Dorf. Keine Ahnung mehr, wie der hieß. Es wurde behauptet, dass er dem Mädchen eine Flasche Hochprozentigen übergeschüttet habe und sie ins Feuer gestoßen hat. Sind aber alles nur Gerüchte, die aufkamen, nachdem der Junge schon verschwunden war." „Was meinen Sie mit verschwunden?", fragte Lena vorsichtig. „Na, weg. Die Beamten der Kripo wollten ihn damals verhören, haben ihn aber nicht mehr gefunden. Die Leute behaupteten er wäre abgehauen, weil er Dreck am Stecken hatte. Soviel ich weiß,

130

ist er nie mehr aufgetaucht." Der Archivar beugte sich vor, zog den riesigen Einband zu sich und blätterte darin. Dabei ging er anders vor als Lena und Marc. Er übersprang jedes Mal die ersten Seiten der einzelnen Zeitungen und durchsuchte lediglich die Seiten mit dem Regionalteil. „Da ist es!", meinte er irgendwann triumphierend und zeigte auf einen Artikel mit dem Bild eines jungen Mannes. Bevor Lena las, betrachtete sie das Bild des Mannes. Er war schätzungsweise Anfang zwanzig, hatte längere blonde Haare und was Lena sofort auffiel, er hatte sehr hübsche Augen. Über dem Artikel vom Samstag, dem 12. November 1994 stand in fetten Buchstaben:

Zeuge des Brandunfalls in Blittersbach spurlos verschwunden.

Lena las den Bericht ebenfalls mehrfach.

Blittersbach, Kreis Altenkirchen. Die Kriminalpolizei Betzdorf bittet die Bevölkerung im Raum Westerwald, Altenkirchen, um ihre Mithilfe. Seit vergangenem Dienstag wird der 22-jährige Daniel B. aus Blittersbach vermisst. Daniel ist einsachtzig groß, schlank und sportlich. Er wurde zuletzt am Dienstagabend gegen 21 Uhr mit seinem Motorrad, einer schwarzen Yamaha SR500, amtliches Kennzeichen AK-YC 23, vor dem Gasthaus in Blittersbach gesehen. Seitdem fehlt von ihm jede Spur. Gerüchte, dass das Verschwinden des jungen Mannes mit dem Tod einer jungen Frau Anfang des Monats in Verbindung stehen könnte, wollte die Kriminalpolizei nicht bestätigen. Der Ver-

schwundene sollte lediglich als Zeuge in dem Fall vernommen werden. Hinweise zum Verbleib des Gesuchten nimmt die Kriminalpolizei Betzdorf entgegen.

„Da steht aber nicht, dass dieser Daniel beschuldigt wird", erklärte Lena nachdenklich. „Das dürfen die auch nicht schreiben", erklärte Marc. „Stell dir mal vor, die behaupten in der Zeitung, der Typ wär ein Mörder und nachher stellt sich heraus, er war es nicht. Was meinst du, was dann los ist." Lena begriff, was Marc meinte. Es war klar, dass eine Zeitung nicht einfach so etwas behaupten durfte. Die Schuld eines Verbrechers musste immer ein Gericht feststellen. Und das war auch gut so. Sie betrachtete noch einmal das Foto. Dieser Daniel sah wahrhaftig nicht aus wie ein Mörder. Aber wie sagte Max immer: „Man kann den Leuten halt nur vor den Kopf sehen." „Ist der Fall denn irgendwann mal aufgeklärt worden? War es vielleicht doch ein Unfall?", fragte Marc den alten Herrn. „Tja junger Mann, ich glaube, so wirklich aufgeklärt worden ist das nie. Im Zweifelsfall war es dann wohl doch ein Unfall." „Aber es gibt die Gerüchte?", hakte Lena nach. Der Archivar winkte ab. „Junges Fräulein, Gerüchte gibt es immer. Und besonders hier in der Provinz, wo jeder gerne über jeden tratscht. Man darf auch nicht immer alles glauben, was die Leute so erzählen." Lena deutete auf die Zeitung. „Kann man das hier fotokopieren? Ich meine, ich würde für die Kopie auch zahlen." Der ältere Herr lächelte. „Lass mal. Ich mach dir eine kostenlose Kopie davon." Dann packte er den schweren Einband und ging in einen Nebenraum. „Hast du schon mal was von diesem Daniel B. gehört?", erkundigte Lena sich leise. Marc schüttelte den Kopf. „Nee, noch nie. Habe auch noch nie gehört, dass im Dorf mal einer spurlos verschwunden ist." Sie schwiegen eine Weile. Das Einzige, was sie nach der Recherche hier im Archiv nun sicher wusste war, dass Anne sie angelogen hatte. Von wegen Autounfall mit Fahrerflucht. So ein Quatsch. Anne wusste etwas und wollte es Lena nicht sagen. Das war sicher. Dann auch noch das verschwundene Tagebuch. Warum all diese Heimlichkeiten? Der Herr Archivar kam zurück und reichte Lena zwei Blätter. „Bitte schön, den ersten Bericht hab ich euch auch noch kopiert. Und unten drunter steht die Nummer meines Schwagers, Oberkommissar a.d. Bruno Hilgers. Ruft ihn einfach mal an, er kann euch sicherlich noch mehr erzählen."

*

Als Lena nachmittags den langen Weg hinauf zum Hof stapfte, ging es ihr gut. Um nicht zu sagen sehr gut. Was sie in dem Archiv erfuhr, war zwar nicht gerade angenehm gewesen. Doch sie war ein Stück weiter. In ihren Ermittlungen und mit Marc. Im Bus zurück hatte er zuerst nur ihre Hand gehalten und dann, kurz vor Blittersbach, küsste er sie. Und heut Abend würde sie ihn wiedersehen. Bei Diana in der Wirtschaft auf eine Cola. Jetzt musste sie nur noch einen Babysitter für Max besorgen, damit der in seinem Schmerz und Kummer nicht so allein war. Sie wusste auch schon, wen. Anne. Die würde das mit Vergnügen machen. Dumm war derzeit nur, dass Lena bei der hübschen Blondine über-haupt nicht wusste, wo sie dran war. Irgendwie war das Ganze wie bei diesen Trickfilmen, wo die Figuren auf der einen Schulter ein Engelchen und auf der anderen ein Teufelchen sitzen hatten. Bei Lena flüsterte das Engelchen ständig: „Du kannst ihr trauen. Sie ist nett. Sie will dir helfen. Anne ist deine Freundin." Das Teufelchen auf ihrer anderen Schulter schätzte die Lage dagegen vollkommen anders ein und flüsterte pausen-los: „Sie belügt dich. Sei vorsichtig, sie ist eine bissige, giftige Natter." Zum Glück waren Engelchen und Teu-felchen, was Marc betraf, der gleichen Meinung. Zu-rück auf dem Hof, staunte Lena nicht schlecht. Neben dem kleinen roten Fiat von Anne, mit dem sie hier um diese Zeit eh fest gerechnet hatte, stand ein Kleintrans-porter der Telekom. Der Monteur war gerade dabei, ein Kästchen an die Wand des Wohnzimmers, direkt neben dem Fernseher, festzuschrauben, als Lena an der offe-nen Tür vorbeikam. Von Max und Anne keine Spur. Dann hörte sie leises Gekicher aus der Küche. Vorsich-tig schob sie die Tür auf. Anne und Max saßen am Kü-chentisch, alberten herum und hielten Händchen. Zu-mindest taten sie dies so lange, bis Lena in die Küche polterte und laut „Guten Tag", rief. Beide wichen er-schrocken voneinander zurück und die Hautfarbe um die Nasen wurde puterrot. Max verzog dabei das Ge-sicht sogar schmerzerfüllt. Hektische Bewegungen bei gebrochenen Rippen schienen nicht gut zu tun. Lena tat, als hätte sie nichts gesehen und ging an den Kühl-schrank, um ihm eine Flasche Cola zu entnehmen. Während sie sich dann zu den beiden setzte, erwähnte sie eher beiläufig. „Ihr müsst euch im Übrigen nicht erschrecken, wenn ich reinplatze. Macht mir nix aus, wenn ihr euch befingert. Ihr seid ja alt genug. Nur wenn es schlimmer wird, könnt ihr ja vorher abschließen." Aus dem Augenwinkel sah sie, wie Max sie mit offenem Mund anstierrte. Anne grinste ziemlich doof. Dann begannen sie alle zu lachen. Nach einer Weile fragte Max. „Und warst du erfolgreich?" Lena wiegte den Kopf hin und her und sah unauffällig zu Anne, die plötzlich sehr nervös schien. Dann sagte sie mit ganz ruhiger Stimme und, wie sie glaubte, total cool. „Christin ist nicht von einem Auto angefahren worden. Irgendwer hat sie damals mit Schnaps überschüttet und ins Feuer geschubst." Dann zog sie die beiden Zettel mit den Zeitungsausschnitten heraus und legte sie lässig auf den Küchentisch. Anne war total in sich zusammengesackt, während Max Lena wieder einmal mit offenem Mund anstierrte. Er nahm die Berichte, überflog sie hastig und fluchte dann nur leise etwas, das wie „Oh Schitt", klang. Dann sah er Anne fragend an, die nun hemmungslos heulte. „Anne, hast du das gewusst?" Er hielt ihr die Blätter hin. Anne nickte und schluchzte noch heftiger. „Und warum hast du uns erzählt, dass Lenas richtige Mutter von einem Auto angefahren worden ist?" Die Blonde zuckte mit den Schultern und stammelte dann. „Was sollte ich denn sagen? Das mit dem Autounfall hörte sich doch auch irgendwie viel besser an. Nicht so schlimm, oder?" Lena hatte immer wieder überlegt, warum Anne gelogen hatte und glaubte in diesem Moment die Blondine zu verstehen. Anne wollte einfach nicht über die Wahrheit sprechen. Die Wahrheit klang so unwirklich, so abstrus und brutal. Ein Autounfall, der war schlimm. Sogar sehr, sehr schlimm. Aber was Christin passiert war, das konnte man schon nicht mehr in Worte fassen. Lena stand auf, setzte sich neben Anne und legte den Arm um sie. Die Stille, die nur vom Schluchzen Annes unterbrochen wurde, war gespenstisch. „Du Anne", fragte Lena nach einer Weile und zog den Zeitungsbericht zu sich. „Wer ist denn dieser Kerl auf dem Bild?" Anne sah auf und griff nach dem Papier. „Das ist Daniel. Daniel Bodenheim!" „Bodenheim?", hakte Lena nach. „War der mit Christin verwandt?" Anne griff nach einem Papiertaschentuch, das Max ihr reichte und putzte sich die Nase, bevor sie antwortete. „Daniel war der Sohn von der alten Lisa. Christins Vetter." Lena holte tief Luft. Hui, jetzt wurde es interessant. „Und der ist verschwunden?", fragte Max nach. Anne nickte. „Ja, ist aber 'ne längere Geschichte."

„Okay Anne", stellte Lena fest. „Schieß los, wir haben Zeit."

Anne holte tief Luft. „Also, das mit Christin und Dani war irgendwie etwas Besonderes. Die waren mehr wie Bruder und Schwester. Christins Mutter ist ja früh verstorben. Und Lisa, Daniels Mutter, hat dann nebenher noch den Haushalt hier für den alten Bodenheim erledigt. Dani war immer hier auf dem Hof. Die beiden sind zusammen groß geworden. Die waren als Kinder schon unzertrennlich. Ich hab Christin oft um ihren", Anne malte mit den Fingern zwei Gänsefüßchen in die Luft, „großen Bruder" beneidet. Daniel war immer da, wenn Christin Probleme oder Ärger hatte. Das war so 'ne richtige Geschwisterliebe." Lena stutzte und erkundigte sich vorsichtig. „Hatten die auch was miteinander? So... Na, du weißt schon." Anne lachte künstlich auf. „Man hätte es tatsächlich meinen können. Aber nee, bei denen war das anders. Das war so eine Liebe, die nichts mit Sex oder so zu tun hatte. Weißt du, so ähnlich wie bei dir und Max." Sie sah Max verlegen an. „Sorry, versteht das jetzt nicht falsch, aber ihr beide seid weder ein Paar noch wirklich genetisch miteinander verwandt. Lena ist ja nicht deine richtige Tochter. Trotzdem würdest du doch alles für sie tun. Ihr beiden seid das beste Beispiel. Ihr liebt euch genauso, wie die beiden das damals taten." Lena hätte bei Annes Worten fast wieder geheult. Max tat es. „Aber warum ist er dann abgehauen? Der Mann in dem Archiv hat gesagt, es gäbe Gerüchte, er habe was mit ihrem Tod zu tun?" Anne zuckte mit den Schultern. „Wenn es nach den Gerüchten geht, dann hat fast jeder was damit zu tun gehabt. Was meint ihr, was die sich gegenseitig seinerzeit beschuldigt haben. Das halbe Dorf war ja damals oben am Kreuz dabei, aber wirklich gesehen hat keiner was." „Du auch nicht?", fragte Max vorsichtig und sehr leise. Anne sah starr auf die Tischplatte und flüsterte nur noch. „Nein, ich hab auch nichts gesehen. Ich war, wie immer, zu besoffen."

*

Als Lena am Abend mit Marc hinunter ins Dorf ging, war sie sehr schweigsam. Annes Beichte hatte sie doch schockiert. Anne und Christin waren an dem Abend, als Christin starb, vollkommen zerstritten gewesen und hatten seit Wochen nicht mehr miteinander gesprochen. Anne sah den Fehler heute bei sich. Sie hatte die Freundin über Monate gelöchert, wer denn nun der Erzeuger des Kindes war, bis es irgendwann richtig knallte. Totaler Zickenkrieg. Anne hatte bei dem Gespräch am Nachmittag zugegeben, dass sie schon als Jugendliche dem Alkohol gegenüber nicht abgeneigt gewesen war. Nach dem Tod von Christin hatte sie Albträume bekommen. Obwohl sie sich an den Abend fast gar nicht erinnern konnte, sah sie fast jede Nacht die Flammen des Feuers und Christin, wie sie schrie, in ihren Träumen. Besser wurde es nur, wenn sie sich betrank. Erst trank sie nur abends, später zum Ende ihres Studiums schon morgens vor dem Frühstück. Das war auch der Grund, warum sie heute nicht mehr als Lehrerin arbeitete und keine ihrer Beziehungen lange hielt. Lisa war damals Annes Rektorin an der Schule gewesen und hatte dafür gesorgt, dass sie gefeuert wurde, weil sie mehrfach betrunken in der Schule aufgetaucht war. Daher auch das angespannte Verhältnis der beiden Frauen. Anne hatte drei Therapien hinter sich und war seit fast zwei Jahren trocken. Seitdem arbeitete sie im Betrieb ihres Vaters. Über den Verbleib dieses Daniels wusste sie fast nichts. Nur dass es am Abend nach der Beerdigung in der Gastwirtschaft Streit gegeben hatte. Im Suff behaupteten einige der Dorfschwätzer, dass Christin eine Schlampe gewesen sei, die mit jedem ins Bett gegangen wäre. Daniel war daraufhin total ausgeflippt und hatte eine

Schlägerei angefangen. Dem Vater von Diana, dem damals schon die Kneipe gehörte, hatte er die Nase blutig gehauen und einem der Gäste sogar mit einem Stuhlbein den Kiefer gebrochen. Anschließend war er auf sein Motorrad gestiegen und weggefahren. Niemand hatte ihn je wieder gesehen. Lena war nach den Schilderungen der jungen Frau sehr betrübt gewesen und fragte sich tatsächlich ernsthaft, mit wie vielen Kerlen Christin denn wirklich im Bett gewesen war. Anne war sichtlich erschrocken und hatte Christin vehement verteidigt. Alles wäre nur Geschwätz. Lena wollte ihr glauben. Das Engelchen auf ihrer rechten Schulter auch. Es flüsterte Lena unentwegt zu: „Christin war keine Schlampe. Sie war eine ganz liebe Person." Das Teufelchen an ihrem linken Ohr war sich da nicht so sicher. Und das Teufelchen hätte auch zu gern gewusst, wo Christins Tagebuch abgeblieben war.

Kapitel 10

Der 15. Tag

Ein unbekanntes Geräusch ließ Lena aufschrecken.
Ein schrilles Klingeln. Es dauerte eine Weile, bis sie
kapierte, dass es sich um das neue Telefon handelte,
das direkt vor dem Sofa auf dem Wohnzimmertisch
stand. Bisher hatte sie noch nicht mal gewusst, dass
das Ding überhaupt schon funktionstüchtig war.
„Och Lena, hör mal wer dran is", schnaufte Max verschlafen aus seinem Sessel. Lena beugte sich hinüber,
nahm den Hörer ab und meldete sich mit: „Guten
Morgen. Wer nervt?" „Wenn ich nerv, kann ich ja
gleich wieder auflegen!", konterte Anne am Ende der
Leitung. Lena musste lachen. „Warte, ich geb dir
Max." „Nein! Stopp" kreischte Anne. „Ich wollte dich
sprechen. Ich wollte fragen, ob du mit mir raus zum
Sonnenhof möchtest." Obwohl Lena sehr gerne mit
zum Sonnenhof wollte, fragte sie irritiert: „Musst du
nicht arbeiten?" Erst dann sah sie auf den kleinen
Wecker, dessen Leuchtziffern bereits kurz vor zwölf
Uhr mittags anzeigten. Anne würde gleich Feier-
abend haben. Durch die schmalen Schlitze der Rollläden fiel Licht. Lena sagte zu. Sie hatte eh geplant,
am Nachmittag mit dem Rad hinüber zu dem Reiter-
hof zu fahren. Die Vorstellung, dass Anne sie im
Wagen mitnahm, gefiel ihr aber doch wesentlich besser.

Der Kaffee war noch nicht einmal richtig durchgelaufen, als der rote Flitzer der Blondine bereits auf den Hof preschte. Draußen schien die Oktobersonne von einem klaren blauen Himmel. Lena rannte zur Haustür und öffnete sie. Dann flitzte sie zurück in die Küche, um sich wieder um das Rührei zu kümmern, das herrlich duftend in der Pfanne brutzelte. Max las derweil in der Zeitung, die seit zwei Tagen jeden Morgen pünktlich um sieben Uhr von einer Frau aus dem Dorf in den Briefkasten gesteckt wurde. Auch so ein Job, der nicht wirklich für Lena taugte. Anne polterte in die Küche. Sie schien sehr gut gelaunt. Warf aus einem Meter Entfernung eine prall gefüllte Tüte mit Gebäck auf den Tisch und gab dem verdutzten Max einen Kuss. Wie es schien, waren die beiden während Lenas Abwesenheit gestern Abend auch in ihrer Beziehung weitergekommen.

*

Als Lena etwas später neben der Blondine in deren rotem Fiat hockte, kam die Frage, auf die sie schon die ganze Zeit gewartet hatte, die sie aber in der sprachlichen Ausführung dennoch überraschte. „Und wie war dein Rendezvous mit Marc?" „Rondewas...?" Euer Rendezvous? Du und Marc?"

„Das war kein Rendezvous!", antwortete Lena lapidar. „Wir haben uns mit ein paar Jugendlichen aus dem Dorf in der Kneipe getroffen! Unter einem Rendezvous stell ich mir was anderes vor. Außerdem bin ich eine moderne Siebzehnjährige des einundzwanzigsten Jahrhunderts. Bei uns gibt es so einen altmodischen Quatsch nicht mehr." Anne sah grinsend zu ihr hinüber und flachste. „Ach, tut man das heut nicht mehr? Geht man heute sofort miteinander in die Kiste oder wie." Lena konterte. „Nein, tut man nicht. Das war so in den Neunzigern und Achtzigern vor Aids. Aber Marc und ich wir könnten, wenn wir wollten. Bei dir und dem kranken alten Mann dürfte das schwieriger werden." „Tja Lena! Dazu sag ich nur: Wo ein Wille ist, ist auch ein Weg." Das überlegene Grinsen auf Annes Gesicht sprach Bände. Damit hatte Lena nun nicht gerechnet und war froh, dass sie genau in diesem Moment auf dem Parkplatz des Sonnenhofes hielten.

*

Da das Wetter heute wirklich großartig war, entschied Anne, dass sie heute einen Ausritt in den Wald machen würden. Bei dem Gedanken, allein mit einem Pferd in der Gegend herumzureiten, kam bei Lena leichte Panik auf. Bilder von Pferden, die mit ihren Reitern durchgingen, kamen ihr in den Sinn. Anne schien das zu bemerken, beruhigte sie und stellte ihr dann Willi vor. Willi war ein Kaltblut Wallach und gehörte, wie viele andere Pferde auf dem Hof, Marcs Vater. Die einzige Aufgabe des Tieres schien es zu sein, dumme unerfahrene Touristen oder Anfänger wie Lena sicher auf geführten Touren durch den Westerwald oder heil durch die ersten Reitstunden zu bringen. Willi hatte riesige Hufe und die Fesseln waren lang behaart, sodass es für Lena aussah, als hätte das Pferd dicke Wollstiefel an. Anne selbst ritt Attila. Wie Lena schnell merkte, war Willi treudoof. Sie musste wirklich nicht viel tun. Der gutmütige Wallach trampelte immer schön brav neben Attila her. Lenkte Anne ihr Pferd nach rechts, ging Willi auch rechts. Blieb sie stehen, tat Willi das auch. Der Ausritt war traumhaft. Gut zwei Stunden ritten sie über Feld und Waldwege. Lena war zum ersten Mal mit ihrer neuen Heimat rundum zufrieden. Nur vereinzelt trafen sie auf Wanderer und andere Reiter. Einmal kam ein Hund laut kläffend auf sie zugerannt. Anne hatte Mühe, den nervösen Atilla zu beruhigen. Willi hingegen blieb stehen wie ein Baumstamm. Das Bellen des kleinen Köters ließ ihn vollkommen kalt. Als sie sich nachmittags dem Hof näherten, erkannte Lena schon von Weitem Marcs Motorrad, das direkt vor der Tür des gepflegten Haupthauses stand. Ihn selbst traf sie im Stall, als sie Willi zurück zu seiner Box führte. Marc war damit beschäftigt, eine der Pferdeboxen auszumisten. Das war sein Job. Für sein Taschengeld musste er nebenher auf dem Hof arbeiten. Als er sie sah, stellte er die Mistgabel weg, packte sie und küsste sie. Hinter sich hörte sie Anne, die gerade mit Attila den Stall betrat, leise kichern. Sofort schob sie Marc von sich. Der packte mit hochrotem Kopf seine Mistgabel und arbeitete weiter, bis Anne ihn direkt ansprach. „Du Marc, wärst du so nett und würdest Lena helfen, Attila und Willi zu versorgen? Ich habe noch etwas mit deinem Vater zu besprechen." „Klar, ist kein Problem." Er schnappte sich die Zügel des Tieres und zog es hinter sich her. Lena folgte ihm mit Willi.

*

„Ich hab heute Morgen in der Pause diesen ehemaligen Polizisten angerufen", erzählte Marc, als sie mit den Pferden allein waren. „Und was sagt er?", drängelte Lena neugierig. „Er hat mir ein Treffen vorgeschlagen. Heut Nachmittag um vier Uhr im Markt-Café." „Wo ist das denn?" „Das ist in Altenkirchen am Marktplatz." Lena kramte ihr Handy aus der Tasche und sah auf das Display. Es war gleich drei Uhr. „Wie sollen wir das denn schaffen? Um die Zeit fährt doch bestimmt kein Bus mehr?" Marc lächelte wissend, während er Willis schweren Sattel über einen Ständer an der Wand warf. „Hab ich alles schon geklärt. Meine Mutter fährt Freitagnachmittags immer nach Altenkirchen zum einkaufen. Die nimmt uns mit und holt uns auch nachher wieder ab." Lena überlegte und flüsterte dann. „Was hast du ihr denn gesagt, was wir in Altenkirchen wollen?" Marc sah sich um. „Na, die Wahrheit. Wir treffen uns da mit einem alten Bekannten von dir. Von früher." Lena überlegte. Die Wahrheit war das nicht eben. Aber es lief in etwa darauf hinaus. „Vielleicht sollte ich Anne noch Bescheid sagen", überlegte sie laut. „Schließlich bin ich mit ihr zusammen hier." Marc nickte über den Hof hinweg. „Die müsste drüben in dem kleinen Anbau sein. Mein Vater hat da sein Büro. Geh ruhig. Den Rest schaffe ich allein." Lena packte Marc, drückte ihm einen Kuss auf die Wange und rannte dann quer

144

über den Hof. Sie betrat den flachen Bau und blieb in dem großen Vorraum stehen. Zwei der Wände waren voller Pferdebilder, an einer dritten stand eine große lange Glasvitrine mit Pokalen und Medaillen. Lena besah sich kurz die glänzenden Kelche. Aus dem Nebenraum hörte sie die Stimme von Anne und Herrn Sonnendal. Sie spitzte die Ohren. „Verdammt Frieder, sag endlich die Wahrheit. Jeder weiß doch, dass du auf sie scharf warst. Sogar Jasmin wusste es", keifte Anne gerade. Die beiden schienen zu streiten. Es knallte laut. Irgendwer schien mit der Faust auf eine Tischplatte zu schlagen. Dann brüllte Marcs Vater; „Es reicht, Anne. Du bist ja vollkommen irre. Ich bin seit zwanzig Jahren glücklich mit Jasmin verheiratet. Wir haben zwei Kinder und einen gut laufenden Betrieb. Meinst du, ich setz das alles auf's Spiel wegen deiner Fantastereien. Ich hatte nichts mit Christin und ich wollte auch nichts von ihr. Schluss, aus, basta." „Ich hab euch damals gesehen, Frieder. Beim Tanz in den Mai. Wie ihr getanzt habt. Wie ihr euch angesehen habt. Du hast sie nachts nach Hause gebracht." Anne schrie jetzt fast. Lena stockte der Atem. „Ja, ich hab sie nach Hause gebracht. Sie und Dani. Wir haben getanzt und gelacht. Mensch Anne. Die beiden waren meine besten Freunde damals. Dani war mir wie ein Bruder." Anne lachte auf. „Ein Bruder. Mir kommen gleich die Tränen. Deshalb hat er dir auch bei eurer letzten Begegnung den Kieferknochen zertrümmert. Wo ist er denn, dein bester Freund?" Lena lauschte angestrengt, doch Frieder antwortete nicht. Für einen Moment schien es, als wäre das Gespräch beendet. Doch dann hörte sie wieder Anne.

Diesmal leiser. Eindringlicher. „Frieder, da draußen im Stall steht dein Sohn mit Lena. Die beiden sind gerade dabei, sich zu verlieben. Was, wenn irgendwann rauskommt, dass sie Geschwister sind?" Lena begann zu zittern. Sie überlegte fortzulaufen, dann sah sie Marc, der in der geöffneten Tür stand. Sein Blick sagte deutlich, dass er den letzten Satz gehört hatte. Langsam kam er auf sie zu und drückte sich stumm neben sie an die Wand. Drinnen sprach nun Frieder. Auch er klang sehr ruhig. „Anne, ich sag es dir jetzt noch mal. Du verrennst dich da in was. Ich bin nicht Lenas Vater und ich finde es toll, dass sie und Marc sich so gut verstehen." „Aber wer sonst, Frieder? Wer außer dir könnte es sein? Du bist der einzige Kerl, zu dem sie in der Zeit Kontakt hatte. Der die Gelegenheit hatte." „Das bin ich nicht, Anne. Gelegenheit ist nicht alles, wenn es um Liebe geht. Es gab bestimmt jemanden in ihrem Leben. Glaub mir. Aber ich war's nicht." Lena zitterte immer noch. Sie griff nach Marcs Hand und drückte sie. Drinnen im Büro wurden Stühle gerückt. Sie merkte, wie Marc sie plötzlich mitriss und mit ihr nach draußen stürmte. Sie waren noch nicht ganz um die Hausecke gebogen, als sie hörten, wie drinnen eine Tür ins Schloß geschlagen wurde. Sekunden später sahen sie, wie Frieder und Anne über den Platz zur Scheune hinübergingen.

*

Marcs Mutter Jasmin war ausgesprochen nett. Die etwas pummelig wirkende Frau mit den lustigen kleinen Augen und dem kurzem Igelschnitt bot Lena auch sogleich das Du an. Trotzdem waren Lenas Gedanken immer noch in dem kleinen Büro bei dem belauschten Gespräch. Sicher war nun, dass Christin Anne wirklich nicht erzählt hatte, von wem sie nun schwanger war. Aber was war mit Frieder? Der Mann hatte so überzeugend geklungen. Obwohl Lena ihm im Grunde glauben wollte, war ihr irgendetwas an dem Gespräch merkwürdig vorgekommen. Sie wurde den Verdacht nicht los, dass Frieder mit der Sache damals in irgendeiner Form etwas zu tun gehabt hatte. Er war angeblich der beste Freund von diesem Daniel gewesen. Aber da musste Lena Anne recht geben. Schlugen sich Freunde so heftig, dass der eine dem anderen den Kiefer brach? Sie sah zu Jasmin, die am Steuer des Geländewagens saß und ein Lied aus dem Radio mitsummte. Marc saß hinten auf dem Rücksitz und war seit dem Vorfall vorhin recht still. Zu gern hätte Lena gewusst, was in seinem Kopf vorging. Und noch lieber hätte sie gewusst, ob die Tatsache, dass er denken könnte, sie wäre seine Halbschwester, das Ende ihrer Freundschaft war, die im Grunde noch gar nicht richtig begonnen hatte.

„Du Lena, sei doch bitte so nett und reich mir mal ein Kaugummi aus dem Fach in der Tür. Da müsste so eine hellblaue Packung sein", bat Frau Sonnendal, als sie bereits das Ortsschild von Altenkirchen passiert hatten. Lena sah in das Ablagefach. Dank der tadellosen Ordnung im Wagen entdeckte sie die Kaugummis direkt. Außer der hellblauen Packung lag dort nämlich nur noch eine zusammengeknüllte Zigarettenschachtel. Sie reichte Jasmin die Kaugummis und stutzte dann. Sie griff ein weiters Mal in das Fach der Tür, nahm die zerknüllte Schachtel heraus und bog sie zurück in ihre Ursprungsform. Es war tatsächlich die gleiche chinesische Marke. Die gleiche Schachtel wie die, die sie gestern mit Anne im Wald gefunden hatte. „Das ist aber 'ne seltsame Marke!", sagte sie gespielt laut und hielt Jasmin die Schachtel hin. Die griff auch sofort danach, betrachtete sie kurz und schimpfte dann los. „Verflixt noch mal. Ich hab doch beim Einsteigen schon gemeint, dass es in dem Auto nach Zigaretten stinkt." Wütend riss sie den Aschenbecher auf und sah hinein. Er war leer. Dann öffnete sie das Fenster und warf die Schachtel zu Lenas Entsetzen hinaus.

*

„Deine Mutter mag keine Raucher?", fragte Lena, als sie Minuten später mit Marc durch die Fußgängerzone zum Marktplatz schlenderte. Er schüttelte nur stumm den Kopf. Sie packte ihn am Arm und hielt ihn fest. „Verflucht Marc, redest du jetzt nicht mehr mit mir?" Marc verdrehte die Augen. „Manno, ich mach mir halt so meine Gedanken." Lena hätte sich die Haare raufen können. „Glaubst du etwa, an Annes Geschwätz wäre wirklich etwas dran? Traust du deinem Vater zu, dass er dich so belügt?" Marc schüttelte den Kopf. „Nein, verdammt. Tu ich nicht. Aber die Situation ist doch schon irgendwie blöd, oder?" Sie sahen sich eine Weile an. Dann nahm er ihre Hand und sagte nur: „Ich mag dich halt. Wär blöd, wenn so was zwischen uns steht." Lena fühlte sich plötzlich so leicht ums Herz. Marc mochte sie. Und eigentlich waren sie beide einer Meinung. Mitten in der Fußgängerzone fiel sie ihm um den Hals und küsste ihn auf den Mund. Und noch während sie sich umarmten, sah sie den Mann. Den Mann mit den schulterlangen Haaren, dem Bart und dem Armeeparka. Er stand keine dreißig Meter hinter ihnen an einem Laternenpfahl und beobachtete sie. Sie stieß Marc sachte von sich fort und flüsterte ihm leise zu: „Wir werden verfolgt." Dummerweise drehte Marc sich abrupt um und glotzte genau in Richtung des Bärtigen. Der wand sich lässig ab und ging davon. Lena überlegte kurz und setzte sich dann in Bewegung. Erst ging sie nur zügig. Nach einigen Metern begann sie zu rennen. Der Typ beschleunigte ebenfalls seine Schritte und rannte dann auch. Sie sah, wie er in eine Seitengasse einbog. Als Lena Sekunden später dort ankam, war er spurlos verschwunden. Lena kehrte um. „Ich hab ihn auch gesehen", rief Marc ihr zu, als er ihr an der Hausecke entgegenkam. „Weißt du, wo er hin ist?" Lena zuckte mit den Schultern. „Keine Ahnung. Der ist hier reingelaufen und war dann wie vom Erdboden verschwunden." Marc ging an ihr vorbei, einige Meter in die enge Gasse hinein, zu einer Haustür. Er rüttelte daran. Die Tür war zu. „Ich hab den Kerl schon mal gesehen", erklärte er, als sie gemeinsam zurückgingen. „Der war vor ein paar Tagen bei uns auf dem Hof. Ich war auf der Weide, da hab ich gesehen, wie er mit meinem Vater auf einer Bank unten am Bach gesessen ist." Lena blieb noch einmal stehen. „Sach mal. Raucht dein Vater eigentlich?" Marc wiegte den Kopf hin und her. „Gelegentlich. Meist, wenn er in der Kneipe ist oder sonst so in geselliger Runde. Meine Mutter mag das überhaupt nicht. Sie hasst Zigarettengestank. Wenn er geraucht hat, pennt er auch schon meist freiwillig in einem der Gästezimmer. Wie kommst du denn jetzt darauf?" Lena erzählte ihm von ihrer ersten Begegnung mit dem Unbekannten und der Entdeckung. „Klingt wirklich alles sehr komisch. Und ganz ehrlich, hätte ich den Kerl nicht eben selbst gesehen, wie er getürmt ist, dann ..." „Dann hättest du mir kein Wort geglaubt", beendete sie den Satz.

*

Das Markt-Café war ein kleines älteres Häuschen direkt am Marktplatz. Im oberen Stockwerk bestand die Fassade aus dicken, rotbraun gestrichenen Eichenbalken, zwischen denen die Fächer schön weiß ausgeputzt waren und unten drunter zierten die Wände dicke Natursteine. Alle Tische waren besetzt. Lena bekam schon Bedenken, dass sie den Herrn Oberkommissar a.D. gar nicht erkennen würden. Doch ihre Bedenken entpuppten sich als grundlos. Der ehemalige Polizist erkannte sie und Marc schon beim Betreten des Lokals und winkte sie herbei. Bruno Hilgers war älter als Lena gedacht hatte. Sie schätzte den Mann auf locker Mitte siebzig. Ihr Gespür für das Schätzen alter Menschen war sehr ausgeprägt. Als sie im vorigen Sommer ihre Sozialstunden in einem Frankfurter Pflegeheim ableistete, hatte sie zum Erstaunen der Stationsschwester bei ihren Schätzungen meist nahe am wirklichen Alter der Patienten gelegen. Hilgers war der Typ „netter Opa von nebenan". Er hockte in einer Ecke des Cafés mit dem Rücken zur Wand und beobachtete mit seinen recht kleinen, freundlichen Augen jeden, der das Lokal betrat. Vor ihm stand ein Kännchen und eine Tasse Kaffee. Daneben lag eine dicke Aktenmappe. „Guten Tag, Herr Kommissar", begrüßte Lena ihn freundlich und deutete so etwas wie einen kleinen Knicks an. Hilgers schien das zu gefallen. Er lächelte. „Auch einen schönen guten Tag. Aber Kinder, den Kommissar, den vergesst mal ganz schnell wieder. Das ist schon sehr lang vorbei." Lena und Marc bestellten sich jeder einen großen Milchkaffee und ein Stück Frankfurter Kranz. „So, ihr beiden habt also die Ermittlungen im Fall Christin Bodenheim wieder aufgenommen?", fragte er die beiden. Marc nickte eifrig. Lena wollte einwenden, dass der Begriff Ermittlungen doch ein wenig übertrieben sei, unterließ es aber. „Was wisst ihr denn schon?", erkundigte sich Hilgers neugierig. „Eigentlich wissen wir nur das, was damals in der Zeitung stand", erklärte Lena und zog die beiden zerknitterten Zettel aus der Tasche. „Also nichts!" kommentierte Hilgers, ohne auf die Zettel zu schauen. Er schlug seine Mappe auf und blätterte darin. „Gut Kinder, dann will ich euch mal ein bisschen auf die Sprünge helfen. Wir haben damals im Fall deiner Mutter wegen fahrlässiger Körperverletzung mit Todesfolge ermittelt." „Also kein Mord", unterbrach Marc den älteren Herrn und erntete dafür einen bösen Seitenblick. Dann fuhr Hilgers fort. „Für einen Mord, eine geplante Tötung, sprach damals rein gar nichts. Das Ganze war eine Feier des ‚Junge Männerverein Blittersbach', die dieses Fest jedes Jahr in der Nacht zu Allerheiligen veranstalten. Im Grunde eine private Feier, bei der auch Außenstehende willkommen sind, wenn sie denn ausreichend alkoholische Getränke mitbringen. Das Ziel der Feierlichkeit bestand auch im weitesten Sinne nur darin, sich sinnlos zu betrinken. Heute würde man das wohl Komasaufen nennen. In der Nacht waren so an die siebzig, achtzig Leute da. Im Schnitt alles junge Leute um die zwanzig. Kurz nach Mitternacht ging dann der Notruf bei der Feuerwehr ein. Ein junger Mann namens Friedrich Sonnendal hat aus der örtlichen Telefonzelle den Notarzt verständigt. Handys gab es ja damals noch nicht in der Form wie heute. Bis der Arzt dann vor Ort war, ist dann auch noch mal gut und gern 'ne halbe Stunde ins Land gegangen. Der hat dann erst den Hubschrauber informiert. Alles in allem hat das Ganze meiner Meinung nach viel zu lange gedauert. Das Einzige, was die Ärzte ja dann doch noch retten konnten, war das Baby der Verunglückten." Der Alte griff Lenas Hand und lächelte. „Sonst säßen wir drei heut gar nicht hier." Sie nickte, obwohl der Kloß im Hals sie fast ersticken wollte. „Ja, was soll ich sagen. Dann ging es erst richtig los. Keiner wusste auf einmal mehr, wie das passiert war. Fast achtzig Leute waren anwesend und keiner wollte was gesehen haben. Die Kollegen und ich, wir haben uns die dann einen nach dem anderen zum Verhör bestellt. Einige haben damals behauptet, es könne nur der Pitter gewesen sein. Aber für den hat sich der Herr Pfarrer eigenhändig verbürgt. Der Pitter wär die ganze Zeit in seiner Nähe gewesen." „Stopp,

Herr Hilgers. Wer ist denn der Pitter?", unterbrach Lena ihn. Noch bevor der ehemalige Polizist etwas sagen konnte, antwortete Marc bereits. „Der Pitter ist unser Dorfdepp. Der wohnt mit seiner alten Mutter in einem Messihaus unweit der Kirche. Total beklatscht der Kerl." „Na, so kann man das nicht ausdrücken", unterbrach Hilgers ihn und blätterte in seiner Akte. „Da haben wir's. Ulrich Pitter. Geboren 1968. Vermutlich aufgrund von Sauerstoffmangel bei der Geburt geistig zurückgeblieben. Wohnt bei seiner alleinerziehenden Mutter. Schulabschluss keinen. Arbeitet damals in einer Einrichtung für geistig behinderte Menschen. Spielt Orgel in der örtlichen Kirche." „Und die Leute haben damals behauptet, er habe Christin ins Feuer gestoßen?", fragte Lena noch einmal. „Jep, das haben sie. Angeblich hat er deine Mutter vergöttert. Hat ihr Bilder gemalt und Briefe geschrieben. Die Leute sagten, Christin habe das nicht gewollt und von Pitter verlangt, er solle damit aufhören. Und aus verschmähter Liebe habe er sie dann mit Alkohol überschüttet und ins Feuer gestoßen. Aber unter uns, Kinder. Ich glaube, der sollte nur der Sündenbock sein. Unter Eid wollte nämlich dann keiner was gesehen haben. Außer dem Herrn Pfarrer Eckmann. Der hat mehrfach ausgesagt, dass der Pitter den ganzen Abend in seiner Nähe war und nichts gemacht hat." „Und was sagt dieser Pitter selbst dazu? Den haben Sie doch bestimmt auch verhört?", ereiferte Lena sich. „Ja natürlich haben wir das. Das heißt, wir haben es versucht. Aber mit dem war kaum zu reden. Hat immer nur von der Strafe Gottes und Dämonen gelabert. Total wirres Zeug. Er kam dann in eine geschlossene Einrichtung zur Behandlung." „In die Irrenanstalt?" „Ja Lena. Das heißt zwar heute Klinik. Aber ich glaube, wir meinen das Gleiche." Der pensionierte Polizist goss sich Kaffee nach, nahm einen Schluck und beobachtete dann interessiert, wie Lena versuchte, das Gehörte in Stichworten auf ihren Schreibblock zu kritzeln. „Schön machst du das, Lena. Hast du schon mal überlegt, Polizistin zu werden?" Sie sah Hilgers mit großen Augen an. „Nee, wieso?" „Na, die suchen junge Leute, die was im Köpfchen haben. Überleg dir das mal." Lena musste sich ein Grinsen verkneifen. Polizisten standen bestimmt morgens auch sehr früh auf. Das war ja nun gar nicht ihr Ding. Zum Glück wechselte Marc geschickt das Thema. „Herr Hilgers, was ist denn mit diesem anderen Verdächtigen? Diesem Daniel Bodenheim?" Hilgers rückte seine Brille gerade. „Ja, der Bodenheim! Was ist mit dem? Eine gute Frage, junger Mann. Also, wenn ihr mich nach meiner persönlichen Meinung fragt, würde ich sagen, der lebt nicht mehr. Der hat sich was angetan." „Aber er ist nie gefunden worden. Weder er noch das Motorrad", gab Marc zu bedenken. Hilgers hob den Zeigefinger. „Vorsicht, junger Mann. Vorsicht! Das Motorrad wurde gefunden." Lena wurde hellhörig. „Ja, aber es hieß doch, das wäre auch weg?" „Ja das hieß es lange Zeit. Aber es ist vor ein paar Jahren in einem Fischweiher hier ganz in der Nähe aufgetaucht. Die lassen alle paar Jahre das Wasser in diesem Tümpel für Reinigungsarbeiten ab und da wurde es dann gefunden." Er blätterte in seiner Akte. „Hier steht es. Die Yamaha wurde im Herbst 2002 in einem Weiher bei Westerburg gefunden. Natürlich stark verrostet. Sie hat ja locker mal acht Jahre im Wasser gelegen. Die Einzige, die behauptete, dass der Junge immer noch lebt, ist seine Mutter. Sie weigert sich, ihren Sohn für tot erklären zu lassen. Na ja! Die Hoffnung stirbt zuletzt!"

*

Am Abend ging Lena hinauf in Christins Zimmer und holte die Schachtel mit den Bildern, die sie vor einigen Tagen von den Wänden abgenommen hatte. Mittlerweile bekamen einige der Fotos einen Namen. Das hieß, Lena konnte den Gesichtern darauf einen Namen geben. Am häufigsten war Daniel auf den Bildern zu sehen. Meist lachend. Andere zeigten Frieder und Jasmin mit einem Kleinkind. Dabei handelte es sich sicherlich um Marcs große Schwester, die jetzt in Köln studierte. Auch Anne war zu sehen. Und immer wieder Christin. Eines der Fotos gefiel Lena besonders gut. Es zeigte Christin mit Babybauch vor einer Blockhütte auf einem schwarzen Motorrad. Ihre Hände schienen das Kind in ihrem Bauch zu streicheln. Sie war dieses Baby. Dieses Bild zeigte eindeutig Lena und ihre Mama.

Kapitel 11

Der 17. Tag

Lena saß in einer der hinteren Bänke der Blittersbacher Kirche und lauschte dem Orgelspiel. Sie trug ein wunderschönes blauweißes Kleid aus Christins Fundus. Sie konnte sich nicht erinnern, wann überhaupt sie zuletzt ein Kleid getragen hatte. Aber es gefiel ihr. Vorsichtig tastete sie nach Marcs Hand und hielt sie fest. Durch die mit Engeln bemalten Fenster fielen wie ein kunterbunter Regenbogen Bündel von Sonnenstrahlen. Nachdem die Orgel verstummte, begann Pfarrer Eckmann mit seiner Predigt. Lena hatte noch nie eine Predigt gehört und verlor auch bereits nach einigen Minuten den Faden. Ihre Gedanken und ihre Augen flitzten wie kleine Vögel durch das Kirchenschiff und erfassten gierig alles Neue. Alles außer dem, was der Mann da vorne an dem Mikrofon zu sagen hatte. Das ging irgendwie vollkommen an ihr vorbei. Am Ende hätte sie nicht ein einziges Wort von dem Geschwätz des Pastors wiedergeben können. Geschweige denn den groben Inhalt. Wie es schien, taugte sie tatsächlich nicht zum gläubigen Christen. Aber das Spiel der Orgel gefiel ihr. Mehrmals während des Gottesdienstes drehte sie sich um und schaute hinauf zur Orgelbühne. Leider konnte sie den Mann, der das Instrument bediente, hinter dem hohen Geländer nicht sehen. Als die Kirche vorbei war, wartete sie gemeinsam mit Marc an der

Friedhofsmauer und betrachtete die meist älteren Leute, die in ihren schönsten Sonntagsmonturen das Gotteshaus verließen. Das Begaffen beruhte mit Sicherheit auf Gegenseitigkeit. Nur dass die Dorfbewohner im Gegensatz zu ihr genau wussten, wen sie da beglotzten. Der Letzte, der die Kirche verließ, war ein schlaksiger dürrer Kerl mit kahl rasiertem Schädel und Segelohren. Sein Anzug saß schlecht. Das hieß, eigentlich saß er überhaupt nicht. Sowohl die Ärmel als auch die Hosenbeine waren mindestens zehn Zentimeter zu kurz. Sie waren so knapp, dass einem die weißen Tennissocken mit ihren zwei blauen Kringeln oben förmlich ins Auge stachen. Der Mann wirkte auf Lena irgendwie verloren. Als er sie sah, lächelte er und kam zu ihnen hinüber. „Ich weiß, wer du bist", sprach er sie grinsend an und hörte sich dabei an wie ein Fünfjähriger. „Ich weiß auch, wer du bist", sagte sie frech. „Du bist der Ulrich Pitter. Ich hab gehört, wie du Orgel spielst. Du machst das wirklich sehr gut." Der geistig behinderte Mann nickte eifrig. Er tat Lena leid. Sie hatte das Gefühl, dass vor ihr ein kleines Kind im Körper eines erwachsenen Mannes stand. Die Mimik und Gesichtszüge verrieten deutlich die Schwere seiner Behinderung. Marc fasste Lena am Arm und raunte ihr zu: „Komm Lena, lass uns verschwinden. Du hast ihn ja jetzt gesehen." Marc war anzusehen, dass ihm die Begegnung mit Pitter unangenehm war. „Meine Mama kocht immer Mittagessen. Wenn du willst, kannst du mitkommen zu uns", erklärte Pitter und zeigte die Straße hinunter. Lena verneinte lachend. „Nein Pitter. Ich muss jetzt auch nach Hause gehen. Was für meinen

Papa kochen." Pitter nickte und setzte sich ohne ein weiteres Wort in Bewegung. Nach einigen Metern drehte er sich dann noch einmal um, winkte und rief. „Bis dann, Christin."

Der letzte Satz des Schwachsinnigen saß wie ein Dolchstoß in ihrem Herz. Hatte Pitter sie tatsächlich für Christin gehalten? Vermutlich. Vermutlich hatte er gar nicht begriffen, dass Christin seit siebzehn Jahren tot war. An dem Kleid, das sie trug, konnte es nicht liegen. Was ging wohl in dem Kopf eines geistig behinderten Menschen wie Pitter vor? Sie sah zur Kirche, aus deren Portal gerade Pastor Eckmann trat. Der Geistliche sah zu ihr hinüber und winkte freundlich. Lena winkte zurück und beschloss, dass es Zeit war, schnell von hier zu verschwinden, bevor Eckmann noch auf die Idee kam, zu ihnen hinüberzukommen. Für heute war ihr Bedarf an Kirche und allem, was dazugehört, gedeckt.

*

Marc brachte sie nach Hause. Nicht nur weil er ein Kavalier war, sondern auch, weil sein Motorrad noch immer oben auf dem Hof stand. Lena hatte gehofft, er bliebe noch eine Weile, aber Marc drängte darauf zu fahren, da er noch eine Menge Arbeit auf dem Hof habe. Zum Abschied gab er ihr einen Kuss auf die Wange. Dann raste er davon. Irgendwie war seit dem belauschten Gespräch alles anders. Zwar trafen sie sich nach wie vor regelmäßig, umarmten sich und waren auch gestern Abend zusammen mit Basti und Fred bei Diana in der Gaststätte gewesen. Aber es war anders.

Die Küsse waren nicht mehr so innig wie am Anfang. Mehr nur flüchtig. Es lag nicht an ihr. Da war sie sich sicher. Irgendetwas war bei Marc an dem Nachmittag vor zwei Tagen kaputt gegangen. Und Lena wünschte sich nichts mehr, als das man es irgendwie wieder reparieren konnte. Sie liebte Marc. Da war sie sich mittlerweile vollkommen sicher. Sicher war sie sich auch, dass er bestimmt nicht ihr Bruder war. Das wusste sie genau, tief in ihrem Herzen.

*

Marc gab Gas. Wie ein Wahnsinniger schoss er über die matschigen Waldwege querfeldein in Richtung Sonnenhof. Seine guten Sonntagsklamotten waren ihm vollkommen egal. Schließlich gab es eine Waschmaschine. Der Weg durch den Wald nach Hause war auch nicht wirklich eine Abkürzung. Im Grunde dauerte es sogar länger als über die Teerstraßen unten im Tal. Aber das war auch egal. Hier konnte er sich abreagieren. Seiner Wut freien Lauf lassen. Er schaltete zurück und holte das Letzte aus der Maschine heraus. Spürte, wie der Schlamm vom Hinterrad aufgewirbelt wurde und an seinen Rücken und Hinterkopf prasselte. Seit zwei Tagen schlief er nachts kaum noch. Wälzte sich herum und machte sich Gedanken über das, was werden könnte und würde. Noch nie hatte er sich zu einem Mädchen so hingezogen gefühlt wie zu Lena. Schon an dem Abend letzte Woche, nach dem Fußballtraining, als er sie das erste Mal sah, wusste er, dass sie die Richtige für ihn war. Lena war anders als die Mädchen aus dem Dorf. Nicht, weil sie aus Frankfurt kam. Das war Quatsch. Nein, sie war anders, weil er sich so für sie interessierte. Aber was, wenn dies nur eine innere Eingebung war. Eine Eingebung, die daher rührte, weil sie beide tief in sich drin spürten, dass sie Geschwister waren. In der Dorfkneipe hatte er die Männer schon öfters flachsen gehört, dass Marcs Vater früher kein Kind von Traurigkeit gewesen war. Dabei bezog sich früher aber – wie er bisher immer geglaubt hatte – auf die Zeit, bevor Frieder Marcs Mutter Jasmin bei einem Fest im Nachbardorf getroffen hatte. Was, wenn an Annes Geschwätz doch etwas dran war? Er malte sich förmlich aus, wie er Lena irgendwann heiraten würde. Sie bekämen Kinder und dann stellte sich durch einen blöden Zufall heraus, dass sie beide Geschwister waren. Im Internet hatte er gelesen, dass auf Inzest zwischen Bruder und Schwester mehrere Jahre Gefängnis standen. Und das alles nur, weil sein alter Herr vor vielen Jahren die Finger nicht hatte bei sich lassen können. Er bog vom Weg ab, schlängelte sich mit der Maschine zwischen mehreren Bäumen hindurch und schoss dann aus dem Wald hinaus auf ein abgeerntetes Maisfeld. Im Tal sah er die Reithalle, die mit den daran angebauten Ställen neben dem Haupthaus riesig aussah. Atemlos kam er direkt vor dem flachen Bürotrakt zum Stehen und stellte den Motor ab. Sein Herz pochte. Das Spritzwasser auf dem Auspuff zischte und dampfte. Der heiße Motor knisterte und stank nach heißem Öl. Er sah sich um. Der silberne Mercedes seiner Mutter stand nicht in der Garage. Wie jeden Sonntag besuchte sie vormittags Großmutter Erna im Altenheim. Sein Vater verbrachte diese Zeit meist mit Schreibkram im Büro. Entschlossen stieg er ab, stellte die Maschine auf den Seitenständer und betrat den Vorraum, wo die Preise und Pokale ausgestellt waren, die Frieder mit seinen Pferden im Laufe der Jahre gewonnen hatte. Sein Vater befand sich tatsächlich im Büro. Er hockte an seinem Schreibtisch und tippte auf der Tastatur des Computers herum. Als Marc eintrat, sah er auf und betrachtete ihn von oben bis unten. „Ist was passiert?" Frieders Stimme klang besorgt. Marc schüttelte den Kopf. „Nee. Ich würde nur gerne mal mit dir reden." Frieder wirkte erstaunt. „Klar! Um was geht es denn?" Marc kaute auf seiner Unterlippe herum. Verdammt, wie sollte er anfangen. Er konnte seinen Vater doch unmöglich fragen, ob der vor siebzehn Jahren mit einer anderen Frau geschlafen hatte. „Geht's um Lena?", fragte Frieder. Marc schüttelte den Kopf. „Ja! Ich mein, nein... nicht direkt." Frieder kniff die Augen zusammen, erhob sich aus seinem Bürosessel und ging zum Kühlschrank, dem er zwei Flaschen Bier entnahm. Marc beobachtete ihn. Die Stille im Raum war fast unerträglich. Wie sollte er es sagen? Verflucht, er hätte sich seine Worte vorher überlegen sollen. Frieder stellte die Flaschen auf den Tisch, nahm eine alte Pferdedecke und warf sie über einen der beiden Besuchersessel, die vor dem Schreibtisch standen. „Setz dich, Marc. Ich glaube auch, dass wir beide mal reden sollten. Von Mann zu Mann." Marc folgte der Aufforderung. Frieder reichte ihm eine der Bierflaschen und öffnete den Bügelverschluss mit dem Daumen. Nahm dann die zweite Flasche, öffnete sie ebenfalls und prostete ihm zu. „Tja Junge, ich wünschte, mein Vater hätte auch mal mit mir über so etwas geredet. Wir mussten uns damals alles mühsam aus der Bravo anlesen." Marc, der gerade einen Schluck trank, spukte prustend sein Bier aus und rang dann nach Atem. Frieder sah für einen kurzen Moment ratlos aus. Marc wischte sich über den Mund und polterte dann los: „Mensch Papa, darum geht's nicht. Es geht um dich. Nicht um mich!" Frieder ging um den Schreibtisch herum, ließ sich in seinen Chefsessel sinken und trank einen Schluck. Dann fragte er ganz ruhig: „Wie viel habt ihr beide denn vorgestern gehört, als ich mit Anne gesprochen habe?" Marc war überrascht. Damit hatte er nicht gerechnet. Frieder grinste. „Tja, da staunst du, Marc? Ich hab euch gesehen, als ich rauskam. Ihr wart nicht schnell genug um die Ecke. Anne hat natürlich nichts mitbekommen. Wie immer, die war schon früher ein dummes Schaf, das der Herde hinterhergelaufen ist und nichts gemerkt hat." Das Schweigen im Raum wuchs wieder zur Unerträglichkeit. Frieder trank einen Schluck und holte dann eine Schachtel Zigaretten aus der obersten Schreibtischschublade. Es waren Marlboro. Frieder entnahm der Packung ein Feuerzeug und eine Zigarette. Er zündete sie an und blies den Rauch genüsslich zur Decke. „Frag mich, was du wissen möchtest, Marc. Einfach gerade heraus." Marc holte tief Luft und stellte dann die alles entscheidende Frage. „Besteht die Möglichkeit, dass du Lenas Vater bist?" Frieder grinste und hob die Finger. „Marc, ich schwöre dir bei allem, was mir heilig ist. Ich hatte niemals etwas mit Lenas Mutter. Und kann daher auch unmöglich ihr Vater sein." Sie sahen sich in die Augen und Marc wusste, dass es die Wahrheit war. Trotzdem fragte er nach. „Aber Papa, wie kommt es, dass Anne so davon überzeugt ist?" Frieder lachte auf. „Anne ist eine dumme Ziege. Zwar ganz nett, aber in manchen Dingen blöd. Christin hat damals niemandem erzählt, wer der Vater des Kindes ist. Und sie hatte ihre Gründe dafür. Sie und Anne haben sich deshalb zerstritten. Anne war schon immer neugierig. Aber sie konnte nichts für sich behalten. Christin wusste das, deshalb hat sie es ihr nicht gesagt." Frieder zog noch einmal an seiner Zigarette, bevor er weitersprach. „Marc, glaub mir, hätte Anne etwas gewusst, wär es am nächsten Tag im ganzen Dorf rum gewesen." Marc fühlte sich leichter und deutete auf die Zigaretten. „Kann ich eine haben?" Frieder sah ihn mit großen Augen an. „Wenn deine Mutter das rausbekommt, dreht sie mich durch den Wolf." Dann warf er Marc die Schachtel zu. Unter den wachsamen Augen von Frieder entzündete er sich eine, steckte das Feuerzeug wieder zu den restlichen Zigaretten in die Schachtel und warf sie zurück. „Du weißt, wer Lenas Vater ist!" stellte er nach einem langen Zug fest. Frieder schien nicht verwundert und konterte mit einer Frage. „Marc, hab ich dich jemals belogen? Ich meine jetzt so in ernsten Angelegenheiten. Nicht beim Rumalbern oder so. Hab ich dich da mal irgendwann belogen?" Marc schüttelte den Kopf. Nein. Das hatte er nicht. Sie waren immer ehrlich zueinander gewesen. „Marc,

wenn du willst, dass ich dich auch diesmal nicht belügen muss, dann frag mich das bitte nie wieder. Es
gibt Versprechen unter Freunden, die muss man halten. Egal was kommt." Marc nickte erneut und trank
einen Schluck Bier.

„Weißt du, Papa, es ist nur so, dass Lena es halt
gern wissen würde. Vielleicht könntest du ja, wenn es
dir irgendwann mal einfällt, wer es ist und du ihn
dann noch zufällig treffen solltest, ihm einfach sagen,
er soll sich bei seiner Tochter bitte mal melden. Sie
würde ihn gerne kennenlernen." Frieder grinste und
reichte seinem Sohn die Hand über den Schreibtisch.
„Geschickt formuliert Junge. Das könnte ich sicherlich
tun. Hand drauf."

*

Nachdem Marc gefahren war, hatte Lena damit begonnen, Christins Zimmer weiter auszuräumen.
Auch nachdem sie das Bett abgebaut hatte, war das
Tagebuch nicht mehr aufgetaucht. Es blieb ganz einfach verschwunden. Mohrle, der jetzt Herr Peterchen
hieß, lag auf der Fensterbank und beobachtete jeden
von Lenas Schritten ganz genau. In einer der Schreib-
tischschubladen fand sie noch einen Kasten mit un-
zähligen Fotos, daneben lag eine kleine Kamera, in
der sich sogar noch ein Film befand. Der interessan-
teste Fund des Tages jedoch war ein dicker Umschlag,
in dem sich gut zwei Dutzend Briefe befanden. Lena
überflog sie und stellte fest, dass es Liebesbriefe
waren. Der Junge oder junge Mann, von dem sie

stammten, hatte eine sehr schöne Handschrift besessen. Obwohl Lena die Briefe ein wenig schnulzig fand, musste sie sich eingestehen, dass sie sie berührten. Ihr hatte noch nie jemand so einen Brief von Hand geschrieben. Die Jungs, die was von ihr wollten, hatten sich meist auf einen Einzeiler per SMS beschränkt. Sie seufzte. Vielleicht würde Marc ihr mal irgendwann einen Brief schreiben. Schade an Christins Briefen war allerdings, dass unten drunter kein Name stand, sondern lediglich: „Dein Liebster." Sie packte den Umschlag zu Christins anderen Habseligkeiten in die Umzugskartons und schleppte sie hinauf auf den Dachboden. Die Kamera und die Fotos legte sie zurück in den Schreibtisch. Sie würde sich die Bilder später anschauen.

*

Am späten Nachmittag schellte das Telefon. Es tat gut, endlich wieder Kontakt mit der Außenwelt zu haben. Sogar das Internet funktionierte. Max hockte bereits den ganzen Tag an seinem Computer. Er hatte, nachdem er das Netzwerk installierte, zuerst seine Mails gelesen. Und siehe da! Es waren sogar Anfragen von früheren Auftraggebern dabei. Lena nahm den Hörer ab und meldete sich mit ihrem Nachnamen. Zu ihrer Verwunderung war es diesmal nicht Anne, sondern Marc. „Hey Lena, du, ich wollte fragen, ob du Lust hast, mit mir heute Abend ins Kino zu gehen", erklärte er dermaßen gut gelaunt, dass Lena schon misstrauisch wurde. Sie sah zu Max, der in seine Arbeit vertieft war und fragte dann vorsichtig. „Du Marc? Wie kommen wir denn zum Kino?"

*

Als sie nachts in ihrem Schlafsack lag und dem gleichmäßigen Schnarchen von Max lauschte, war sie rundum zufrieden. Es war toll gewesen im Kino. Vom Film selbst, einer Komödie mit Til Schweiger, hatte sie nicht viel mitbekommen. Aber das Popcorn war lecker gewesen und sie hatte während des ganzen Films hemmungslos mit Marc rumgeknutscht. Zum Glück war es dunkel gewesen und Marcs Eltern hatten eine Reihe vor ihnen gesessen. Alles war in bester Ordnung. Zuerst hatte Lena Marcs plötzliche Wandlung gar nicht recht verstanden. Er war vollkommen anders gewesen als noch am Mittag. Doch dann hatte sie die Blicke zwischen Vater und Sohn bemerkt. Sie war sich sicher, dass die beiden über das Thema gesprochen hatten. Jetzt würde alles gut werden.

Sie gähnte, drehte sich mit dem Gesicht zur Wand und schloss die Augen. Dann hörte sie es wieder. Das langgezogene Heulen. Der Wolf war wieder da! Und es klang verdammt nah! Blitzschnell schlüpfte sie aus ihrem Schlafsack und huschte im Dunkeln zu Max. Vorsichtig rüttelte sie ihn. „Max, wach auf. Er ist wieder da." Max schreckte hoch und wollte etwas sagen. Doch Lena presste ihm die Hand auf den Mund. Dann erklang erneut das Heulen. „Glaubst du mir jetzt?", flüsterte sie ihm ins Ohr. Max nickte stumm und Lena nahm die Hand von seinem Mund. Der Wolf heulte noch mehrmals in der Nacht. Und wie beim letzten Mal entfernte sich das Heulen von Mal zu Mal weiter. Nur diesmal hatte sie keine Angst. Diesmal hatte sie mit dem Tier, das da durch die Nacht streifte und nach einem Artgenossen rief, Mitleid. Im Gegensatz zu ihr war der Wolf nämlich allein.

*

Zitternd durchsuchte er den Hexenhammer. Seite für Seite. Zeile für Zeile. Die Kerzen auf dem Tisch des Kellerraums flackerten und seine Augen waren schon müde. Als er die gesuchte Stelle fand, las er sie mehrfach:

„Drittens ist es auch förderlich, den Kanon Episcopi recht zu verstehen, da die heutigen Zauberer und Hexen öfter durch das Werk der Dämonen in Wölfe oder andere wilde Tiere verwandelt werden. Aber der Kanon spricht von wirklicher Umwandlung und wesensmäßiger und nicht von trügerischer, die öfter vorkommt."

Er hatte den Wolf gehört. In dieser Nacht droben in der Nähe des Tannenhofes. Es war ein untrügliches Zeichen. Jedes dumme Kind wusste, dass es im Westerwald keine Wölfe gab. Das es nun doch so war, war ein Werk des Dämons. Die Hexe verwandelte sich in einen Wolf. Und wenn er den weiteren Ausführungen des Hexenhammers Glauben schenkte, was er uneingeschränkt tat, würde es nicht lange dauern, bis das Untier die Kinder der braven und gottesfürchtigen Menschen aus den Wiegen riss und fraß.

Nein! So weit würde es nicht kommen. Heute war der 16. Oktober. In vierzehn Tagen, in der Nacht zu Allerheiligen, wenn sich die Tore zur Hölle öffneten, würde er dem Hexentreiben ein Ende setzen. In dieser Nacht würde der Dämon brennend zurück zu Lucifer in den Abgrund stürzen.

Kapitel 12

Der 19. Tag

Es war erst vor zweieinhalb Wochen gewesen, als sie in den Westerwald gezogen waren. Und obwohl die Zeit einerseits wie im Flug vergangen war, so kam es Lena doch irgendwie vor, als hätte sie niemals irgendwo anders gewohnt. Die Idee, die Zeit bis zu ihrem einundzwanzigsten Geburtstag in dem Haus abzusitzen, um es dann zu verkaufen, hatte sie ersatzlos gestrichen.

*

Es war noch früh am Tag, sie und Max saßen gerade beim Frühstück, als jemand an das Küchenfenster klopfte. Lena fuhr erschrocken herum. Vor dem Fenster stand Marc und grinste breit. Er war nicht allein, am Zügel führte er gleich zwei Pferde. Das eine mit den dicken Wollstiefeln erkannte Lena sofort. Willi! Das zweite war ein großer Schimmel, den sie schon einmal im Reitstall bewundert hatte. Sie sprang von der Eckbank auf und rannte, nur mit Strümpfen an den Füßen, hinaus auf den Hof. „Kleiner Ausritt, gnädige Frau", begrüßte Marc sie. Lena machte auf dem Absatz kehrt und flitzte zurück ins Haus, um sich fertig zu machen. Der Tag begann wirklich perfekt. Als sie wieder nach draußen kam, hockten Max und Marc auf der alten Bank vor dem

Haus und unterhielten sich. „Dein Papa hat mir gerade erlaubt, dass ein PS okay ist, wenn ich dich abhole", scherzte Marc.

Vom Haus aus ritten sie in den Wald hinein. Willi folgte wie immer dem anderen Pferd, das vor ihm her ging. Lena stellte fest, dass Marc auf seinem schneeweißen Pferd eine tolle Figur machte. In einem Kitschroman hatte sie einmal gelesen, dass ein Mädchen hoffte, dass irgendwann ein Prinz mit einem weißen Pferd käme und sie abholen würde. Lena hätte sich so einen unrealistischen Müll ja früher nie gewünscht. Aber jetzt gefiel es dir doch. Was man hatte, das hatte man. Der Herbstwald war einfach traumhaft. Überall um sie herum entdeckte sie unzählige Spinnweben in den Sträuchern, durch die sanft der Nebel strich und an den Fäden zu dicken Wassertropfen kondensierte. Dazu fielen durch das bunte Dach der herbstlichen Bäume Bündel von Sonnenstrahlen auf das Laub am Boden, das ebenfalls in Tausenden Gelb-, Braun- und Rottönen leuchtete. Lena war überwältigt von den vielen Farben und Eindrücken.

Es war schon seltsam, sie waren noch keine dreihundert Meter vom Haus entfernt und doch war es für sie eine andere Welt. Bisher wusste sie noch nicht, wohin die Straße weiterging, die vom Dorf hinauf an ihrem Hof vorbeiführte. Sie sah an Marc vorbei nach vorne. Vielleicht war der Begriff Straße auch ein wenig übertrieben. Die Teerstraße hörte bereits am Waldrand auf und war nun nur noch ein mit Matschlöchern übersäter Waldweg. Schnurgerade führte er immer tiefer in den herbstlichen Wald hinein. Rechts von ihr standen hohe, dunkelgrüne Tannen. Zu ihrer Linken erstreckte sich der bunteste Laubwald, den sie jemals gesehen hatte. In einiger Entfernung entdeckte sie eine Gestalt, die ihnen mit einem Korb in der Armbeuge entgegenkam. Es war Lisa. Als die Grauhaarige auf gleicher Höhe mit ihnen war, stoppte Marc sein Pferd und grüßte Lisa freundlich. Auch ohne Lenas Zutun blieb Willi ebenfalls stehen. „Guten Morgen, ihr beiden. Da habt ihr euch ja einen tollen Tag für einen Ausritt ausgesucht", begrüßte Lisa sie. Dann fügte sie noch mit einem Augenzwinkern hinzu: „Ist heute denn keine Schule?" Marc lachte. „Nee, Frau Bodenheim. Sind doch Herbstferien." Lisa winkte ab. „Tja, Marc. Da siehst du mal wieder, kaum ist ein Lehrer in Rente, vergisst er schon die Ferien. Du kannst im Übrigen auch gerne Lisa zu mir sagen. Fände ich angebrachter. Schließlich bin ich ja nicht mehr deine Lehrerin." Sie ging ein Stück weiter zu Lena, sah zu ihr hinauf und zwinkerte ihr zu. „Viel Spaß noch, Kind. Und grüß mir mal Herrn Peterchen, den alten Rumtreiber." Lena versprach dies zu tun. Dabei stellte sie fest, dass es schon merkwürdig war, mit jemandem vom Pferd aus zu sprechen. Die Leute wirkten von oben irgendwie so klein. Jetzt verstand sie auch die Redewendung, wenn die Leute meinten: „Jemand säße auf einem hohen Ross." Lisa ging winkend weiter. Lena bemerkte, dass ihr Korb noch leer war. Scheinbar hatte sie heute noch nichts Brauchbares zum Dekorieren gefunden.

*

Nach einer Viertelstunde erreichten sie den Waldrand. Marc lenkte sein Pferd zu einer kleinen Sitzgruppe, die aus zwei Bänken und einem Tisch bestand und sprang geschickt vom Pferd. Dann half er Lena beim Absteigen und band die Pferde an ein kleines hölzernes Geländer, das wohl extra zu diesem Zweck hier stand. „War Lisa mal deine Lehrerin?", fragte Lena, als sie auf der Bank saßen und ins Tal hinunterblickten. „Ja, von der ersten bis zur vierten Klasse." „Und wie war sie so?" Marc wiegte den Kopf hin und her. „Nett, aber schwierig. Ihr Ökofimmel war schon ein bisschen nervig. Aber sonst war sie echt nett." Marc lehnte sich zurück, legte den Arm um Lena und überlegte laut: „Ich frag mich, was die in den Wald geschleppt hat?" Lena fuhr herum. „Wie kommst du drauf, dass die was in den Wald schleppt. Die sammelt doch irgendwelchen Kram für Deko oder so? Außerdem war der Korb ja leer." Marc nickte. „Das mein ich ja. Als wir sie eben trafen, war der Korb leer. Aber vor fast einer Stunde, als ich zu dir geritten bin, hab ich sie schon mal von Weitem gesehen. Da hab ich noch überlegt sie zu fragen, ob ich ihr helfen kann. Da hatte sie an dem Korb nämlich mächtig schwer zu schleppen!" Lenas Neugierde war geweckt. Obwohl es sie ja nun wirklich einen feuchten Kehricht anging, was Lisa in ihrem Korb transportierte. „Und du konntest nicht sehen, was drin war?" „Nein, sie kam auf mich zu und bog so fünfzig Meter vor mir in den alten Weg in Richtung Waldbachhausen ein." Lena überlegte. „Vielleicht hat sie irgendwelchen Müll illegal entsorgt?" Marc lachte auf. „Die Bodenheim? Im Wald Müll entsorgen? Nee. Nie und nimmer. Die macht so was nicht. Die sammelt im Wald höchstens den Müll von den anderen, um ihn

172

ordnungsgemäß zu entsorgen." Lena sprang auf, packte ihn an der Hand und zog ihn mit sich. „Komm, wir sehn nach." Marc verdrehte die Augen. „Och nee, Lena. Wonach willst du denn suchen? Der Wald ist riesig." Sie ließ nicht locker. „Mensch Marc. Ich will ja nur ma gucken. Wir haben doch Zeit." Er schnaufte. „Und was krieg ich dafür?" Lena drehte sich um und küsste ihn. Dann spürte sie, wie seine Hand auf ihren Hintern glitt. Sie griff danach und schob sie fort. „Das gibt's erst später. Als Belohnung!"

*

Der Weg, auf den sie abbogen, war wesentlich schmaler und zugewachsener als der, der zurück zum Hof führte. Der Wald wurde mit jedem Schritt immer dichter. Nach einigen hundert Metern war er nur noch eine Art Trampelpfad. Marc hielt sein Pferd an und drehte sich zu ihr nach hinten. „Wir sollten umkehren, hier ist nichts." Lena war ein bisschen enttäuscht. Sie sah sich um, weit und breit war nichts zu sehen, was ein Mensch hier hinterlassen hatte. Noch nicht mal ein Kaugummipapier war auf dem Waldboden zu entdecken. Marc hatte recht. Die Idee war von vornherein blöd gewesen. Er wendete bereits sein Pferd und kam zurück. Neben ihr blieb er stehen und beugte sich zu ihr hinüber. „Bekomm ich jetzt meine Belohnung?" Seinem Grinsen nach zu urteilen schien ihm sein Spruch zu gefallen. Lena grinste zurück. „Also wenn du jetzt Basti wärst und ich Diana, müsst ich dir jetzt eine schallern, dass du vom Pferd fällst." Marc lächelte, dann plötzlich wurde er ernst und streckte die Nase in die Luft. „Sach mal, riechst du das auch?" Lena schnupperte kurz. Marc hatte recht. Es roch nach Feuer. Irgendwo ganz in der Nähe musste es brennen. „Ich glaub, das kommt von da hinten!", flüsterte er und zeigte ins Unterholz links von ihnen. Lena stierte angestrengt in die Richtung. Es stimmte, zwischen den goldgelben Baumwipfeln erkannte sie Rauch, der nach oben in den blauen wolkenlosen Oktoberhimmel stieg. „Los, wir steigen ab und sehen nach", entschied ihr Begleiter kurzerhand und sprang bereits von seinem Pferd. Lena folgte ihm. Sie banden die Tiere an einen dicken Ast und zwängten sich durch das dichte Buschwerk in die Richtung, wo sie den Rauch gesehen hatten. Nach nicht einmal fünfzig Metern kamen sie auf eine kleine Lichtung. „Ich werd verrückt, ein Hexenhäuschen", flachste Marc beim Anblick des kleinen heruntergekommenen Blockhauses. Das Haus war nicht größer als eine der Lauben in den Schrebergärten am Frankfurter Westend. Es bestand aus dicken runden Blockbohlen. Das Dach war mit schwarzgrauer Teerpappe verkleidet, aus der an einigen Stellen Gras wuchs. Das einzige Fenster, das sie sehen konnten, war mit Brettern vernagelt. Auf einer kleinen Veranda stand eine rostige Metallbank. Drumherum war alles total verwildert. „Die Hütte hat ein bisschen was von einer Mischung aus Dornröschen und dem Märchen mit dem Knusperhäuschen", stellte Marc fest. Lena deutete auf den Schornstein, ein rostiges Eisenrohr in einer Ecke des Dachs, aus dem dicke Rauchschwaden in den Himmel stiegen. Ohne den Rauch wäre sie nie auf den Gedanken gekommen, dass in der Hütte jemand sein könnte. Alles sah aus, als wäre seit Jahrzehnten niemand mehr hier gewesen. Marc wollte weitergehen. Lena hielt ihn fest. „Nicht. Bleib hier." Er sah sie erstaunt an. „Wieso? Ich will doch nur mal sehn, wer hier haust. Bestimmt irgendein Penner, der hier nichts verloren hat." Lena war unwohl. Sie wollte weg. Das alles war ihr nicht geheuer. „Marc, bleib hier!", flehte sie förmlich, doch Marc war bereits am Fuße der Veranda. Lena wich zurück, kauerte sich auf den Boden und beobachtete ihn. Marc stand an dem Fenster und versuchte zwischen den Brettern hindurchzusehen. Er drehte sich in Lenas Richtung und schüttelte den Kopf. Dann ging er zur Tür, stellte sich aufrecht auf und klopfte dreimal. Nichts tat sich. Marc klopfte noch einmal, betätigte dann den Türknauf und schob die alte Holztür auf. Vorsichtig sah er in den Raum und verschwand dann in der Hütte. Verflucht. Lena zitterte. Sie hatte eine Scheißangst. Ein furchtbarer Gedanke kam ihr. Wenn Marc in das Häuschen ging, hieß das doch, dass niemand drinnen war. Was im Gegenschluss bedeutete, dass derjenige, der das Feuer entfacht hatte, irgendwo hier draußen sein musste. Panisch sah sie sich um. Dann sah sie ihn. Reglos wie eine Wachsfigur hockte der Mann mit dem Bart in seiner Tarnkleidung neben einem dicken Baum und beobachtete sie. In seiner Hand hielt er eine Axt. Ihre Blicke trafen sich. Er hob den Zeigefinger vor den bärtigen Mund und sie hörte deutlich ein. „Bsssst!" Dann schrie sie. Sie sprang auf und rannte los. Wie eine Furie wetzte sie in die Richtung, aus der sie gekommen waren. Nach einigen Metern stolperte sie und stürzte. Sie rappelte sich wieder auf und lief weiter. Äste schlugen ihr ins Gesicht und Dornen ratschten an ihrem Pullover. Hinter sich hörte sie Schritte im Laub. Wenn sie sich jetzt umdrehte, verlor sie wichtige Meter. Gleich hatte er sie eingeholt. Dann hörte sie ihren Verfolger rufen: „Lena, was ist los? Mensch, bleib doch stehen." Sie wurde langsamer und drehte sich um. Hinter ihr stand Marc. „Fuck, Marc, Fuck, Fuck, Fuck! Er war da. Er hätte mich fast gehabt." Marc fasste sie an den Schultern und schüttelte sie. „Verdammt Lena, beruhig dich. Keiner will dir was. Da war keiner." Hektisch sah sie sich um. Der Mann war nicht mehr da. Ihre Knie wurden mit einem Mal weich. Sie sackte auf den Boden und begann zu heulen. Marc setzte sich neben sie und hielt sie im Arm. Lena brauchte einen Moment, um sich wieder zu sammeln. Immer wieder sah sie umher. Aber außer den Pferden, keine zehn Meter von ihnen entfernt, gab es sonst nichts. „Ich hab ihn genau gesehn, Marc. Er hockte links von mir an einem Baum und hat mich beobachtet", flüsterte sie nach einer Weile und wischte sich mit dem Ärmel des Pullovers über ihr verheultes Gesicht. Marc sah zurück in Richtung des Blockhauses, das man von hier nicht mehr sehen konnte und schüttelte den Kopf. „Lena, da war nichts. Als du geschrien hast, bin ich sofort aus der Hütte raus und hab gesehen, wie du weggerannt bist. Aber außer dir war da sonst keiner." Lena sprang auf. Warum glaubte er ihr nicht. „Verflucht, Marc. Er war da, ich bin doch nicht blöd. Der Kerl saß ungefähr zehn Meter neben mir. Steif wie eine Ölgötze und hat zu mir

rübergeglotzt." „Wer, Lena? Wie sah er denn aus?"
Lena überlegte kurz. „Es war dieser Typ mit dem Bart.
Der, den wir am Freitag in Altenkirchen gesehen
haben. Daniel Bodenheim!"

*

Lena drehte die Tasse mit dem Tee in ihrer Hand. Vor
ihr auf dem Tisch lagen die Fotos aus Christins Zimmer. Marc besah sich die Bilder aufmerksam, während
Lena über die Begegnung im Wald nachdachte. Der
kurze Moment, als sich ihrer und der Blick des Fremden trafen. Als sie in seine hellblauen Augen sah, da
hatte sie ihn erkannt. Es war Daniel gewesen. Daniel
Bodenheim. Der Mann von den Fotos. Der Mann, der
laut dem alten Polizisten seit siebzehn Jahren tot war.
Sie sah zu Marc. „Er hat ‚Bssst' gemacht." „Er hat
was?" Lena hob den Zeigefinger und hielt ihn vor den
Mund. „Er hat so den Finger vor den Mund gehalten
und ‚Bssst' gemacht." Marc überlegte. „Und was sollte
das? Warum macht einer ‚Bsssst'?" Lena nippte an
ihrem Tee. „Vermutlich wollte er nicht, dass ich
schreie." „Na, das hat ja dann auch super funktioniert",
kommentierte Marc und begann zu kichern. Lena lächelte nun auch. Jetzt, zu Hause, war ihr der hysteri-
sche Anfall vorhin im Wald fast schon peinlich. Plötzlich fiel ihr etwas ein. Sie begann in den Bildern auf
dem Tisch zu wühlen und fand schnell, was sie gesucht
hatte. Es war das Foto von Christin mit Babybauch. Sie
betrachtete es kurz und hielt es Marc dann direkt vors
Gesicht. „Was siehst du auf dem Bild?" Marc nahm es

und betrachtete es. „Also, das Mädchen ist einwandfrei deine Mutter. Sie ist schwanger und sitzt auf einer schwarzen Yamaha SR500. Eine wirklich schöne Maschine. Vermutlich das Motorrad, mit dem dieser Daniel abgehauen ist und das die Bullen Jahre später aus dem Weiher geborgen haben." „Nein Marc, das meine ich nicht, schau noch mal richtig. Was siehst du hinter dem Motorrad?" Ein Lächeln huschte über sein Gesicht. „Das gibt es ja nicht. Das ist das Blockhaus. Die sind an diesem Blockhaus im Wald. Genau an der Stelle, wo wir eben waren." Lena drehte das Bild um und besah es noch einmal. Das Haus wirkte auf den Fotos wesentlich einladender. Vermutlich lag es daran, dass es damals drumherum noch nicht so verwildert war wie heute. Auf der Fensterbank standen sogar Kästen mit roten Geranien. „Wie sah es eigentlich drinnen aus? Du warst doch drin. Hatte man das Gefühl, dass da einer wohnt?" „Ja, schon. Also, es war möbliert. Es gab ein altes Bett, auf dem lag ein Schlafsack. Einen Tisch mit zwei Stühlen und einer Eckbank. Alles ziemlich runtergekommen. In der hinteren Ecke stand ein alter Holzofen." Lena schlug mit der Hand auf den Tisch. Ein wahnwitziger Gedanke kam ihr. „Ey, der Typ hat die ganze Zeit in dieser Hütte gehaust. Der war gar nicht wirklich verschwunden. Der war die ganze Zeit da." Marc sah sie mit großen Augen an. „Nee Lena. Ich glaub ja viel. Aber das nicht. Wenn du die Bude innen gesehen hättest, kämst du gar nicht auf so eine Idee. Die Veranda und so, das war alles voller Moos und Dreck. Aus einem der Balken neben der Tür wuchs 'ne kleine Birke. Die Hütte war seit Jahren ver-

lassen und diente dem Kerl vielleicht einmalig als Not-
unterkunft. Auf einem der Stühle stand ein ziemlich
moderner Rucksack. Daneben auf dem Tisch lagen
noch ein paar Sachen rum. Zwei oder drei Konserven,
ein Messer und ein Buch. Aber sonst war in dem ganzen Raum nichts Persönliches. Es sah aus, als hätte da
ein Penner für eine Nacht Unterschlupf gesucht." Lena
kaute nachdenklich auf ihrer Unterlippe. Marc hatte
recht. Kein Mensch konnte sich siebzehn Jahre im Wald
verstecken. Noch dazu, wenn das Dorf, in dem er gewohnt hatte, keine anderthalb Kilometer entfernt war.
Früher oder später hätte ihn irgendjemand entdeckt,
der ihn kannte. Marc stand auf und lief in der Küche
hin und her. Er zog sein Handy aus seiner Hosentasche, wählte eine Nummer und fluchte dann. „So ein
Mist. Kein Empfang." Lena deutete in Richtung Flur.
„Geh zu Max rüber. Da steht unser Telefon." Marc verschwand durch die Tür. Lena hielt es ganze drei Sekunden aus, bis die Neugierde überhand nahm und sie
ihm hinterherlief. Als sie ins Wohnzimmer kam, hatte
er bereits gewählt und hielt sich den Hörer ungedul-
dig ans Ohr. Max saß in seinem Sessel und schrieb
hoch konzentriert auf seinem Laptop. „Hey Basti. Ich
bin's, Marc. Du sach mal kennst du dieses alte Blockhaus oben am Buchenwald ... Genau das. Ja ... Genau ...
Du sag mal, Basti, weißt du, wem das gehört? ... Ja."
Marc hob die Augenbrauen und sah Lena erstaunt an.
„Basti, sag ma, hast du gerade Zeit, mit mir mal dahin
zu gehen? ... Okay. Bis gleich." Marc legte auf. Er
schien zufrieden. „Bastis Vater ist der Förster. Deshalb
kennt sich Basti auch super im Wald hier aus. Er meint,

das Blockhaus gehörte mal dem alten Bodenheim. Also gehört es jetzt eigentlich dir." „Herzlichen Glückwunsch!", kommentierte Max die Neuigkeit aus seinem Sessel, ohne von seiner Arbeit aufzusehen.

*

Diesmal gingen sie zu Fuß in den Wald. Die Pferde blieben auf dem Hof in einem kleinen Gatter neben dem Haus, in dem früher wohl einmal Schweine oder Schafe untergebracht worden waren. Marc und Basti hatten vorgeschlagen, Lena solle mit Diana ebenfalls zu Hause bleiben, weil das sicherer wäre und die ganze Angelegenheit im Grunde Männersache. Diana hatte ihm daraufhin einen Vogel gezeigt und ihn wortwörtlich gefragt „Ob sie ihm ins Hirn geschissen hätten." Lena mochte die beiden wirklich.

Als sie die Hütte erreichten, brannte kein Feuer mehr in dem Ofen, er war aber noch warm. Ansonsten deutete nichts darauf hin, dass in der letzten Zeit irgendwer an diesem Ort gewesen war. Rein gar nichts. Das Einzige, was sie noch fanden, waren einige Zigarettenstummel auf dem Waldboden vor der Veranda. Diesmal waren es nicht nur die von der chinesischen Marke, sondern auch einige mit der Aufschrift Marlboro. Hinter dem Haus fanden sich mehrere verlassene und verfallene Bienenstöcke. „Die haben hier früher Honig gemacht. Das Ding war mal ein Bienenhaus", erklärte Diana. „Coole Bude!", fand Basti nur und klopfte mit dem Handballen auf die dicken Balken. „Hier könnte man richtig was Nettes draus machen." „Kannst ja hier einziehen, wenn ich dich das nächste Mal vor die Tür setze", meinte Diana daraufhin nur trocken. Lena lachte. Gemeinsam mit den anderen war ihre Angst fast vollständig verflogen. Sie war auch nicht mehr wirklich davon überzeugt, dass der Kerl, den sie gesehen hatte, Daniel Bodenheim war. Blonde Männer mit blauen Augen gab es sicherlich Millionen auf der Erde. Marc hatte bestimmt recht gehabt. Der Typ war ein Obdachloser gewesen, der für einige Nächte hier einen Unterschlupf fand. Jetzt sah alles so aus, als wäre er weitergezogen.

*

Was Lena nicht sah, waren das Paar blaue Augen, das sie aus einiger Entfernung aus einem Gebüsch heraus beobachtete. Daniel warf seine Zigarette ins feuchte Laub und trat zusätzlich noch einmal darauf. Damit hatte er nicht gerechnet. Verflixt, wie konnte es sein, dass sie hier plötzlich auftauchte. Den Jungen kannte er auch. Er war sich sicher, dass es der Sohn von Frieder sein musste. Die anderen beiden waren ihm unbekannt. Solange die drei bei ihr waren, war sie sicher. Als sie vorhin vor der Hütte hockte, war er ihr ganz nah gewesen. Er überlegte sogar sie anzusprechen. Sie war genau wie sie damals. Sie war Christins Ebenbild. Und hätte er nicht damals mit eigenen Augen gesehen, wie sie bei lebendigem Leibe verbrannte ... Er schluckte und dachte den Satz nicht zu Ende. Er würde sie weiter beobachten. Aus der Ferne. Dumm nur, dass er dieses Versteck aufgeben musste. Er würde einen neuen Unterschlupf brauchen, um seinen Plan zu vollenden. Es war nun an der Zeit, einen Gefallen einzufordern. Er stand auf, warf sich den Rucksack über die Schultern und ging los. Noch einmal tastete er über seine Jacke, unter der sich das Buch befand. Dann ging er davon.

Kapitel 13

Der 32. Tag
Die 8. Stunde

Lena drehte sich um und tastete nach ihrem Handy.
Zum zweiten Mal an diesem Morgen summte die
Weckfunktion des Gerätes. Sie beschloss, dass sie diesmal aufstehen würde, bevor das nervige Ding noch ein
weiteres Mal Radau schlug. Sie blinzelte auf die An-
zeige des Gerätes. Es war fünf nach acht Uhr morgens.
Heute hatte sie volles Programm. Bevor sie am Nachmittag zu Marc auf den Sonnenhof fuhr, um ihm und
seiner Mutter bei den Vorbereitungen zur Halloweenparty zu helfen, gab es noch einiges zu tun. Sie
schwang sich aus dem Bett und trat ans Fenster ihres
frisch renovierten Zimmers und sah hinaus. Das Dorf
drunten im Tal wirkte um diese Uhrzeit verlassen. Das
Wetter war diesig und feucht. Die schönen bunten
Blätter an den Bäumen auf den umliegenden Hügeln
waren fast alle verschwunden. Der Wald wirkte nur
noch kalt und trostlos. Bestimmt würde es demnächst
schneien. Der Winter im Westerwald sollte angeblich
sehr schön sein. Sie hatte das in dem Reiseführer gelesen, der nun zwischen ihren anderen Büchern auf dem
neuen Ikearegal stand. Fast alles war anders in dem
Zimmer. Nur der Kleiderschrank und der Schreibtisch
waren noch aus dem Bestand von Christin. Sie
schlurfte hinaus auf den Flur. Auch hier strahlte alles

in hellen Farben. Das Haus hatte in den letzten Wochen eine Frischzellenkur erfahren, die Lena sich nie hätte vorstellen können. Man könnte wirklich meinen, die dicke Tante aus dem Fernseher, diese Tine Wittler, wäre da gewesen. Aber weit gefehlt. Das Ganze hatte sie Basti und Diana zu verdanken. Gemeinsam mit Marc hatten die beiden die komplette Jugendmannschaft des FC Blittersbach mobilisiert bekommen. Alle waren zum Helfen gekommen. Teilweise von morgens bis abends, die gesamten Herbstferien durch. Und es stellte sich heraus, dass einige von den Jungs äußerst nützliche Berufe erlernten wie Schreiner, Installateur oder Fliesenleger. Sogar das meiste Material konnten Lenas neue Freunde recht kostengünstig organisieren. Kurzerhand hatte sie beschlossen, alle Helfer zum Dank zu einer Halloweenparty einzuladen. Sie würden einfach die Nacht durch in ihren Geburtstag hineinfeiern. Marc war von der Idee sofort angetan gewesen und hatte seinen Vater gefragt, ob dieser den Partyraum hinter der Reithalle zur Verfügung stellen würde. Der Raum war eigentlich eine richtige kleine Gaststätte und bot Platz für bis zu sechzig Personen. An Wochenenden wurde er oft an Gäste vermietet, die hier Geburtstage und andere Familienfestlichkeiten feierten. Marcs Mutter betrieb auch einen kleinen Partyservice, der dann auf Wunsch die Bewirtung übernahm.

Auf dem Flur hielt sie kurz inne und lauschte an der Tür des gegenüberliegenden Raumes. Max schnarchte noch. Seit fünf Tagen bewohnte auch er ein eigenes Zimmer mit einem riesigen neuen Bett. Seiner Verletzung schien es auch von Tag zu Tag besser zu gehen. Zwar durfte er noch immer nichts Schweres heben und lautes Lachen verursachte ihm Schmerzen. Doch nachts hörte man an den Geräuschen aus seinem Zimmer, dass zumindest mit Anne alles zu funktionieren schien. So ausgelassen wie in den letzten Wochen hatte Lena ihn seit Jahren nicht mehr erlebt.

Nach dem Duschen machte sie Frühstück und notierte auf einem Block, was sie alles noch erledigen musste. Morgen war nämlich nicht nur ihr Geburtstag, sondern auch Allerheiligen. Für diesen Tag schmückten die Dörfler die Gräber ihrer Angehörigen mit Gestecken aus Tannenzweigen und Blumen. Zum Glück hatte Lena die beiden Schalen für Opa Karls und Christins Grab fertig in einer Gärtnerei kaufen können. Direkt nach dem Frühstück würde sie sich auf ihr Fahrrad schwingen und sie auf den Friedhof bringen. Dann musste sie wegen des passenden Fingernageldesigns zu ihrem Halloweenkostüm bei Diana in der Kneipe vorbei. Diana hatte Nägel bemalen total gut raus. Lena würde heute Abend als Hexe verkleidet gehen und brauchte zu diesem Anlass etwas ganz Ausgefallenes. Ihr schwebten ultralange schwarze Krallen vor. Nach Diana ging es dann zu Anne in die Bäckerei, die Brötchen abholen. Hoffentlich passte der ganze Kram in den kleinen Fahrradanhänger, den Fred ihr besorgt hatte.

Nach dem knappen Frühstück riss sie das Blatt Papier, auf dem sie alles notiert hatte, aus dem Schreibblock und legte es auf das unbenutzte Frühstücksbrettchen von Max.

Unter ihre Aufzählung schrieb sie noch:

Wenn ich das alles erledigt habe, fahre ich direkt zu Marc
und helfe seiner Mutter bei den Vorbereitungen. Hab dich
lieb, Papa. Bis heute Abend auf der Party.
Deine Lena.

Dick eingepackt radelte sie hinunter ins Dorf. In dem
kleinen Anhänger hinter ihr polterten die beiden Ton-
schalen mit den Gestecken. Eigentlich fand Lena die Dinger vollkommen doof und noch nicht einmal wirklich
schön. Dennoch hatte sie sie gekauft. Anne hatte ihr erklärt, dass es so eine Art Tradition hier auf dem Land sei,
die Gräber mit diesen Schalen zu schmücken. Um des
lieben Friedens wegen und um Geschwätz vorzubeu-
gen, hatte Lena sie dann eben besorgt. Auf dem Friedhof
herrschte tatsächlich reges Treiben. Viele der Leute aus
dem Dorf waren damit beschäftigt, die Gräber ihrer Verstorbenen zu schmücken. Lena schob ihr Fahrrad bis an
die Parkbank nahe Christins Grab und lehnte es dagegen. Jedem, dem sie begegnete, wünschte sie freundlich
einen guten Morgen. Sie stellte verwundert fest, dass vor
dem Grabstein ihrer Mutter wieder eine einzelne Rose
lag. Die Blume wirkte noch relativ frisch. Wie es schien,
war der unbekannte Verehrer erst vor Kurzem hier gewesen. Lena rührte sie nicht an, stellte die Schale daneben und erneuerte das heruntergebrannte Grablicht in
der kleinen Laterne. Dann schloss sie die Augen und
dachte ganz fest an Christin. In ihren Gedanken sah sie
sie auf dem Motorrad vor der Hütte und wie sie den Babybauch streichelte. Nachdem sie die zweite Schale auf

dem Grab des Großvaters platziert hatte, schnappte sie sich ihr Rad und schob es durch das schmiedeeiserne Friedhofstor auf die Straße. Gerade als sie aufsteigen wollte, hörte sie aus der nahe gelegenen Kirche das Spiel der Orgel. Sie lauschte einen Moment. Das war bestimmt Pitter. Lena kannte die Melodie, wusste aber nicht, von wem sie stammte. Es waren keine Kirchenlieder, sondern irgendetwas Klassisches. Sie zog ihr Handy aus der Hosentasche und sah auf das Display. Es war erst kurz vor neun. Sie lag gut in der Zeit. Sehr gut. Sie stellte ihr Fahrrad vor der Kirche ab, ging kurz entschlossen hinein und setzte sich in die letzte Bank. Wie konnte es sein, dass ein Typ wie dieser Pitter, der noch nicht einmal eins und eins zusammenzählen konnte, so wunderbar Orgel spielte. Es war wirklich rätselhaft. Marc hatte erzählt, dass Pitter manchmal nur die Lieder durcheinanderschmiss. Einmal hatte er auf einer Beerdigung ein Kölner Karnevalslied gespielt. Sie sah sich um. Die großen Fenster wirkten heute anders als beim letzten Mal. Man merkte sofort, dass draußen die Sonne nicht schien. Der Raum wirkte wesentlich dunkler und weniger einladend. Außer ihr und Pitter oben auf der Empore schien sonst niemand in der Kirche zu sein. Nach einigen Minuten verstummte die Orgel plötzlich. Sie drehte sich um und sah noch einmal nach oben. Irgendwo polterte etwas. Dann näherten sich Schritte.

*

Max war so in seine Arbeit vertieft, dass er zuerst gar nicht begriff, dass es sich bei dem störenden Geräusch um das Telefon handelte. Er stand von seinem Schreibtisch auf. Wie immer ein wenig zu schnell. Sofort drückte er sich mit beiden Händen auf die Stelle, an der er vor einigen Wochen operiert worden war. Verflucht. So schnell würde ihn niemand mehr auf eine Leiter bekommen. Einmal runterfallen reichte für ein ganzes Leben.

Er nahm den Hörer ab und meldete sich mit seinem vollen Namen. „Hallo Max. Hier ist Marc. Ist Lena noch zu Hause?" Max sah auf die Digitalanzeige des Satellitenreceivers, es war bereits halb zwei nachmittags. Lena müsste doch längst auf dem Sonnenhof angekommen sein. Sofort kam Unruhe in ihm auf. „Nein, Marc. Die ist schon früh los. Eigentlich müsste sie schon längst bei euch sein! Hast du schon mal versucht, sie auf ihrem Handy zu bekommen?" „Klar. Schon bestimmt zehn Mal. Entweder hat sie keinen Empfang oder das Gerät ist aus." Max überlegte angestrengt. „Sie wollte noch zu Diana wegen des Kostüms und ihrer Fingernägel. Hast du die schon angerufen?" Marc verneinte und versprach dies sofort nachzuholen. Max würde derweil bei Anne anrufen. Anne ging schon nach dem zweiten Läuten ans Telefon. „Nein, bei mir war sie nicht! Ich hab mich schon gewundert. Das Gebäck für die Party hab ich dann einfach in mein Auto geladen und es gleich zu Sonnendals gebracht", antwortete sie ihm auf seine Frage. Irgendetwas in ihrer Stimme war merkwürdig. Anne war anders als sonst. Sie klang, warum auch immer, äußerst besorgt und nervös. Die Unruhe in Max nahm noch zu. Es war wie ein Déjà-vu. Der Augenblick von vor fünf Jahren kam ihm in den Sinn. Damals rief Birgit, Marinas beste Freundin, an. Die beiden waren verabredet gewesen und Marina seit über einer halben Stunde überfällig. Er hatte sich damals gewundert. Marina war pünktlich mit ihrem Motorrad losgefahren. Sie hasste Unpünktlichkeit. Noch heute sah er, wie sie in der Einfahrt des Bad Sodener Einfamilienhauses auf ihr Motorrad stieg und ihm noch einmal zuwinkte. Es war das letzte Mal gewesen, dass er sie lebend gesehen hatte.

Er versuchte gegen die Panik anzukämpfen, die in ihm aufkam. „Ich muss sie suchen!", stammelte er. Hastig packte er seine Jacke von der Garderobe. Dann steckte er sein Handy ein und rannte raus an Opa Karls alten Benz. Wie ein Wahnsinniger schoss er mit dem schweren Gefährt hinunter ins Tal. Vor dem Friedhof bremste er ab, stieg aus und rannte zwischen den Grabreihen hindurch zu Christins Grab. Dabei sah er sich immer wieder suchend um. Das Gesteck mit den Tannenzweigen stand vor dem großen Granitstein. In der Laterne daneben brannte ein Grablicht. Sie war also hier gewesen. Er zögerte kurz und lief dann zu einer älteren Frau, die zwei Gräberreihen weiter Laub zusammenfegte und sprach sie an. Die Frau war, so wie sie sagte, seit fast einer Stunde hier und hatte kein junges Mädchen gesehen. Max bedankte sich flüchtig und rannte zurück zum Auto. Diesmal fuhr er langsamer und schaute in jede Gasse. Vielleicht stand irgendwo ihr Fahrrad? Vor der Gaststätte stoppte er den Wagen erneut. Zu seiner Verwunderung hatte die Dorfkneipe bereits geöffnet. Dianas Vater stand hinter der Theke. Davor hockten zwei ältere Männer und sahen gemeinsam mit dem Wirt ein Fußballspiel auf einem großen Fernseher, der in der Ecke des Raumes hing. „Guten Tag Herr Wächter, können Sie mir sagen, ob Lena vielleicht bei Diana ist?" Der Wirt drehte den Kopf, überlegte kurz und ging dann zu der Tür hinter der Theke. Dabei brummelte er nur in seinem Westerwälder Dialekt: „Kann ech net sagen. Moment mo. Ech hürn mo." Dann hörte Max ihn Dianas Namen schreien. Sicher würde man das Gebrüll auch noch drei Häuser weiter hören können. Sekunden später erschien das hübsche Mädchen hinter ihrem Vater in der Tür. „Hei Max. Ich weiß schon Bescheid, Marc hat eben angerufen." „Und war sie hier?", fragte er besorgt. Diana nickte. „Ja. Ist aber schon 'ne Weile her. Ich hab ihr die Nägel gemacht, wir haben noch ein bisschen gequatscht und dann ist sie wieder los." Max spürte ein klein wenig Erleichterung. „Sie wollte dann noch zu Anne und sich danach mit jemandem treffen, bevor sie raus zum Sonnenhof fahren würde." Max stutzte. „Mit wem wollte sie sich treffen?" Diana schüttelte den Kopf. „Keine Ahnung. Sie war total aus dem Häuschen. Hat irgendwas von einem Geheimnis geplappert und dass sie es nicht verraten dürfte. Sie hätte es geschworen."

*

„Christin!", schrie der alte Bodenheim die Treppe hinauf. „Du wirst abgeholt!" Dann ging er zurück in die Küche und ließ ihn im Flur allein. Deutlich hörte er das Poltern in der oberen Etage. Dann ihre Stimme: „Ich komm. Bin fast fertig." Eine Tür wurde zugeschlagen. Schritte auf der Treppe. Als Erstes erschien Herr Peterchen auf dem mittleren Treppenabsatz und flitzte durch die Diele hinter dem alten Bodenheim her in die Küche. Dann sah er sie. Ihr langes rotes Haar glänzte. Ihr Gesicht strahlte wie das einer Göttin. Sein Herz begann wild zu schlagen. Nicht, weil er Frauen im siebten Schwangerschaftsmonat so erotisch fand. Nein. Christin war sein Leben. Schon immer. Nur hatte er es früher nicht begriffen. Noch vor einem Jahr hätte er es nicht für möglich gehalten, dass diese Frau einmal ein Kind von ihm unter ihrem Herzen tragen würde.

Christin trug die Latzhose, die sie beide letztes Wochenende beim Einkaufsbummel in Frankfurt gekauft hatten. Dazu einen schwarzen Rollkragenpullover, der ihren kugelrunden Bauch besonders betonte. Ein dummer Gedanke kam ihm. Er fand, dass die Schwangerschaft ihr irgendwie stand. Ihr Gesicht wirkte noch voller, glücklicher und zufriedener als früher. Sie blieb vor ihm stehen, schlang ihre Arme um seinen Hals und küsste ihn. Er wollte sie von sich schieben und sah hastig zur Küchentür. Von dem alten Karl war nichts zu sehen. „Nicht hier, Christin", flüsterte er leicht panisch. „Was ist, wenn er uns sieht." Christin lächelte und flüsterte zurück. „Dann sieht er es eben. Irgendwann kommt es sowieso raus. Er wird sich damit abfinden müssen. Ich glaube, er weiß eh längst, von wem sein Enkel ist." Sie küsste ihn noch einmal Er spürte ein Vibrieren zwischen ihnen.

Eine Bewegung. Christin hielt inne. Nahm seine Hand und legte sie auf ihren Bauch. „Spürst du sie? Sie tobt heut schon den ganzen Tag wie wild." Er lächelte und flüsterte ihr zu: „Unsere Lena wird halt genau wie ihre Mama! Ein richtiger Wildfang." Er fasste ihre Hand und wollte sie mit sich ziehen, doch sie schob ihn beiseite. „Nein, warte." Er folgte ihr in die Küche. Karl saß am Küchentisch und las Zeitung. Christin küsste den alten Mann auf die Wange. „Tschüss Papa. Brauchst nicht auf mich warten, kann später werden." Der Alte nickte wortlos und stierte weiter in seine Zeitung. Christin griff ihre dicke Daunenjacke von der Eckbank. Dann gingen sie hinaus. Draußen war es stockfinster. Weder der Mond noch die Sterne waren durch die dichte Wolkendecke zu sehen. Nebelschwaden huschten vor den Scheinwerfern des alten Citroëns her, als sie die schmale Straße hinunter ins Dorf fuhren. „Was hältst du davon, wenn wir nicht zur Halloweenparty fahren, sondern uns stattdessen ein lauschiges Plätzchen suchen?", fragte er vorsichtig. Sie klopfte ihm sachte auf den Oberarm. „Och, Manno, du bist langweilig. Die anderen warten doch. Ich will noch einmal richtig schön feiern, bevor das Baby kommt." Er seufzte. „Okay. Wie die Gnädige wünscht." Christin lachte, kramte eine Musikkassette aus ihrer Jacke und schob sie in das Autoradio. Augenblicklich säuselte Meat Loaf aus den Lautsprechern: „I'd do anything for love but I won't do that." Christin summte mit. Obwohl sein Englisch nicht das beste war reichte es aus, um den Text des Songs zu verstehen: I'd do anything for love. Ich würde alles für die Liebe tun. Er würde das auch tun. In einigen Monaten würde sie achtzehn. Dann würde er sie heiraten. Egal was ihr Vater und die anderen Dorfschwätzer dann von ihm hielten. Sie würden mit dem Baby aus diesem Kaff verschwinden und irgendwo ein eigenes neues Leben beginnen.

Schon von Weitem sah er das Feuer auf dem Hügel. Zu Fuß wäre es nicht mehr weit. Durch den Wald den Berg hinauf vielleicht einen halben Kilometer. Mit dem Auto, außen herum, war es wesentlich weiter und noch ein gutes Stück zu fahren. Christin in ihrem Zustand würde den steilen Weg bestimmt nicht schaffen. Die letzten hundert Meter gingen sie zu Fuß. Der geschotterte Weg war hier ebenerdig und gut zu laufen. Auf der Lichtung beim Feuer herrschte Hochbetrieb. Wie es schien, war die komplette Jugend der umliegenden Dörfer schon da. Er spürte, wie er an der Schulter gepackt und gerüttelt wurde. Hörte, wie Anne seinen Namen rief. Christin, die gerade noch neben ihm stand, wirkte plötzlich so weit weg. Dann verschwand sie wie so oft vor seinen Augen. Meist endete der Traum seit siebzehn Jahren immer in einem Meer aus Flammen. Diesmal blieb er davon wohl verschont und sie verschwand einfach im Nebel. Er schlug die Augen auf und blinzelte verschlafen. Anne beugte sich über ihn. „Du musst sofort kommen. Lena ist verschwunden." Mit einem Schlag war er hellwach und aus dem Bett. Er zog seine Stiefel an und steckte den Revolver, der neben ihm auf dem Nachttisch lag, in seinen Parka. Er sah zu Anne. „Gib mir deine Autoschlüssel." Sie schüttelte den Kopf und deutete auf den Revolver. „Was willst du mit dem Ding?" Er wiederholte seine Forderung, ohne auf ihre Frage einzugehen. Zögerlich griff sie in ihre Jacke und gab ihm die Schlüssel. „Daniel, du verrennst dich da in was. Lass sie uns suchen!" Ihr Flehen interessierte ihn nicht. Er würde sie finden. Und ihn auch!

*

Max hielt vor Annes flachem Bungalow. Noch einen Moment zuvor hätte er schwören können, dass ihm an der Kreuzung hinter der Kirche ihr kleiner roter Fiat entgegengekommen war. Am Steuer hatte ein Fremder gesessen. Der Wagen war mit einem Affenzahn in Richtung Ortsausgang gerast. Sicher war er sich nicht gewesen, ob es wirklich der Wagen von Anne gewesen war. Kleine rote Fiats gab es viele. Und in der Hektik hatte er zwar auf den Fahrer, nicht aber auf das Nummernschild geachtet. Während er noch überlegte, kam Anne aus der Einfahrt gelaufen und stieg auf der Beifahrerseite ein. „Lass uns raus zum Sonnenhof fahren", erklärte sie, „vielleicht ist sie auf dem Weg dorthin gestürzt, oder ...." Das Klingeln von Max' Handy unterbrach sie. Er fischte das Gerät aus der Jackentasche und nahm das Gespräch an. Es war Diana. Sie hatte Lenas Fahrrad entdeckt. Max wendete und fuhr zurück in den Ort. „Diana sagt, Lenas Fahrrad steht bei diesem schwachsinnigen Pitter vor dem Haus. Weißt du, wo der wohnt?" Anne zeigte ihm den Weg, währenddessen tippte sie auf ihrem Handy herum. Warum sie das genau tat, interessierte ihn nicht. Er wollte nur endlich Lena finden.

*

Vor dem Haus am Ortsrand parkten bereits die Geländemotorräder von Marc und Basti. Daneben das Rad von Lena mit dem kleinen Anhänger dran. Von den beiden Jungs war, genau wie von Lena, nichts zu sehen. Max stieg aus dem Wagen und ging auf das Haus zu. Das Gebäude stammte sicherlich aus den sechziger oder siebziger Jahren des letzten Jahrhunderts. Die Außenfassade war mit dicken, pappeähnlichen großen Schindeln beschlagen, die stellenweise fehlten oder verbogen und durchnässt nach unten hingen. Der Vorgarten, wenn man das Stück Dschungel vor dem verwahrlosten Haus so nennen wollte, hatte seit Jahrzehnten keinen Rasenmäher oder Heckenschere mehr gesehen. Überall häufte sich Schrott und Müll. „Ey Pitter mach auf, oder wir treten die Tür ein", hörte Max Basti von irgendwoher schreien. Er rannte über einen schmalen Trampelpfad hinter das Haus und wäre fast mit Marc zusammengestoßen, der ihm in seiner schwarzen Motorradbekleidung entgegenkam. In der Hand hielt er einen Knüppel. „Der Schwachmat ist da drinnen. Ich hab gesehen, wie einer hinter der Gardine hergesehen hat." „Habt ihr Lena gesehen?", fragte er den Jungen besorgt. „Nein. Nur ihr Fahrrad. Basti und Diana sind zufällig vorbeigekommen und haben es gesehen. Basti wohnt ja gleich zwei Häuser weiter." Max ging an Marc vorbei und hinter das Haus. Hier sah es, wenn das überhaupt ging, noch schlimmer aus als vorne. In der hintersten Ecke parkten die Überreste zweier ausgeschlachteter Mercedes Benz, deren Dächer bereits mit Moos bewachsen waren. Brombeersträucher und anderes Grünzeug wucherten über alte Polstermöbel, die jemand zu einem Berg aufgetürmt hatte. Das Haus besaß einen Hintereingang. Rechts und links davon stapelte sich hoch der Müll. An der Tür traf Max auf Basti, der dem Türschloß gerade mit einer Eisenstange zu Leibe rückte. Diana stand abseits und sah ihrem Freund besorgt zu. „Ey verflucht, Basti", schimpfte Max. „Du kannst doch nicht da einbrechen." Der kurzhaarige Junge drehte sich um und funkelte Max zornerfüllt an. „Der Schwachkopf ist da drin. Bestimmt hält er Lena fest." Max griff nach der Eisenstange. „Scheiß, Basti. Und was machst du, wenn du dich irrst? Ich ruf jetzt die Polizei." „Die ist schon da", ertönte eine sonore Bassstimme hinter ihnen. Max fuhr herum. Keine fünf Meter hinter ihnen standen zwei uniformierte Männer. Einer hielt eine Pistole zum Boden gerichtet, der andere zeigte auf Basti. „Schmeiß die Stange weg, Junge."

Kapitel 14

Der 32. Tag
Die 15. Stunde

Benommen schlug Lena die Augen auf. Es war ziemlich dunkel. Ihr Nacken, ihre Arme, alles tat furchtbar weh. Es dauerte einen Augenblick, bis sie begriff, woher die Schmerzen rührten. Sie lag gefesselt auf dem Boden. Verflucht, wo war sie? Sie vernahm ein leises Kichern. Mitten im Raum, an einem Tisch, hockte eine Gestalt mit dem Rücken zu ihr und blätterte im Schein einer Kerze in einem Buch. Obwohl sie ihn nicht erkennen konnte, wusste sie sofort, wer der Mann war. „Pitter, mach mich los", flehte sie leise. Der Schwachsinnige kicherte wieder und drehte sich zu ihr um. Lena versuchte sich aufzurichten. Sie hörte das Rasseln von Ketten hinter sich. Sie drehte sich um und sah die schwere Eisenkette, die an rostigen Rohren befestigt war, die zu etwas gehörten, das wie ein alter Heizkessel aussah. Verflucht, dieser Irre hatte sie angekettet. Ihre Arme waren über ihrer Brust verschränkt und auf dem Rücken zusammengebunden. Sie steckte in einer Zwangsjacke. Sie hatte so etwas schon im Fernsehen gesehen, in irgendeinem schlechten Horrorfilm. „Pitter! Scheiße Mann! Mach mich sofort los."
„Nein, der Pitter kann nicht. Er darf nicht", kicherte er. Lena bekam Angst. Eine Scheiß Angst. Was, wenn Pitter damals doch etwas mit Christins Tod zu tun gehabt

hatte? Was, wenn die Dorfschwätzer mit ihren Be-schuldigungen damals recht hatten? Hektisch sah sie sich in dem Raum um. Wie hatte er sie überhaupt hier-hergebracht? Das Letzte, an was sie sich erinnern konnte war, dass sie noch einmal zurück zur Kirche gefahren war. Um Punkt zwölf hatte sie sich mit Eck-mann treffen wollen. Der Priester hatte ihr gesagt, er könne ihr bei der Suche nach ihrem Vater weiterhel-fen. Irgendwer hatte sie dann von hinten gepackt und ihr etwas vors Gesicht gehalten. „Pitter, bitte! Mach mich los!", flehte sie noch einmal. „Die Hexe muss brennen", kicherte er zurück. „Brennen muss sie. Christin muss zurück in die Hölle."

*

„Verflucht, wir sind keine Einbrecher!", erklärte Max zum dritten Mal wütend. „Wir hegen den dringenden Verdacht, dass meine Tochter in diesem Haus festge-halten wird." Der Polizist nickte verständnisvoll. „Ja, Herr Reinmann. Das sagten Sie bereits. Mein Kollege spricht gerade mit Frau Pitter." „Wer hat Sie eigentlich gerufen?", fragte Diana dazwischen. Eine Frage, die, wie Max zugeben musste, durchaus nicht uninteres-sant war. „Na, Frau Pitter", antwortete der Unifor-mierte. „Die Frau hatte Todesangst. Sie hat uns ange-rufen, weil zwei vermummte Rocker mit Eisenstangen vor ihrer Tür standen und randalierten." Er blickte zu Marc und Basti, die beide gleichzeitig wie auf Kom-mando die Augen verdrehten. „Paul, kommst du mal", rief der zweite Beamte von der Haustür aus.

„Was ist denn?" Der zweite winkte genervt. „Komm halt mal und sieh dir das an." Paul, der bisher lässig am Kotflügel des Streifenwagens gelehnt hatte, erhob sich träge und ging zu seinem Kollegen. Kurz bevor er die Haustür erreichte, drehte er sich noch einmal um und grinste Max und die anderen hämisch an. „Und ihr bleibt da, wo ihr seid. Dass mir keiner abhaut." Dann verschwand er mit seinem Kollegen in dem Haus. Es dauerte eine halbe Ewigkeit, bis die beiden zurückkamen. Der Beamte namens Paul hielt Max ein Foto hin. „Ist das Ihre Tochter?" Max sah auf das Bild. „Ja ...äh, ich meine nein." Paul verdrehte die Augen. „Was denn nun? Ist sie es? Ja oder nein?" Anne ergriff das Wort. „Das ist Christin, die Mutter von Lena. Die beiden sehen sich aber zum Verwechseln ähnlich." Der Polizist betrachtete das Foto und überlegte. „Noch mal zum Mitdenken. Das auf dem Bild ist nicht das vermisste Mädchen, sondern die Mutter, die ihrer Tochter ähnlich sieht?" Max nickte, verstand aber immer noch nicht, was die Frage des Beamten sollte. Der ging um das Auto herum, setzte sich hinters Steuer, griff zum Funkgerät und forderte zu Max' Entsetzen Verstärkung an. Der zweite Beamte trat zu ihm und hielt ihm den Bildschirm eines Smartphones hin. Das Bild zeigte die Wand eines Zimmers, die übersät war mit Fotos, um die jemand Flammen gemalt hatte. „Wo ist meine Tochter?", fragte Max eindringlich. „Wir werden sie finden Herr Reinmann", versuchte der Polizist ihn zu beruhigen. Max lief los auf die offene Haustür zu. „Herr Reinmann. Bleiben Sie hier", hörte er hinter sich die Stimme des Polizisten. Doch Max rannte unbeirrt weiter. Irgendetwas stimmte hier nicht. Die Bullen würden nicht nur zum Spaß Verstärkung anfordern. Mit wenigen Sätzen rannte er die Treppe hinauf. Und wäre fast an der Wand aus undurchdringlichem Gestank, der ihm entgegenschlug, abgeprallt. Das Innere des Hauses war eine einzige Kloake. Er hielt sich den Ärmel seiner Jacke vor das Gesicht und begann Lenas Namen zu rufen. Aus einem der Zimmer kam ihm eine Frau entgegen. Die Grauhaarige mit dem aschfahlen Gesicht wirkte genauso heruntergekommen wie ihre Wohnhölle. Bisher hatte er immer geglaubt, solche Leute gäbe es nur im Nachmittagsprogramm von RTL und Co., wo sowieso immer maßlos übertrieben wurde. Er schob die Frau, die plötzlich hysterisch zu schreien begann, einfach mit dem Ellenbogen zur Seite und rannte weiter. Rechts und links häufte sich Müll, der teilweise kunstvoll bis zur Decke gestapelt war. Er sah in jeden Raum. Überall das gleiche Bild. Das blanke Chaos. Wie konnten Menschen nur so leben. Im letzten Zimmer am Ende des Ganges blieb er abrupt stehen. Ihm stockte der Atem. Nicht wegen des Chaos, das auch hier herrschte. Nein! In diesem Raum waren die Wände nicht zugestellt wie in den anderen Zimmern. Es gab ein Bett, das mitten im Raum stand. Die Bettwäsche war schmutzig und fleckig. Auch hier stank es zum Himmel. Ringsherum waren die Wände mit roter und gelber Farbe beschmiert. Man kam sich vor, als stände man mitten im Feuer. Die künstlichen Flammen waren auf dem Boden, am Gestell des Bettes und züngelten bis an die Decke. Ein Raum aus Feuer. Zwischendrin überall Fotos von Christin. Erst auf den

200

zweiten Blick erkannte Max, dass er sich irrte. Einige der Bilder waren neuer und zeigten Lena, wie sie auf dem Friedhof an Christins Grab stand und wie sie die Blumen pflanzte.

*

Daniel las die Nachricht auf dem Mobiltelefon und sah dann hinüber zu dem heruntergekommenen Haus, vor dem gerade zwei weitere Streifenwagen hielten. Schnell tippte er die Worte: „Was haben sie gefunden?" in das Gerät ein und schickte die Nachricht ab. Es dauerte fast eine Minute, bis er Antwort bekam. „Sie ist nicht hier. Pitter ist verschwunden. Fahndung läuft." Daniel sah auf die Uhr. Damals war es genau um Mitternacht passiert. Es war jetzt halb vier nachmittags. Er hatte noch achteinhalb Stunden Zeit Lena zu finden. Hoffentlich irrte er sich nicht.

*

Oberkommissar a.D. Bruno Hilgers legte den Hörer auf die Gabel des altmodischen Wählscheibentelefons und lehnte sich in seinem Sessel zurück. Er sah zum Kalender. Heute war der 31. Oktober. Der Anruf des jungen Mannes gerade beunruhigte ihn. Aber wie um Gottes willen sollte er dem Jungen, diesem Marc Sonnendal, helfen? Nach einer Weile stand er auf, ging an den großen Sekretär und entnahm ihm die Akte Christin Bodenheim. Es war nicht das Original. Das ruhte seit fast siebzehn Jahren in irgendeinem Ordner des

Polizeiarchivs. Dies war eine der wenigen Kopien, die er damals von Akten ungeklärter Fälle angefertigt hatte. Für die Polizei war der Fall abgeschlossen. Es war ein Unfall gewesen. Hilgers glaubte das nie. Er ging damals wie heute davon aus, dass es Mord oder zumindest Totschlag im Affekt gewesen war. Deshalb hatte er die Fotokopien angefertigt. Jahrelang hatten sie in seinem Schreibtisch gelegen. Als er dann in den Ruhestand ging, hatte er sie nicht einfach wegwerfen können. Stattdessen waren sie zusammen mit dem anderen, meist privaten Kram, in vier große Pappkartons gekommen und lagerten seitdem auf seinem Dachboden. Das war alles, was nach vierzig Jahren Kriminalpolizei übrig geblieben war: Vier Pappkartons! Vor drei Wochen, nach dem Anruf der beiden Jugendlichen, war er hinauf auf den Speicher gegangen, um sie zu suchen. Er schlug die Seite mit dem Protokoll zur Vernehmung von Ulrich Pitter auf. Drei Seiten sinnloses Geplapper eines Schwachsinnigen. Ein Satz des geistig Behinderten hatte ihn damals aufhorchen lassen. Pitter hatte wortwörtlich gesagt: „Die Christin ist im Fegefeuer verbrannt. Sie wurde für ihre Unzucht mit dem Dämon bestraft. Hexen müssen verbrannt werden." Diesen Satz hatte er in den letzten Jahren immer wieder gelesen und ihn jedes Mal als das Geschwätz eines Irren abgetan. Er überlegte damals lange, ob dieser Pitter nicht doch etwas mit dem Tod des Mädchens zu tun haben könnte. Aber das Alibi, das der Pastor ihm gab, stand außer Zweifel. Damals wie heute war Daniel Bodenheim sein Favorit gewesen. Warum sonst war der Junge verschwunden? Er hatte was mit dieser Christin gehabt. Daniel Bodenheim war eindeutig der Vater des Babys. Das stand für Hilgers außer Frage. Er hatte Blutproben der Alkoholkontrolle, aus der Tatnacht von Bodenheim, mit Blutproben des Kindes vergleichen lassen. Der Kerl hatte seiner minderjährigen Cousine ein Kind gemacht. Gut. Hätten sie es in beiderseitigem Einvernehmen getan, wäre es noch nicht einmal strafbar gewesen. Vor dem deutschen Gesetz wäre es nur dann Inzest, wenn er ihr Vater oder Bruder wäre. Cousin fiel nicht mehr darunter. Wären die beiden aber ein Paar gewesen, dann gäbe es kein Motiv für einen Mord und auch keinen Grund für den Jungen abzuhauen. Für Hilgers hatte sich das Ganze so abgespielt: Daniel hatte sich an der jüngeren Cousine vergangen. Sie war schwanger geworden. Irgendwann bekam er Panik, das Mädchen könne auspacken und er würde als Vergewaltiger im Knast landen. Vielleicht hatte sie ihm an dem Abend der Tat gedroht. Er verlor die Nerven, goss ihr den Schnaps über und stieß sie ins Feuer. Ob ihm dann wirklich die Flucht gelang oder nicht? Wer wusste das schon. Vielleicht hätte Hilgers dieser Lena sagen sollen, wer ihr Vater war? Aber wie hätte er das tun sollen? Das Mädchen war ihm äußerst sympathisch erschienen. Es bestand die Möglichkeit, dass sie das Ergebnis eines Missbrauchs war. Wie hätte er dem Kind das beibringen sollen? Erneut blätterte er in der Akte. Sollte er damals so auf dem Holzweg gewesen sein? Das Mädchen und dieser Pitter waren verschwunden. Auf den Tag siebzehn Jahre nach dem ersten Mord. Gewiss kein Zufall. Entschlossen ging er zur Garderobe und zog seinen Mantel über. Nach Blittersbach waren es keine zehn Minuten. Es würde nicht schaden, den ehemaligen Kollegen wenigstens seine Hilfe anzubieten. Keiner kannte diesen alten Fall besser als er. Und sollte diesem Mädchen etwas passieren, während er untätig zu Hause in seinem Sessel hockte, würde er sich das niemals verzeihen können.

*

Max rannte wie ein Tiger in seinem Käfig immer hin und her. Den älteren Herrn, der aus dem dunkelblauen Golf stieg, bemerkte er erst, als dieser ihn ansprach. „Guten Tag, Herr Reinmann. Mein Name ist Oberkommissar a.D. Hilgers." Max stutzte. Er verstand nicht. „Sie sind pensionierter Polizist?" Der Alte lächelte gequält. „Ja, Herr Reinmann. Ein Oberkommissar im Ruhestand. Ich habe mich neulich mit ihrer Tochter getroffen. Sie wollte etwas über einen alten Fall wissen, den ich in den 90er-Jahren geleitet habe." Max verstand. „Ach, Sie sind der Kommissar, der den Fall von Lenas Mutter damals untersucht hat?" Hilgers nickte. „Und warum haben Sie den Schwachkopf damals nicht schon weggesperrt?", keifte Anne los. „Er wurde doch vierundneunzig schon verdächtigt." Hilgers hob beruhigend die Hände. „Junge Frau, beruhigen Sie sich bitte. Es gab damals keine Beweise gegen ihn. Die Verdächtigungen waren haltlos. Außerdem hatte dieser Pitter ein Alibi." Max lachte nun auch verächtlich und begann zu schreien. „Keine Beweise sagen Sie. Dann schauen Sie sich mal das Zimmer dieses Irren an." Hilgers nickte. „Sie haben ja recht, Herr Reinmann. Sie haben recht." Paul, der uniformierte Beamte, kam zu ihnen hinüber. „Bruno. Was machst du denn hier?" Hilgers hob die Akte in die Höhe. „Dachte, ich könnte vielleicht helfen. Ich hab doch damals in dem Fall Bodenheim ermittelt." Max beobachtete Hilgers genau. Der alte Mann zitterte, als er dem Schutzpolizisten die Hand reichte. „Keine schlechte Idee. Na, dann komm mal mit, Kommissarin Giebler befragt gerade die Mutter von diesem Pitter." Die beiden Männer gingen hinüber zum Haus. Max war kurz vor dem Durchdrehen und zum ersten Mal seit Langem hatte er das Verlangen nach einem Schnaps.

*

Als die Feuerwehr damit begann, die umliegenden Wälder und Wiesen abzusuchen, zeigte Marcs Uhr schon kurz vor vier. Krampfhaft überlegte er, was er tun konnte. Wo würde der Schwachkopf Lena hingebracht haben? Doch nicht einfach in den Wald. Nein, das war Quatsch. Vielleicht in die alte Blockhütte im Wald. Was, wenn Lena sich irrte und es doch Pitter gewesen war, der sie beobachtet hatte? Das würde auch die Bilder erklären, die er von ihr gemacht hatte. Er zog seinen Helm an, schwang sich auf seine Maschine und warf den Motor an. Basti sah zu ihm hinüber. Ein Wink reichte aus. Basti setzte ebenfalls seinen Helm auf und trat den Kickstarter seiner Maschine durch. Dann jagten sie gemeinsam die Straße entlang, hinaus aus dem Dorf und hinauf zum Hof. Am Hof war nichts zu sehen. Nur Annes roter Fiat stand vor dem alten Fachwerkhaus. Sie fuhren weiter bis zur Blockhütte. Fehlanzeige. Die Hütte war leer. Alles sah genauso aus wie vor einigen Tagen. „Verfluchte Scheiße." Marc warf wütend seinen Helm auf den Boden. Basti setzte sich auf die Veranda vor dem Blockhaus. „Hey Marc, bleib ruhig!" Marc fuhr herum. „Wie soll ich ruhig bleiben. Scheiße! Lena ist in der Hand von diesem Schwachkopf!" Basti fasste in seine Jackentasche, zog eine Schachtel Zigaretten raus und hielt sie seinem Freund hin. „Marc, es nützt nix, sinnlos in der Gegend rumzufahren. Wir müssen da methodisch rangehen. Uns in den Typen reinversetzen. Denken wie er." Marc sah seinen Freund ungläubig an und nahm sich dann eine der Zigaretten. Während er sie entzündete, schüttelte er immer wieder den Kopf „Mensch Basti! Du solltest weniger fernsehen! Sich in den Typ reinversetzen? In Pitter?" Er tippte sich an die Stirn. „Basti, der Typ ist total irre. Ein Schwachkopf. Wie um Himmels willen willst du dich in so einen reinversetzen. Wer weiß, was der mit Lena anstellt, während wir hier dummes Zeug labern." Basti kratzte sich am Hinterkopf und begann laut zu überlegen. „Der Pitter hat doch kein Auto. Lenas Fahrrad steht vor dem Haus. Aber im Haus ist sie nicht. Das haben die Bullen gecheckt. Wie also hat er sie weggebracht? Weit kann der doch gar nicht sein? Natürlich nur, wenn sie nicht freiwillig mit ihm gegangen ist." „Quatsch. Er muss sie geschleppt haben", ereiferte Marc sich. „Warum sollte die mit ihm gehen?" Basti grinste. „Die Kirche!" Marc verstand nicht. „Pitter hat Schlüssel von der Kirche. Er spielt die Orgel. Es gibt sonst keinen anderen Platz im Dorf, wo er hin sein könnte." Marc warf die Zigarette weg. „Klar, er kann nur in der Kirche sein."

*

Oberkommissar a.D. Bruno Hilgers war entsetzt. Nie hätte er geglaubt, dass er sich so etwas noch einmal in seinem Leben ansehen musste. Das Haus war tatsächlich eine einzige Kloake. Er sah aus dem Fenster von Pitters Zimmer. Hinter dem Garten erstreckte sich der Friedhof, dahinter die Kirche. Er nahm eines der Fotos von der Wand und betrachtete es. Das Bild zeigte Lena, wie sie an Christins Grab saß. Er hielt es neben das Fenster. Pitter musste das Bild von hier gemacht haben. Es war stark vergrößert. „Er muss einen Fotoapparat mit einem großen Objektiv haben", sagte er laut, doch niemand schien zu reagieren. Er drehte sich um. Er war allein in dem Zimmer. Er nahm sein Taschentuch aus der Manteltasche und begann damit Sachen aufzuheben und Schränke zu öffnen. Er würde in diesem Haus nichts mit seinen Fingern anfassen und das nicht wegen der eventuellen Fingerabdrücke. In der obersten Schublade einer Kommode wurde er fündig. Bei dem Gerät handelte es sich um eine Nikon. Ein riesiges, recht professionell wirkendes Teil mit einem etwa dreißig Zentimeter langen Objektiv. Vorsichtig hob er das Gerät hoch. Auf der Rückseite befand sich ein Bildschirm. Den Einschalter suchte er vergebens. „Verfluchter neumodischer Mist", schimpfte er. Diesmal wurde er erhört. Paul stand plötzlich neben ihm, nahm ihm die Kamera ab und schaltete sie an. Gemeinsam sahen sie die Bilder an. Pitter hatte, so schien es, fast jeden Besucher des Friedhofs abgelichtet. Paul schaltete die Bilder in schneller Folge weiter. „Stopp", rief Hilger irgendwann. „Mach noch mal zurück." Paul schaltete zurück auf das vorherige Foto. Es zeigte einen Mann in einem Armeeparker. Er beugte sich gerade zu einem der Gräber hinab und legte eine rote Rose auf die Erde. „Mist, man kann das Gesicht nicht erkennen. Dieser verflixte Bildschirm ist zu klein", schimpfte er. Paul grinste. „Sei froh, dass wir die Fotos nicht noch entwickeln müssen wie zu deiner Zeit." Er drehte die Kamera auf den Kopf, zog an der Unterseite eine kleine Karte heraus und legte den Apparat dann zur Seite. „Komm mal mit an den Wagen, Bruno."

*

Marc stellte das Motorrad auf den Seitenständer und hängte, genau wie Basti, seinen Helm an den Lenker. Wie erwartet, war die Seitentür zur Sakristei geschlossen. Sie gingen ans Hauptportal. Basti betätigte den Türdrücker und zog sachte an der großen Eichentür. Trotz der Größe ließ sie sich kinderleicht und ohne Quietschen öffnen. „Na, wer sagt's denn!", freute er sich.

Marc hielt kopfschüttelnd inne. Irgendwie hatte er das Gefühl, als wäre seinem Freund die Ernsthaftigkeit der Lage nicht bewusst. Die Kirche war leer. In der kleinen Kapelle mit der Mutter Gottes brannten einige Kerzen. Marc folgte Basti, der schon die Stufen zum

Altar hinaufhetzte und dann nach links in die Sakristei einbog. Er blieb stehen und lauschte. War da ein Geräusch gewesen? Nein. Vermutlich nur seine und Bastis Schritte, deren Echo von den Wänden zurückgeworfen wurde. Er betrat die Sakristei und blieb abrupt stehen. Mitten in dem Raum stand Pastor Eckmann und sah die beiden Jungs fragend an.

*

Max drehte immer wieder das leere Glas in seinen Händen. „Diana, kann ich noch eine Cola haben, bitte?" Diana beugte sich zum Kühlschrank unter der Theke, dann brachte sie die komplette Flasche und stellte sie auf den Tisch. „Bitte Max, bedien dich." Er bedankte sich und goss sich ein. Sein Blick glitt zu den Flaschen mit dem Whisky, die oben über der Theke auf einem Regal standen. „Denk nicht mal dran", sagte Anne ruhig und sah ihm in die Augen. „Es nützt nichts, sich zu beschütten. Das verändert nichts." Er nickte und wusste, dass sie recht hatte. Es würde nichts ändern. Und wenn Lena gleich wieder da war, würde sie es sofort merken. Nein. Er würde es nicht tun. Nie mehr. „Danke, dass du da bist, Anne", sagte er leise und griff nach ihrer Hand.

Die Tür der Kneipe schwang auf und Hilgers trat ein. Hinter ihm zwei Beamte in Uniform. In der Hand hielt der alte Mann einen flachen Tablet-Computer. Er legte das Gerät auf den Tisch direkt vor Max und tippte auf den Monitor. „Herr Reinmann, kennen Sie diesen Mann?" Max starrte auf das Bild. Es zeigte einen Kerl mit Bart. Der Mann wirkte trotz des Parkas, den er trug, recht gepflegt. Max dachte einen Moment nach. Irgendwie kam der Kerl ihm bekannt vor. Es konnte sein, dass er ihn schon mal gesehen hatte. Nur wo? Nein, er irrte sich. Vermutlich sah der Typ nur irgendwem ähnlich. „Noch nie gesehen, Herr Kommissar", antwortete er deshalb. Der pensionierte Polizist schob den Monitor weiter zu Anne. „Und Sie, Frau Kunz? Kennen Sie den Mann?" Anne schüttelte den Kopf. Hilgers lächelte. „Frau Kunz. Schauen Sie bitte noch einmal genau. Erinnert er Sie vielleicht an jemanden?" Anne sah nur flüchtig über das Bild und schüttelte erneut den Kopf. Hilgers überlegte kurz. „Okay. Wir melden uns, sobald es etwas Neues gibt. Ich möchte Sie bitten, dass Sie sich zu unserer Verfügung halten." Als Hilgers die Tür öffnete und die Kneipe verließ, hörte Max draußen einen Helikopter. Seine Gedanken glitten wieder zu dem Mann mit dem Bart. Hatte der Kerl etwa etwas mit Lenas Verschwinden zu tun? Plötzlich traf ihn die Erkenntnis wie ein Blitz. Er wusste, wo er ihn schon einmal gesehen hatte. Er packte Annes Hand fester. „Anne, wer war der Mann?" Sie sah ihn entsetzt an und wollte die Hand wegziehen. Max hielt sie fest. „Anne, bitte belüg mich nicht. Ich hab den Kerl heute Mittag mit deinem Auto gesehen."

*

„Und warum sucht ihr den Pitter?", fragte Eckmann neugierig. Marc holte Luft und begann zu erzählen. Als er geendet hatte, ging Eckmann zum Fenster und sah hinaus. Der Priester wirkte besorgt. „Deshalb die Unruhe draußen. Ich hab mich schon gefragt, was da los ist." Er ging mehrmals im Raum hin und her, bevor er weitersprach. „Das kann ich nicht glauben. Das würde der arme Junge niemals tun. Ja, bei Gott. Er ist nicht ganz richtig im Kopf... aber so etwas? Nein!" Marc holte tief Luft. „Herr Pastor. Gibt es eine Möglichkeit, dass er sie hier irgendwo versteckt?" Eckmann fuhr herum und sah ihn verständnislos an. „Hier? In der Kirche? Ausgeschlossen!" Basti hob die Hand wie in der Schule. „Gibt es hier denn keinen Keller oder so? Oder einen Raum im Turm, wo man jemanden verstecken könnte?" Eckmann überlegte. „Im Turm gibt's eine Art Dachboden, wo allerlei alter Kram lagert, aber einen Keller in diesem Sinn gibt es nicht." „Dürfen wir mal oben nachsehen?", fragte Marc. Der Pastor zögerte einen Moment. „Gut, wenn ihr meint, es bringt etwas, gehen wir hinauf und schauen nach."

Kapitel 15

Der 32. Tag
Die 17. Stunde

Oberkommissar a.D. Bruno Hilgers lehnte neben Paul am Streifenwagen und besah sich zum zigsten Mal das Foto von Daniel Bodenheim. Er war sich sicher, dass es sich um den vor siebzehn Jahren verschwundenen jungen Mann handelte. Zudem war er sich vollkommen im Klaren darüber, dass diese Anne ihn erkannt hatte. Ihre Reaktion war eindeutig gewesen. Damit konnte sie diesen Max täuschen, aber nicht ihn. Die Frage war nur: Warum log sie? Was hatte sie zu verbergen? Und was wollte dieser Kerl nach all den Jahren hier? Warum zum Geier war er zurückgekommen? Hilgers beugte sich zu dem zweiten Beamten, der am Steuer des Wagens hockte und genüsslich an seiner Kippe zog. „Hör mal, Horst. Kannst du mal rausfinden, wo diese Anne wohnt?"

*

Marc war enttäuscht, als er zusammen mit Basti die Gastwirtschaft betrat. Die Kirche hatte sich als Fehlgriff erwiesen. Oben im Turm war nichts, was auf Lena oder Pitters Verschwinden hinwies. Unverrichteter Dinge waren sie wieder abgezogen. In der Kneipe herrschte eine merkwürdige Stimmung. Max, Anne und Diana saßen an dem großen Stammtisch. Max schien wütend. Anne heulte wie ein Schlosshund. „Ich weiß nicht, wo er jetzt ist. Eines Abends stand er mit Frieder vor der Tür." „Verflucht, Anne! Wenn er Lena was antut, bring ich ihn um", schrie Max. Sofort heulte Anne noch mehr. „Von wem redet ihr?", fragte Marc irritiert dazwischen. Diana reagierte am schnellsten. „Daniel Bodenheim. Eben waren die Bullen hier und hatten ein Bild von ihm." Marc ließ sich auf einen Stuhl sinken. „Dann hatte Lena doch recht, als sie behauptete, sie hätte ihn oben im Wald gesehen." Diana nickte. Marc überlegte kurz. „Und was hat mein Vater damit zu tun?" Anne schluchzte. „Daniel wird ihr nichts tun. Er ist da draußen und sucht nach Lena. Frieder hilft ihm. Frieder und er waren damals schon die besten Freunde. Nachdem Lena und Marc Daniel oben in der Hütte aufgespürt haben, sind die beiden zu mir gekommen. Er hat die letzten zwei Wochen in meinem Gästezimmer gewohnt." „Und das erzählst du uns erst jetzt? Warum hast du der Polizei eben nichts gesagt?", herrschte Max sie an. Anne hielt sich die Hände vor das Gesicht. „Daniel hat irgendeine Dummheit vor. Er hat gesagt, er würde ihn umbringen." „Wen? Frieder?" Sie schüttelte den Kopf. „Nein, verflucht. Doch nicht Frieder. Den Mörder von Christin! Daniel ist davon besessen. Er sagt, er wüsste, wer damals Christin ins Feuer gestoßen hat." Es wurde still in der Runde. Max tastete wieder nach Annes Hand und flüsterte: „Entschuldigung. Ich wollte dich nicht anschreien." Anne nickte und wischte sich die Tränen mit einer Serviette weg. Marc stand auf und holte sich ein Glas hinter der Theke. Dann sagte er, was alle dachten: „Daniel ist der Vater von Lena. Oder?" Niemand sagte etwas. Er schüttete sich Cola in das Glas und trank einen Schluck. „Dann fragt sich nur, hinter wem er her ist?"

*

Hilgers war stinksauer. „Verdammt noch mal! Frau Kommissar, Sie suchen nach dem Falschen. Dieser Pitter ist kein Entführer. Bodenheim steckt hinter der Sache. Damals und heute." Kommissarin Bettina Giebler stöhnte auf. „Herr Hilgers. Ich finde es rührend, dass Sie uns in diesem Fall unterstützen wollen. Aber bitte lassen Sie uns unsere Arbeit tun. Wir werden das Mädchen schon finden."

Hilgers senkte den Kopf. Ihm fehlte die Kraft. Er war zu alt für diesen Scheiß. Er drehte sich um, verließ grußlos den Raum und trat hinaus auf den großen Platz vor dem Feuerwehrhaus. Er ließ seinen Blick über die umliegenden Hügel des Westerwaldes schweifen. Hinter den Windrädern im Westen ging gerade die Sonne unter. Ein wunderschöner Anblick. Der Himmel war bis auf die Kondensstreifen einiger Flugzeuge klar. Heute Nacht würde es kalt werden. Verflucht kalt. Langsam schlenderte er durch das Dorf zurück zu seinem Wagen, der noch immer vor dem Haus der Familie Pitter stand. Kommissarin Giebler hatte recht. Alles sprach gegen diesen Pitter. Sie musste unweigerlich in diese Richtung ermitteln. Aber warum zum Kuckuck war sie so engstirnig? Was war so schlimm daran, sich das Haus dieser Anne einmal anzusehen? Oder einmal bei der Mutter von Daniel Bodenheim vorbeizusehen? Er kam an der Kirche vorbei und entdeckte eine Gestalt hinter einem der Fenster zur Sakristei. Hilgers kniff die Augen zusammen. Es war Eckmann. Eckmann hatte Pitter damals ein Alibi gegeben. Spontan wechselte er die Richtung und ging hinüber zur Kirche. Die Tür zur Sakristei war verschlossen. Er klopfte. Eckmann musste ihn vorhin gesehen haben. Es dauerte auch nicht lange, bis sich drinnen ein Schlüssel drehte und die Tür aufschwang. „Guten Abend", sagte die sonore Stimme des Geistlichen. Hilgers stellte sich vor. Ein Lächeln huschte über das Gesicht des Priesters. „Oberkommissar Hilgers. Richtig, ich erinnere mich. Wir kennen uns. Sie waren damals der Kriminalbeamte, der diesen tragischen Unfall untersucht hat! Kommen Sie hinein." Hilgers nickte und folgte der Aufforderung. „Was führt Sie zu mir, Herr Oberkommissar?" „Außer Dienst, Herr Pastor. Außer Dienst. Ich bin seit 10 Jahren im Ruhestand. Nennen Sie mich einfach bei meinem Namen. Der Kommissar ist lange vorbei." Sie betraten über eine kleine Treppe die Sakristei. Auf dem Tisch lag ein dickes, in Leder eingebundenes Messbuch, in dem der Priester wohl gelesen hatte. „Sie haben mitbekommen, was im Dorf los ist?", fragte Hilgers. Eckmann nickte. „Ja, ich habe es eben von einigen Jugendlichen erfahren. Furchtbare Geschichte. Hoffentlich klärt sich alles rasch auf. Ich bete für das arme Kind." „Herr Pastor? Können Sie sich vorstellen, dass der Pitter dem Mädchen etwas antun könnte?" Eckmann sank auf einen Stuhl hinter dem Tisch mit dem Buch und bedeutete Hilgers, er möge sich ebenfalls setzen. „Wer weiß schon, was im Kopf von so einem armen Geschöpf vorgeht." Hilgers Hirn arbeitete auf Hochtouren. Der Begriff „armes Geschöpf" irritierte ihn ein wenig. Es klang fast, als spräche Eckmann von einem Tier. „Herr Pastor Eckmann. Sie haben vor siebzehn Jahren ausgesagt, dass Pitter in der Zeit, als sich das Unglück mit dem Mädchen ereignete, bei Ihnen war?" Eckmann tat erstaunt. „Du lieber Himmel. Das ist lange her! Kann sein. Genau weiß ich es gar nicht mehr." Hilgers zog die Akte hervor, die er zusammengerollt in die Innentasche seines Mantels gesteckt hatte und begann darin zu blättern. „Hier steht es, Herr Pastor. Sie haben damals ausgesagt, dass Sie an dem Abend, gegen 23 Uhr, hinauf zu der Feier gefahren sind um nachzusehen, ob sich Ihre Schäfchen auch sittsam benehmen. Pitter hatte den ganzen Abend in der Kirche Orgel gespielt. Sie haben ihn gefragt, ob er nicht als Belohnung für sein stetes, fleißiges Üben mit zur Feier möchte. Das Unglück ereignete sich ziemlich genau um Mitternacht. Sie haben weiter ausgesagt, dass Pitter während der ganzen Zeit, von 23 Uhr bis zum Zeitpunkt des Unglücks, immer in Ihrer Nähe war." Eckmann lächelte. „Entschuldigen Sie, Herr Hilgers. Wenn ich es damals so gesagt habe, dann wird es auch so gewesen sein. Das Ganze ist siebzehn Jahre her. Ich bin auch schon über die sechzig hinaus. Ich denke, Sie wissen selbst nur zu gut, dass es mit zunehmendem Alter immer schwieriger wird, sich an alles genau zu erinnern." Hilgers lächelte zurück. „Ich glaube, ich weiß, was Sie meinen, Herr Pastor." Er deu-

216

tete auf die Akte. „Deshalb ist es immer gut, alles sorg-
fältig zu dokumentieren." Er überlegte kurz. „Herr
Pastor Eckmann? Können Sie sich denn noch an das
Mädchen, diese Christin erinnern? Wie sie so war?"
Eckmann schnaufte. „Vage, Herr Hilgers. Nur noch
ganz vage. Sie war, wenn ich mich richtig erinnere,
Messdienerin. Zumindest bis zu ihrem zweifelhaften
Fehltritt." Hilgers runzelte die Stirn. „Was meinen Sie
mit Fehltritt?" Der Pastor lächelte. „Sie hat gesündigt.
Vorehelicher Beischlaf." Hilgers musste an sich halten.
So einen antiquaren Mist hatte er schon lange nicht
mehr gehört. Er blätterte in seiner Akte. „Wussten Sie,
dass damals jemand behauptet hat, dass Sie, Herr Pfarrer, dem Mädchen nachgestellt hätten?" Im Gesicht
des Priesters war keine Regung zu erkennen. „Nein
Herr Hilgers, das ist mir neu." „Wundert Sie das gar
nicht?" Der Priester lächelte gütig. „Die Gemüter
waren damals sicherlich sehr erregt. Wir sind hier auf
dem Land. Die Leute, da werden Sie mir sicher ebenfalls recht geben, erzählen auch schon einmal viel,
wenn der Tag lang ist." Hilgers nickte, obwohl er anderer Meinung war. „Es hieß in der Aussage damals
wortwörtlich: Eckmann hat sie bedrängt und ihr auf-
gelauert. Deshalb ist Christin dann auch nicht mehr zu
den Messdienern gegangen." Der Priester schnaufte.
„Herr Hilgers, was wollen Sie von mir? Sie sind nicht
mehr im Dienst! Sie kommen hierher und stehlen mir
meine Zeit, die ich zur Vorbereitung meiner Predigt
brauche und stellen hier vollkommen haltlose Vermu-
tungen auf." Zornig schlug er mit der Faust auf den
Tisch, stand dann auf und ging zum Fenster. Hilgers

musste sein Grinsen verbergen. Vielleicht hätte er dem Mann die Behauptung des Zeugen schon damals vorhalten sollen. Überlegt hatte er dies. Es aber dann doch als dummes Geschwätz eingeschätzt und aus Rücksicht gegenüber des Amtes von Eckmann nicht getan. Heute ärgerte er sich über seine Fehleinschätzung von damals. Der Pastor hatte Dreck am Stecken. Warum sonst sollte er so ausfallend werden. Er kannte dieses Verhalten zur Genüge. Es trat immer dann zutage, wenn man den wunden Punkt seines Gegenübers getroffen hatte. Jetzt hieß es dranbleiben. Er musste ihn weiter reizen. Wenn es sein musste, mit haltlosen Thesen. Er war nicht mehr im Dienst. Eckmann konnte sich bei niemandem außer dem lieben Gott über Hilgers beschweren. „Herr Pastor? Kann es sein, dass Sie dem Pitter damals ein falsches Alibi gegeben haben?" Eckmann fuhr herum. Sein Gesicht war hochrot. Hilgers hatte genau ins Schwarze getroffen. „Raus, Sie gottloser alter Narr. Verschwinden Sie, sonst..." Hilgers lachte kurz auf. „Was sonst, Eckmann? Wollen Sie mich ins Fegefeuer stoßen oder sich beim lieben Gott über mich beschweren?" Der Priester stand drohend vor ihm und zeigte zum Ausgang. Der Mann zitterte vor Zorn. Sein Kopf schien kurz vor dem Platzen. „Verschwinden Sie! Sofort!" Hilgers erhob sich und ging langsam zum Durchgang. Dann plötzlich traf ihn eine furchtbare Erkenntnis. Er blieb stehen und drehte sich noch einmal zu Eckmann um. „Pitter brauchte gar kein Alibi, Herr Eckmann! Sie brauchten eines. Als Sie vorgaben, Sie wären bei ihm gewesen, haben Sie sich selbst damit ein Alibi gegeben. Sie haben das Mädchen ins Feuer gestoßen!" Eckmann grinste plötzlich. Sein Gesicht verwandelte sich zu einer merkwürdig grotesken Fratze. Hilgers merkte zu spät, dass er den Bogen überspannt hatte. Der Priester stürmte auf ihn los und stieß ihn nach hinten. Hilgers hatte gegen den Mann keine Chance. Der Aufprall war so stark, dass er ins Straucheln kam. Hinter ihm war die steinerne Treppe hinunter zum Ausgang. Er verlor den Boden unter den Füßen und fiel. Noch im Fall verlor er die Besinnung und nur Sekunden später sein Leben.

*

Max stierte auf den Fernseher, der in der Ecke der Gastwirtschaft flimmerte. Obwohl die Kiste schon seit fast einer Stunde lief, hätte er nicht sagen können, was da für eine Sendung gezeigt wurde. Seine Gedanken waren bei Lena. Er war kurz vor dem Durchdrehen. Er sah zum Nebentisch, an dem Marc und Basti hockten. Die Jungs tranken ein Bier nach dem anderen. Sachte strich er über Annes Kopf, die an seiner Schulter lehnte. Plötzlich glaubte er Martinshörner zu hören. Anne hob den Kopf und lauschte ebenfalls. Das Geheul der Sirenen wurde lauter. Marc war bereits aufgesprungen und nach draußen gelaufen. Max lief ihm hinterher. Draußen schoss ein Krankenwagen, dicht gefolgt von einem Notarztwagen, an ihnen vorbei und hielten vor der Kirche. Dort warteten bereits ein Streifenwagen und zwei zivile Polizeiwagen mit kleinen Blaulichtern. „Vielleicht haben sie Lena gefunden", rief Marc und rannte mit Basti und Diana los. Max versuchte den Jugendlichen hinterherzurennen. Doch die Wunde an seinem Brustkorb schmerzte entsetzlich. Er ging langsamer. Anne war plötzlich wieder neben ihm und fasste seine Hand. Jeden Schritt, den er ging, dachte er nur: Bitte, bitte lass sie am Leben sein. Er wollte sich nicht ausmalen, was er tun würde, wenn sie nicht mehr da war. Vor der Tür zur Sakristei traf er auf Marc und die anderen beiden. Der Junge sprach mit der Kriminalbeamtin, deren Namen Max schon wieder vergessen hatte. Marc schüttelte den Kopf, als er ihn sah. „Sie ist es nicht. Der alte Mann ist gestorben." Max verstand überhaupt nichts. Er sah an der Polizistin vorbei durch die weit aufstehende Kirchentür. Am Fuße einer breiten Steintreppe lag ein älterer Herr. Es war dieser Polizist im Ruhestand, der Mann, der am Nachmittag noch mit ihm gesprochen hatte. Der Notarzt stand daneben und unterhielt sich mit einem Herrn im schwarzen Anzug. „Schlimme Sache", hörte Max die Kommissarin hinter sich sagen. „So schnell kann's gehen." Ja, so schnell konnte es gehen. Hoffentlich ging es seiner Lena gut.

*

Als Marc mit den anderen zurück zur Kneipe ging, fühlte er sich irgendwie schuldig. Hätte er den alten Mann am Nachmittag nicht angerufen, wäre er vermutlich jetzt noch am Leben. Er würde zu Hause in seinem Sessel sitzen und Zeitung lesen oder fernsehen. Sachen, die Opis halt so machten. Jetzt war er tot. Gut, man konnte sich auch zu Hause das Genick brechen.

Pastor Eckmann war wohl dabei gewesen und hatte alles mit angesehen. Marc sah zum Friedhof. Auf fast allen Gräbern brannten rote Grablichter. Ein schauriger Anblick. Eigentlich hatten sie heute Abend Halloween feiern wollen. Um Mitternacht war Lenas Geburtstag. Er tastete nach der kleinen Dose in seiner Hosentasche. Darin befand sich eine Halskette mit einem kleinen goldenen Herz dran. Lenas Geburtstagsgeschenk. In seine Gedanken versunken hätte er fast den kleinen roten Wagen übersehen, der in der Reihe parkender Autos vor dem Friedhof stand. Es war der kleine Fiat von Anne, der da im Halbdunkeln abseits der Straßenlaterne parkte. Verflixt, hatte das Autochen nicht eben noch droben am Tannenhof gestanden? Er drehte sich um und sah zu Max, der gemeinsam mit Anne von der Kirche her auf ihn zukam. Max erwähnte doch, dass er diesen Daniel Bodenheim mit Annes rotem Flitzer gesehen hatte. Er beschleunigte seine Schritte und lief zu Basti, der mit Diana einige Meter vor ihm herging.

*

Annes Handy piepte. Sie blieb stehen und sah auf das Display. „Ist es von ihm?", fragte Max sie vorsichtig. Anne nickte und las ihm leise vor. „Okay Anne, antworte ihm. Er ist vielleicht Lenas einzige Hoffnung."

Kapitel 16

Der 32. Tag
Die 19. Stunde

Der Gottesdienst hatte gerade erst begonnen, als Daniel die kleine Kirche betrat und in der hintersten Bank Platz nahm. Es war kein Zufall, dass er genau diesen Moment ausgewählt hatte. Er wollte, dass Eckmann ihn sah. Nur Eckmann. Die Überraschung schien gelungen. Dies gehörte zum Spiel. Die entsetzten Augen des Pfaffen sprachen Bände, während die anderen Schafe nur nach vorne gafften und dabei den Mann in der letzten Reihe nicht beachteten. Eckmann begann zu zittern. Daniel strich sich über das rasierte Kinn. Es war ungewohnt gewesen, als er sich das erste Mal seit siebzehn Jahren wieder ohne Bart im Spiegel gesehen hatte. Aber dies gehörte zu seinem Plan. Er wollte sichergehen, dass Eckmann ihn erkannte. Er wollte ihn aus der Reserve locken. Daniel Bodenheim, der Mann von dem alle glaubten er sei tot, war wieder da. Ein Gefühl der Überlegenheit machte sich in ihm breit. Er würde recht behalten. All die Jahre hatte er recht gehabt, was Eckmann anging. Es musste so sein. Damals, als er den Priester beschuldigte, da hatten sie ihn alle als einen Verrückten hingestellt. Das ganze Dorf hatte auf der Seite dieses scheinheiligen Pfaffen gestanden. Sogar Frieder, sein bester Freund, hatte gemeint, er wäre blind vor Hass und würde sich in etwas verrennen. Und Daniel war sich sicher: Auch heute würden Eckmanns Schäfchen wieder blind sein. Viele von ihnen saßen ahnungslos hier in der Kirche und lauschten dem hohlen Geschwätz dieses wahnsinnigen Killers. Überall im Ort suchten Polizisten nach Pitter und Lena. Sie würden vergeblich suchen. Der Schlüssel war der Mann da vorne an dem Altar. Und wenn Daniel recht behielt, war in dieser Nacht nicht nur Lena in tödlicher Gefahr. Eckmann hatte morgens einen Punkt gemacht. Das musste er neidlos zugeben. Daniel hatte nicht damit gerechnet, dass er Lena entführen würde. Er glaubte, der Priester würde sich dem Mädchen erst abends nähern. Eins zu null für den Pfaffen. Aber das Spiel war noch nicht aus. Mit Genugtuung sah er, wie Eckmann zitterte und in seine Richtung starrte. Auch die Predigt war ein einziges Gestotter und dauerte keine drei Minuten. Die Ansprache selbst galt natürlich Lena und dem Mann, der am späten Nachmittag bei einem Sturz ums Leben gekommen war. Eckmann bat die Anwesenden, für das verschwundene Kind und die Seele des Verstorbenen zu beten. So etwas Scheinheiliges. Anne hatte ihm vorhin eine SMS geschrieben, dass es sich bei dem Toten um den Bullen handelte, der schon in dem Fall vor siebzehn Jahren ermittelt hatte. Vielleicht war der Mann endlich auf der richtigen Spur gewesen. Es würde ihn nicht wundern, wenn Eckmann auch bei diesem angeblichen Unglück seine Finger im Spiel hatte. Zutrauen würde er es ihm. Daniel blieb auch nicht verborgen, wie die wenigen, meist älteren Gläubigen miteinander tuschelten. Vermutlich spekulierten die Dorfschwätzer über die aufregenden Ereignisse. In einem Kaff wie diesem geschah immerhin nicht jeden Tag etwas, über das es zu tratschen lohnte.

Als Daniel vor einer Stunde den Wagen von Anne gegenüber der Kirche an der Friedhofsmauer parkte, hatte er sich zuerst erschrocken. Neben einem Notarztwagen parkte ein Leichenwagen, in den gerade ein Sarg geschoben wurde. Im ersten Moment hatte er geglaubt, er wäre schon zu spät. Sofort hatte er Anne geschrieben und sie konnte prompt Entwarnung geben. Daniel hatte sie aus der Dunkelheit des Friedhofs dabei beobachtet. Sofort nach Erhalt seiner Nachricht zeigte sie diese Max Reinmann. Wie so oft in ihrem Leben hatte sie wieder einmal nicht dichthalten können und Lenas Adoptivvater eingeweiht. Im Grunde war es ihm egal, aber so war das schon immer bei Anne gewesen.

Als Eckmann nach der Predigt zum Altar ging, nutzte Daniel die Chance und verließ die Kirche genauso unauffällig und leise wie er sie zuvor betreten hatte. Draußen war es dunkel. Genau wie vor siebzehn Jahren streifte feuchter Nebel durch die Straßen des kleinen Ortes. Er sah auf die Uhr. Zwanzig nach sechs. Bei dem Tempo, das Eckmann bei dem Gottesdienst an den Tag legte, würde er die Kirche spätestens in fünfzehn Minuten verlassen. Zügig ging er hinüber zum Friedhof. Vor Christins Grab blieb er noch einmal stehen und schloss die Augen. In Gedanken sah er sie auf dem Bett in dem alten Bienenhaus droben im Wald. Es war merkwürdig. Immer wenn er an sie dachte, sah er sie, wie sie lachte. Er ballte die Faust. Die

Wut, die sich in den letzten siebzehn Jahren ihn ihm aufgestaut hatte, machte ihm selbst Angst. Vorsichtig tastete er nach dem Revolver. Die Waffe hatte Frieder ihm von einem Bekannten aus Frankfurt besorgt. Frieder fragte nicht, wofür er sie brauchte. Auch nach siebzehn Jahren und nach allem, was vorgefallen war, hatte er ihm geholfen. Bei Anne war er sich zwar auch sicher, dass sie zu ihm hielt. Doch sie quatschte zu viel und das nicht nur heute. Er würde die Angelegenheit in dieser Nacht zu Ende bringen. Niemand würde nach ihm suchen. Daniel Bodenheim war bereits seit siebzehn Jahren tot und das sollte auch so bleiben. Und wenn alles gut ging, war er morgen um diese Zeit bereits wieder in Hongkong.

Er sah hinüber zum Haus der Familie Pitter. Da, wo es nachmittags noch von Polizisten wimmelte, war nun Ruhe eingekehrt. Die Kripo hatte ihre Einsatzzentrale vermutlich im Gebäude der freiwilligen Feuerwehr eingerichtet. Den ganzen Nachmittag hatten sie mit Hundertschaften und Hundestaffeln die umliegenden Wälder abgesucht. Von Christins ehemaligem Zimmer aus konnte er alles genau beobachten. Er lag mit seiner Vermutung richtig, dass droben am Tannenhof nicht gesucht werden würde. Der Ort war zu offensichtlich.

Er ging zurück zu Annes Fiat und setzte sich hinter das Steuer. Ein Streifenwagen näherte sich langsam und fuhr vorbei. Obwohl er wusste, dass die Polizei nur nach dem Schwachsinnigen und Lena suchte, sackte er trotzdem tiefer in den Sitz. Niemand, der ihn später wiedererkennen könnte, sollte ihn hier sehen.

Als der Wagen verschwunden war, richtete er sich wieder auf. Plötzlich wurden hinter ihm beide Wagentüren aufgerissen. Er fuhr herum. Die beiden jungen Männer, die auf den Rücksitz sprangen, erkannte er sofort. Der eine, ein großer blonder Kerl mit kurzen Haaren und Stoppelbart, hielt ihm von hinten eine Pistole an die Schläfe. „Wo ist Lena", zischte der zweite, bei dem es sich um Frieders Sohn Marc handelte. Daniel sah zum Wagenhimmel, wo die Innenraumbeleuchtung brannte, und sagte genervt. „Macht wenigstens die Tür zu, Jungs." Frieders Sohn schaute irritiert und zog dann die Tür ins Schloss, während der andere mit der Waffe herumfuchtelte. „Hände hoch, Bodenheim." „Du sollst die Scheißtür zuziehen", herrschte er den Blonden an. Sekunden später erlosch das Licht im Wagen. Daniel griff vorsichtig nach seinen Zigaretten und zündete sich eine an. Die zwei Halbstarken hatten ihm gerade noch gefehlt. „Was wollt ihr?", fragte er knapp. „Du sollst uns sagen, wo Lena ist", keifte der mit der Pistole. Daniel nahm einen tiefen Zug und blies den Rauch aus. „Kleiner, steck das Ding weg. Du solltest anderen nur dann mit einer Waffe drohen, wenn du fest entschlossen bist, sie auch zu benutzen." Er spürte, wie der Junge die Waffe zögerlich senkte. „Wo ist Lena?", flüsterte Frieders Sohn erneut. Doch Daniel ignorierte ihn. Sein Augenmerk gehörte nur der Straße vor ihm. Der Gottesdienst war zu Ende. Einige der Gläubigen gingen zu ihren Autos, andere verschwanden in den Seitenstraßen. Gebannt richtete er seinen Blick auf die Tür der Sakristei. Eckmanns Wagen parkte keine zwanzig Meter davon entfernt. Die beiden Jungen auf dem Rücksitz schienen seine Anspannung zu bemerken. Sie waren mucksmäuschenstill. Es dauerte eine Weile, bis sich die Tür der Kirche öffnete. Da kam er. Endlich! Er ging zu seinem Wagen, einem dunklen 3er BMW, stieg ein und fuhr los. Daniel startete den Fiat und folgte ihm ohne Licht und mit gut hundert Metern Abstand. Hinter dem Ortsschild beschleunigte der BMW. Auch Daniel trat das Gas durch. Doch zu seinem Entsetzen wurde der Abstand zwischen ihm und Eckmann immer größer. Er holte alles aus dem kleinen Wagen heraus was ging. Erschwerend kam hinzu, dass er die Straße fast überhaupt nicht mehr sah. Der Nebel begann die roten Rückleuchten des BMW zu verschlucken, bis sie vollkommen verschwunden waren. Daniels Puls raste. Sein Herz schlug ihm bis zum Hals. Das konnte einfach nicht sein! Eckmann war weg. Hastig schaltete er die Scheinwerfer an. Im nächsten Ort blieb er an einer Kreuzung stehen. Er schlug die Hände vor das Gesicht und begann hemmungslos zu heulen. Zwei zu null. Der Pfaffe war ihm schon wieder einen Schritt voraus.

*

Kommissarin Bettina Giebler gähnte. Es war ruhig in der Feuerwehrwache von Blittersbach geworden. Die Suchmannschaften hatten die Suche für heute eingestellt. Bei der Dunkelheit und dem Nebel draußen machte es eh keinen Sinn mehr. Direkt bei Sonnenaufgang würden sie weitermachen. Einer der Feuerwehrleute kam zu ihr herüber und stellte ihr eine Tasse Kaffee hin. „Bitte schön Frau Kommissar." „Danke Herr...", sie stockte. Der Mann reichte ihr seine Hand. „Sonnendal. Friedrich Sonnendal. Aber Sie können mich gerne Frieder nennen. Das machen alle hier." Sie überlegte kurz. „Marc Sonnendal, der Freund von dieser Lena. Kennen Sie den?" Der Mann nickte. „Er ist mein Sohn." „Oh, dann sind Sie ja eigentlich so etwas wie ein Angehöriger des Mädchens." Frieder versuchte zu lächeln, was ihm jedoch misslang. „Ja, das bin ich wohl." „Vielleicht sollten Sie lieber zu Hause bei Ihrer Familie sein?" Er hob abwehrend die Hände. „Oh nein, ist schon okay. Ich denke, hier bin ich nützlicher, als wenn ich zu Hause herumsitze." Frieder zog sich einen Stuhl herbei und setzte sich zu ihr. Bettina nippte vorsichtig an ihrem Kaffee. Er war sehr stark, aber um diese Zeit genau das Richtige. Sie griff nach der Akte, die sie bei dem alten Hilgers gefunden hatte. „Können Sie sich vorstellen, dass es einen Zusammenhang zwischen dem Verschwinden des Mädchens und dem Tod der leiblichen Mutter vor siebzehn Jahren gibt?" Frieder schien erstaunt über die Frage. „Na unbedingt. Es ist die gleiche Nacht. Die Nacht zu Allerheiligen. Es sind sogar wieder zwei der Personen von damals dabei." Bettina verstand nicht. Sie blätterte die Berichte durch und stutzte dann. „Sie waren damals auch dabei." „Ja." Sie las den Bericht. Gelegentlich sah sie zu Frieder, der sie aufmerksam betrachtete. „Sie haben damals zu Protokoll gegeben, dass der Priester ein Motiv hatte, Christin zu töten?" „Ja. Das habe ich." „Wussten Sie, dass der Kerl ihr nachgestellt hat, oder war das nur eine Vermutung?" Frieder lächelte. „Steht

das nicht da?" Sie überflog den Text noch einmal.
„Nein, hier steht nur, dass Sie das behauptet haben. Ich
zitiere wörtlich: Das Schwein hat ihr nachgestellt und
sie belauert. Deshalb ist sie dann ja auch nicht mehr zu
den Messdienern gegangen. Dafür ist Eckmann ja bekannt." Frieder lächelte. „Ja, das könnte ich so gesagt
haben." „Und wie haben Sie das gemeint, dass er dafür
ja bekannt sei?" Frieder überlegte. „Also das mit dem
Nachstellen wusste ich von Christin selber. Und diese
andere Geschichte ..." Er machte eine Pause und nahm
einen Schluck aus seiner Tasse. „Na ja! Es gab damals
so Gerüchte. Angeblich hat er mal ein 15-jähriges Mädchen aus dem Dorf missbraucht. Die Sache wurde aber
wie so oft von der Kirche unter den Tisch gekehrt. Und
die Leute in den Siebzigern, die hätten doch niemals
ihren eigenen Pastor einer solchen Tat beschuldigt."
Bettina sah ihn verstört an. „Erklären Sie mir, wie man
so etwas unter den Tisch kehrt?" Frieder verdrehte die
Augen. „Ja, wie schon, Frau Kommissar? Mit Kohle?
Die Kirche und der Pfaffe haben brav gezahlt. So läuft
das doch. Das Mädchen hat damals behauptet, sie
hätte sich geirrt und den Pastor fälschlich beschuldigt.
Das Kind sei von einem Fremden. Und weil sie ja so
ein armes Ding war, hat die Kirche ihr was gezahlt,
damit sie über die Runden kam." „Eine Fünfzehnjäh-
rige? Und das wissen Sie genau?" „Nein Frau Kommissar, weiß ich nicht. Wurde ja unter den Tisch gekehrt. Was Genaues weiß keiner. Das Einzige was
blieb, war das Geschwätz, wenn die Alten abends in
der Kneipe einen gesoffen hatten. Im Grunde nichts als
Scheißhausparolen." Bettina stand auf. Verdammt,

ihre Beine schliefen ein. „Sagen diese Gerüchte auch etwas darüber, wer das Mädchen war, das er angeblich schwängerte?" Er nickte. „Ja klar! Raten Sie mal!" Sie brauchte nur einen Versuch für die richtige Antwort. Dann griff sie zum Telefon und gab Anweisung. „Ja, hallo. Hier ist Giebler. Schafft mir sofort diese Frau Pitter zur Feuerwache. Unverzüglich! Und wenn ihr schon dabei seid, ich würde mich auch gerne noch einmal mit diesem Pastor unterhalten." Sie wollte bereits auflegen, als ihr noch etwas einfiel. „Ach und ruft den Leichenbestatter, diesen Herrn Himmrich, an und sag ihm, er soll sich unterstehen, Hilgers zur Einäscherung ins Krematorium zu fahren. Ich möchte, dass er ihn unverzüglich in der Gerichtsmedizin abliefert."

*

Marc war kotzübel. Das lag weniger an Daniels Fahrstil, sondern mehr an der Tatsache, dass er langsam begriff, was gerade passiert war. Eckmann hatte sie abgehängt. Daniel hatte gehofft, der Pastor würde sie zu Pitter und Lena führen und jetzt war er weg. Daniel heulte. Plötzlich richtete er sich auf und begann auf das Lenkrad einzuprügeln. „Verdammt, verdammt, verdammt. Diese verfluchte Scheißkarre", schrie er und hieb wie ein Wahnsinniger auf das kleine Auto ein. Basti hechtete zwischen den Sitzen hindurch nach vorne und packte Daniel am Arm. „Ey Mann. Wir müssen ruhig bleiben. Sonst gibt das gar keinen mehr. Hier auszurasten bringt uns überhaupt nicht weiter. Wir sollten in Ruhe überlegen, wo der Kerl hin sein könnte." Daniel hielt inne und sah Basti verstört an. „Ja, Alter! Wir müssen versuchen uns in ihn hineinzuversetzen. Denken wie er. Wo würden wir hinfahren, wenn wir an seiner Stelle wären." Marc hätte laut losschreien können. Jetzt fing diese Scheiße wieder an. „Mensch Basti. Was soll der Kack. Wir denken nicht wie der Eckmann. Weiß der Geier, wo der hin ..." „Stopp mal, Marc." Daniel hob die Hand und atmete schwer. „Er hat recht. Wenn wir jetzt ausrasten, nützt das wirklich nichts." Daniel sah auf die Uhr. „Es ist erst fünf vor acht. Vor Mitternacht wird er ihr nichts tun. Wir haben also noch vier Stunden Zeit." Marc verstand nicht. „Warum sollte er bis Mitternacht warten wollen?" „Weil er glaubt, dass er den Dämon vorher nicht besiegen kann." „Welchen Dämon?", fragte Basti entsetzt. Daniel schnaufte. „Jungs, das ist jetzt wirklich der falsche Moment. Das zu verstehen hat bei mir Jahre gedauert. In der Kurzform nur so viel: Zur Zeit der Kelten war der 1. November auch schon ein hoher Feiertag. Er war der Beginn des keltischen Jahres und wurde mit einem Totenfest begangen. Die Kelten glaubten, dass sich in der Nacht zum ersten November die Toten aus ihren Gräbern erheben und den Weg ins Jenseits suchen, weil die Pforten zur Unterwelt sich nur in dieser Nacht öffnen." „Halloween", quatschte Basti dazwischen. „Genau. Halloween beruht darauf. Ich befürchte, dass Eckmann glaubt, Lena wäre eine Hexe. Dass ein Dämon in ihr ist. Und dass es nur einen Weg gibt ihn auszutreiben. Nämlich mit Feuer." Basti schüttelte den Kopf. „Du glaubst das aber nicht wirklich, was du gerade sagst. Oder?" Daniel wehrte ab.

„Nein, nein. Das ist natürlich alles Quatsch. Ich glaube nicht, dass es so etwas gibt. Aber ich fürchte, dass Eckmann in seinem verschrobenen Hirn an den Unsinn glaubt." „Warum sollte er?", fragte Basti. „Ich meine, der ist doch katholischer Pfarrer. Warum sollte er an so einen Quatsch glauben?" Daniel zögerte kurz, bevor er weitererzählte. „Habt ihr schon einmal von einem Buch namens Malleus Maleficarum gehört?" Marc sah fragend zu Basti. „Nee, noch nie von gehört." „Sagt euch denn der Begriff Hexenhammer etwas?" „Basti grinste. „Jep, hab ich schon mal 'nen Film drüber gesehen. Ein Buch aus dem Mittelalter, in dem steht, wie man eine Hexe erkennt. Da reichen schon rote Haare oder ein Muttermal an der richtigen Stelle und ... Oh Scheiße!" Daniel sah von einem zum anderen „Ich weiß, dass Eckmann einen hat." „Sicher?", fragte Marc. „Ja, ganz sicher." Ach, das ist doch Quark", schimpfte Basti. „Ich kenne einen, der hat sich von Hitler ‚Mein Kampf' besorgt und es gelesen. Der ist deshalb auch kein Nazi!" „Glaubt mir, Jungs. Eckmann ist von dem, was in dieser mittelalterlichen Hetzschrift gegen Frauen steht, besessen. Und wir haben noch genau vier Stunden Zeit ihn aufzuhalten."

*

„Verdammt noch mal, Frau Pitter. Jetzt machen Sie den Mund auf. Wo ist Ihr Sohn?" Die Frau sah stur vor sich auf den Tisch. „Ist er bei seinem Vater?" Sie sah auf. Erstaunen lag einen kurzen Moment in ihrem Blick, der dann schnell wieder zu einer steinernen

Maske wurde. „Uli hat keinen Vater!", sagte sie patzig. „Ach so! Entschuldigen Sie, Frau Pitter", flötete Kommissarin Bettina Giebler. „Ich vergaß vollkommen! Die unbefleckte Empfängnis! Soll ja in katholischen Kreisen des Öfteren vorkommen!" Bettina schoss blitzschnell nach vorne über den Tisch und schlug mit der flachen Hand auf die Tischplatte. Frau Pitter zuckte erschrocken zurück. Bettinas Nasenspitze war nun ungefähr noch zwanzig Zentimeter von Frau Pitters Gesicht entfernt, als sie eindringlich flüsterte. „Ihr Sohn hat ein Mädchen entführt, Frau Pitter. Wir müssen davon ausgehen, dass er ihr etwas antun wird. Sie kennen die Bilder in seinem Zimmer und wissen, dass er damals mit der Verbrennung von Christin Bodenheim etwas zu schaffen hatte! Soll das wieder passieren?" Bettina erkannte keine Regung in der Frau. Sie rückte noch ein Stück näher. Der Gestank, der von Frau Pitter ausging, war ekelerregend. „Frau Pitter! Wollen Sie schuld sein, wenn das Mädchen stirbt?" Die Alte schüttelte langsam den Kopf. Bettina wich zurück und sprach nun ruhig weiter. „Ihr Sohn besitzt keinen Führerschein, geschweige denn einen fahrbaren Untersatz, mit dem er das Mädchen hätte von hier fortbringen können. Im Dorf ist er nicht. Wir haben überall gesucht. Ergo müssen wir davon ausgehen, dass ihm jemand geholfen hat, das Mädchen fortzubringen. Es gibt das Gerücht, dass Pfarrer Eckmann der Erzeuger Ihres Sohnes ist. Der ist aber ebenfalls seit gut einer Stunde wie vom Erdboden verschluckt!" Frau Pitter schüttelte den Kopf. „Ich weiß doch nicht, wo er mit dem Jungen hin ist. Er hat ihn heut Mittag mitgenommen. Ich weiß nicht, wohin. Mit mir spricht er seit Jahren kein Wort." Bettina dachte nach. Was lief da? Was ging hier vor, das sie nicht verstand? Warum sollten ein Priester und sein schwachsinniger Sohn ein Mädchen entführen? Und was war, wenn die beiden dem Kind dasselbe antun wollten wie der Schwangeren vor siebzehn Jahren? „Frau Pitter? Haben Sie das Mädchen gesehen, als es das Fahrrad vor Ihrem Haus abgestellt hat?" Sie stierte wieder auf die Tischplatte. Das gleiche Spiel wie zuvor. Bettina hätte schreien können. Plötzlich begann die Frau zu sprechen. „Uli hat das Fahrrad in die Einfahrt gestellt. Pastor Eckmann hat ihn kurz darauf mit dem Wagen abgeholt." „Das Mädchen war also nie bei Ihnen in der Einfahrt?" Frau Pitter schüttelte den Kopf. „Wissen Sie, wo der Uli mit dem Rad herkam?" „Nein, er war morgens in der Kirche zum Orgelspielen wie jeden Samstag. Mittags kam er dann mit dem Fahrrad, hat es hingestellt und ist dann in Eckmanns Wagen eingestiegen."

*

„Auch Fehlanzeige", schimpfte Daniel, als sie wieder im Auto saßen. Wütend schlug er erneut auf das Lenkrad. Es war bereits die dritte Kirche in der Umgebung, die sie abklapperten. Eckmann betreute außer Blittersbach noch fünf weitere Gemeinden. Die Zeiten, wo jedes 400-Seelen-Kaff einen eigenen Geistlichen besaß, waren auch im Westerwald längst vorbei. Zu den Gemeinden gehörten außer der Kirche in Blittersbach noch drei weitere Gotteshäuser. Die letzten beiden

Dörfer, für die der Pfarrer zuständig war, besaßen keine eigene Kirche. „In Plattbach und Waldbach-hausen könnten wir noch nachsehen", schlug Basti vor. Daniel winkte ab. „Da gibt's doch gar keine Kirche." „In Plattbach gibt es aber das alte Schulhaus, da betreibt Eckmann doch sein Jugendprojekt." „Ein Jugendprojekt?", erkundigte sich Daniel. Dann startete er den Wagen und fuhr los.

*

Bettina Giebler stand in der Einsatzzentrale vor einer großen Landkarte und betrachtete sie aufmerksam. Wo könnte dieser Pfaffe das Mädchen hingebracht haben? Es gab vier Gotteshäuser in seinem Zuständigkeitsbereich. Dazu kam das Pfarrhaus mit dem Gemeindezentrum, in dem Eckmann auch wohnte und das sich hier in Blittersbach befand. Vor einigen Minuten war per Fax der Durchsuchungsbefehl für alle Objekte gekommen. Die Mannschaften waren bereits unterwegs dorthin. Eine innere Stimme sagte ihr aber, dass das zu leicht war.

Kapitel 17

Der 32. Tag
Die 22. Stunde

Lena war fürchterlich kalt. Sie fror entsetzlich. Ihre Klamotten waren klamm und sie musste nötig auf die Toilette. Durch die Decke, auf der sie seit Stunden saß, kroch immer mehr die Kälte. Ihre Zähne klapperten. Trotzdem flehte sie immer wieder fast schon monoton: „Bitte, Pitter. Mach mich los. Ich verrate dich auch nicht. Es passiert dir nichts."

Ziemlich am Anfang hatte sie es mit Schreien probiert, aber auch das hatte den verwirrten Pitter nicht beeindruckt. Seit Stunden hockte er nun auf dem Stuhl und kritzelte wie ein Schulkind auf einem Zeichenblock herum. Gelegentlich riss er das Blatt ab und begann aufs Neue.

„Pitter, bitte mach mich los. Ich muss mal aufs Klo", jammerte sie. Der Schwachkopf sprang auf und kroch zu ihr auf die Decke. Er stank fürchterlich nach Urin. „Der Pitter darf nicht. Der Pitter muss aufpassen, bis der Vater kommt. Du musst auch in die Hose machen." Lena hörte ein Geräusch von der Tür her. Waren das Schritte? Ja. Sie wurden lauter. Das waren wirklich Schritte. Irgendwer kam. Ihr Herz machte einen Sprung.

*

Eckmann atmete noch einmal tief durch, bevor er den schweren Riegel an der Tür zum ehemaligen Heizungskeller zurückzog und den Raum betrat. Die Hexe hockte gefesselt auf dem Boden. „Herr Pfarrer", rief sie und schien sogar erleichtert zu sein ihn zu sehen. Dies war sicherlich auch ein Trick des Dämons. Er war darauf vorbereitet gewesen. Missmutig verzog er das Gesicht. Der Gestank von Urin und Schweiß lag beißend in der Luft. Vermutlich, weil Pitter oder die Hexe in den letzten Stunden ihre Notdurft verrichtet hatten. Pitter, die bedauernswerte Kreatur, kroch wie ein räudiger Hund auf dem Boden herum. Diese Kreatur war seine Strafe. Sie erinnerte ihn fast täglich an die Unzucht mit der Mutter und den damit verbundenen einmaligen Bruch seines Zölibats. Gott hatte ihn dafür mit diesem schwachsinnigen Kind bestraft. Und das alles nur, weil er sich von Pitters Mutter, einer besessenen Hexe, hatte dazu verleiten lassen. Sie war schuld. Er war noch ein junger Priester gewesen und hatte die Gefahren, die von den Dämonen ausgingen, unterschätzt. Fast wäre ihm Jahre später das Gleiche noch einmal bei Christin Bodenheim passiert. Auch sie hatte versucht, ihn zu verführen. War im Sommer halb nackt im kurzen Rock vor ihm in der Kirche hergelaufen. Jedes Mal, wenn sie ihn angesehen hatte, spürte er die Erektion und die Geilheit in den Lenden. Damals war er nicht schwach geworden, obwohl das Verlangen stark gewesen war. Er hatte dem Zauber des Dämons widerstanden. Er ging auf das Mädchen zu und merkte auch heute wieder, wie das Blut zwischen seinen Beinen pochte. Die roten Hexenhaare hingen ihr wirr im Gesicht. Ihr Blick wirkte vermeintlich unschuldig. Der Teufel suchte die Frommen oft in den unmöglichsten Gestalten heim. Es musste nicht immer die Schlange oder der Gehörnte sein. „Herr Pfarrer, gut, dass Sie endlich kommen", flüsterte sie wieder. Er betrachtete sie mitleidig. Vermutlich war in ihr der gleiche Dämon am Werk wie der, der ihn schon vor siebzehn Jahren verführen wollte. Die Hexe war damals nicht in den Flammen gestorben. Der Dämon hatte die Zeit gehabt, von ihr in das Kind überzugehen. Auf diesem Weg hatte er den Körper verlassen und eine neue Hülle bekommen. Diesmal würde er es richtig machen. Sie würde brennen, bis nichts mehr von ihr übrig blieb. „Pitter, steh auf", zischte er der Kreatur zu, die vor ihm auf der Erde kniete. Damals, vor siebzehn Jahren, hatte die Kreatur ihm geholfen, den Verdacht von sich zu lenken. Es war ganz einfach gewesen. Dadurch, dass er dem Schwachsinnigen ein Alibi gab, hatte er sich selbst geschützt. Er hatte zu dieser List greifen müssen, weil er sich vollkommen darüber im Klaren war, dass all die dummen kleinen Menschlein nicht verstehen würden, warum er es tat. Es war ein verhängnisvoller Fehler des alten Polizisten gewesen, nach so vielen Jahren diese List zu bemerken. Der Tod Hilgers war zwar tragisch, aber unausweichlich im Kampf gegen den Dämon gewesen. Er würde später für die Seele des braven Mannes beten. Er tastete nach dem Tuch und der Flasche mit dem Chloroform in seiner Jackentasche. Pitter stand noch immer nicht auf. Eckmann trat ihm vor die Brust, sodass er hinterrücks strauchelte und in Richtung der

Hexe rollte. „Du sollst aufstehen, du verdammte Missgeburt", fluchte er. Die Augen der Hexe starrten ihn angsterfüllt an. Sie schien bemerkt zu haben, dass er nicht ihr Retter, sondern ihr Verderben war. Das Gefühl der Macht über sie war großartig und er genoss es. Trotzdem musste er vorsichtig sein. Er ging zum Tisch, auf dem der Malleus Maleficarum lag, und ließ die Finger über den ledernen Einband streichen. Dann holte er das Chloroform aus der Tasche, öffnete die Flasche und ließ ein wenig der Flüssigkeit auf das Tuch tropfen. Die Hexe wich an die Wand zurück, als er auf sie zukam. Dann begann sie zu schreien. Zum Glück steckte sie in der Zwangsjacke. Sie versuchte nach ihm zu treten. Er packte sie im Genick und presste ihr den Lappen vor Mund und Nase. Es dauerte fast eine halbe Minute, bis sie schlaff wurde und in sich zusammensackte. Sofort warf er das Tuch in eine andere Ecke des Raums. Er musste vorsichtig sein, damit er selbst nichts davon einatmete. Außerdem würde zu viel der Chemikalie sie jetzt schon töten. Ihr war ein anderer Tod bestimmt. Sie musste brennen. Er schloss die Kette auf, mit der er sie an den Heizkessel gefesselt hatte. Er streichelte vorsichtig über ihre Brüste, zuckte aber dann erschrocken von sich selbst und seiner Geilheit zurück. „Pitter!", schrie er die Kreatur an. „Pack sie und bring sie hoch in den Wagen." Er konnte die Hexe nicht anfassen, zu groß war die Gefahr, dass er sich verlieren würde. Die Missgeburt kroch zu der Hexe, packte sie und hob sie dann auf. Eckmann deutete zur Tür. Bei dem Gedanken an das, was in der Nacht noch geschehen würde, überkam ihn plötzlich Mitleid mit der Kreatur. Aber es gab keine andere Möglichkeit. Diesmal würde die Polizei einen Täter haben wollen. Er würde ihnen einen liefern müssen. Einen, der nichts mehr sagen konnte und ihn selbst auch nicht mehr belasten würde. Eckmann würde sein eigen Fleisch und Blut opfern. Den Sohn, mit dem Gott ihn für seine Verfehlungen gestraft hatte. Er musste sterben, um nach außen hin die Schuld, die im Grunde keine war, auf sich zu nehmen. Die Polizei suchte bereits nach Pitter. Er war für die Dummköpfe augenscheinlich der perfekte Täter. Und endlich würde Eckmann seinem Herrn gerecht und die Sünde wiedergutmachen können. Der eigene Sohn war doch wahrlich das größte Opfer, das ein Mann seinem Gott bringen konnte. Er war dazu bereit.

*

Das flackernde Licht der Neonstraßenleuchte hatte Mühe, den Nebel bis zum Boden zu durchdringen. Für Ende Oktober war es mit fast 6 Grad eigentlich sogar noch zu warm. Eckmann sah sich um, während Pitter die Hexe in den Kofferraum legte. Die umliegenden Häuser waren im Nebel nicht zu erkennen. Er wartete, bis die Kreatur die Kofferraumklappe geschlossen hatte und setzte sich dann hinter das Steuer. Wieder überkam ihn dieses übermächtige Gefühl, Macht zu besitzen. Macht über Leben und Tod. Er musste an Daniel Bodenheim denken. Dieser Narr hatte tatsächlich geglaubt, er würde ihn erschrecken können, nur weil er auf einmal in der Kirche saß. Vermutlich hatte der bemitleidenswerte dumme Junge gehofft, ihn mit seinem Auftauchen zu verunsichern. Ihm Angst zu machen. Wie töricht. Schließlich war Eckmann noch im Vollbesitz seiner geistigen Kräfte und glaubte nicht an Geister, die nach siebzehn Jahren plötzlich in der letzten Bank der Kirche erschienen. Trotzdem war er durch das Auftauchen des angeblich Verschollenen vorsichtiger geworden. Bodenheim war außer Pitter damals der Einzige gewesen, der die Tat beobachtet hatte. Eckmann sah noch immer das panische Gesicht des Kerls, als er mit ansehen musste, wie die Hexe lichterloh brannte, nachdem er ihr den Spiritus aus der Schnapsflasche übergeschüttet hatte. Vorher hatte Eckmann ihr das Teufelsmedaillon vom Hals gerissen. Den Drudenfuß, der die Hexe schützte. Als sie umherlief wie eine lebende Fackel, hatte Bodenheim geschrien wie der Leibhaftige persönlich. Niemand glaubte dem verwirrten Dummkopf anschließend. Am Abend nach der Beerdigung war er im Dorfgasthaus auf Eckmann losgegangen. Doch seine Schafe hatten ihn vor dem verblendeten jungen Mann beschützt. Anschließend war er verschwunden. Geschickt hatte Eckmann versucht das Gerücht zu streuen, Bodenheim wäre selbst der Täter. Mit Erfolg. Bodenheim war ein Verlierer. Das zeigte auch der kläglich gescheiterte Versuch, ihm heute Abend nach der Messe zu folgen. Er bemerkte den kleinen Wagen ohne Licht sofort, weil er damit gerechnet hatte, dass Bodenheim ihm hinterherfahren würde. Aus einem Waldweg heraus, in den er zwischen zwei Kurven hineingerast war, sah er noch, wie der kleine Wagen an ihm vorbeischoss und in dem aufkommenden Nebel verschwand. Eckmann hatte einige Minuten gewartet. Dann das Licht wieder eingeschaltet und zurück über Blittersbach und in Umwegen zum Jugendzentrum gefahren. Zugegeben, er hätte niemals damit gerechnet, dass Bodenheim nach all den Jahren noch einmal auftauchen würde, dennoch war er vollkommen Herr der Lage. Und er war sich sicher, dass auch diesmal dem totgesagten Bodenheim kein Mensch glauben würde. Pitter stieg ein und setzte sich neben ihn auf den Beifahrersitz. Sofort roch Eckmann wieder den penetranten Gestank von Urin. Vermutlich hatte sich die Kreatur über den Nachmittag mehrfach eingenässt, anstatt in irgendeine Ecke des Kellers zu pissen. Der Ekel vor der Missgeburt wischte die letzten Bedenken und den allerletzten Anflug von Mitleid in ihm endgültig fort. Er würde die Kreatur noch einmal brauchen und sich dann ihrer für immer entledigen. Er drehte den Schlüssel im Zündschloss und gab Gas. Heute Nacht würde er die Welt von zwei Übeln befreien.

*

Daniel Bodenheim fuhr mit deutlich überhöhter Geschwindigkeit durch die Nacht. Immer wieder sah es im Licht der Scheinwerfer so aus, als prallte der kleine Wagen geradewegs gegen eine weiße Wand aus Nebel. So eine verfluchte Scheiße. Sie würden Eckmanns geparkten Wagen noch nicht einmal sehen, wenn sie fünfzig Meter an ihm vorbeifuhren. Hätte Basti neben ihm nicht geschrien, er solle anhalten, wäre er sogar an dem alten Schulgebäude in Plattbach vorbeigerauscht. Sie parkten direkt vor dem Eingang. Die Tür war wie erwartet verschlossen. „Ihr rennt rechts rum, ich nehme die linke Seite", wies er die Jungs an und rannte los. Er spähte in einige Fenster. Drinnen war alles still. Die Angst um Lena wuchs mit jedem Schritt, den er weiterrannte und mit jedem Fenster, in das er erfolglos hineinsah. Wo sollten sie noch suchen, wenn sie auch hier nichts fänden? Vor sich erkannte er eine Treppe, die in den Keller führte. Er rannte die Stufen hinunter und griff nach der Klinke, drückte sie herunter und zog die Tür auf. Es war tatsächlich offen. Kurz hielt er inne und lauschte in die Dunkelheit. Nichts war zu hören. Rechts an der Wand sah er ein kleines rotes Lämpchen leuchten. Ein Lichtschalter. Es würde nichts bringen, in einem dunklen unbekannten Gebäude herumzustolpern. Seine Hand glitt nach dem Revolver, der noch immer in der Tasche seiner Jacke steckte. Langsam zog er die Waffe hervor, spannte den Hahn, zielte in die Dunkelheit und betätigte dann den Lichtschalter. An der Decke erwachten flackernd einige Leuchtstoffröhren. Vor ihm befand sich ein schmaler Flur mit einigen Türen. Hinter sich hörte er Geräusche. Das mussten Marc und Basti sein, die von der anderen Seite herangelaufen kamen. Vorsichtig ging er weiter. Seine Hand lag bereits auf der Türklinke des ersten Raumes, als er eine unbekannte Stimme hinter sich hörte. „Hände hoch." Er wirbelte herum und sah in die Mündung einer Pistole, die ein uniformierter Polizist auf ihn richtete. Im Türrahmen hinter dem Mann stand ein zweiter Bulle, der ebenfalls auf ihn zielte. So eine verfluchte Scheiße.

*

Kommissarin Bettina Giebler legte den Hörer auf und überlegte, ob das, was sie gerade gehört hatte, gut oder schlecht war. Auf alle Fälle musste sie sofort nach Plattbach, sich den Mann und die beiden Jugendlichen ansehen, die die Kollegen gerade festgenommen hatten. Sie lief hinaus zu ihrem Wagen und wollte schon losfahren, als sie Frieder bemerkte, der neben dem großen Tor der Feuerwache an der Hauswand lehnte und rauchte. Marcs Vater machte auf sie einen sehr kompetenten Eindruck. Außerdem wusste er viel über den Fall von damals. Vielleicht könnte er ihr noch nützlich sein. Sie kurbelte die Scheibe ihres Austin Mini herunter und rief den Mann zu sich. Frieder schien erstaunt, kam aber dann doch zügig herbeigelaufen. „Steigen Sie ein", erklärte sie nur knapp. Ohne zu zögern nahm er auf dem Beifahrersitz Platz. Sie fuhr so schnell der Nebel es zuließ nach Plattbach und parkte den Mini auf dem Parkplatz vor dem Jugendzentrum, neben einem kleinen roten Fiat und zwei Streifenwagen. Einer der uniformierten Kollegen kam auf sie zugelaufen, als sie ausstieg. „Und wo ist der Kerl?", fragte sie den Mann, der sofort auf einen der Streifenwagen zeigte. „Auf dem Rücksitz. Er trägt Handschellen. Die beiden Jungen sitzen in dem anderen Wagen." „Auch in Handschellen?", fragte sie irritiert. Der Beamte schüttelte den Kopf. Bettina ging eilig zum ersten Wagen und öffnete die hintere Tür. Obwohl sie ihn bisher nur auf alten Fotos gesehen hatte, erkannte sie ihn sofort. Auf dem Rücksitz hockte mit rot unterlaufenen Augen kein Geringerer als Daniel Bodenheim. „Die hier hatte er bei sich", sagte der Uniformierte neben ihr. Bettina blickte sich kurz um und besah sich den großkalibrigen Revolver, der in einer durchsichtigen Tüte steckte. „Wen wollten Sie denn damit erschießen, Herr Bodenheim?", fragte sie. Doch Bodenheim ging nicht auf ihre Frage ein. Stattdessen sagte er leise: „Sie machen einen Fehler. Lassen Sie mich gehen. Ich muss ihn finden, bevor es zu spät ist!" Sein Tonfall hatte etwas äußerst Bestimmendes an sich, so als sei dieser Mann es gewöhnt Befehle zu geben, die niemand in Frage stellte. Er wirkte äußerst gepflegt und machte auch sonst einen sehr kultivierten Eindruck auf sie. So viel war sicher: Der Mann hatte die letzten siebzehn Jahre sicher nicht als Penner in der Gosse verbracht. „Wenn Sie meine Fragen beantworten und kooperieren, können wir darüber reden, Herr Bodenheim!", erklärte sie und ließ es klingen, als hätte sie alle Zeit der Welt. Daniel Bodenheim drehte den Kopf und starrte sie an. Der Ausdruck, der in seinen stahlblauen Augen lag, machte ihr Angst. Instinktiv wich sie einen Schritt zurück. Dann sagte er mit fester Stimmer: „Es ist gleich elf Uhr. In einer Stunde wird sie sterben. Ich muss ihn aufhalten." Bettina zögerte einen Moment. Noch immer starrten die durchdringenden Augen des Mannes sie an. „Frau Giebler, Sie sollten sich das bitte einmal ansehen", lenkte sie die Stimme eines Kollegen ab.

Bettina löste sich von dem Blick Bodenheims und warf die Tür zu. Sie blickte auf ihre Uhr. Es war drei Minuten vor elf. Während sie dem Uniformierten in den Keller folgte, hörte sie immer wieder Bodenheims Stimme. „In einer Stunde wird sie sterben. Ich muss ihn aufhalten." Es roch ekelhaft in dem alten Heizungskeller. Eine Mischung aus Heizöl, Urin und irgendeiner Chemikalie. Wie es schien, wurde der Raum nicht mehr genutzt. Es war recht kalt. Der rostige Heizkessel in der hinteren Ecke sah aus, als hätte er dort schon lange vor dem letzten Krieg gestanden. Auf einem Tisch in der Mitte des Kellers lag ein großes altes Buch. Daneben einige Papierbögen und eine Handvoll Buntstifte. Sie hob die Blätter auf und besah sich die Zeichnungen darauf. Die dominierenden Farben waren Rot, Gelb und sämtliche Orangetöne zwischen diesen beiden Farben. Ein Meer aus Flammen und mittendrin ein brennender Mensch. Einer der Kollegen reichte ihr einen Plastikbeutel mit einem Stück Stoff. „Riecht wie Chloroform." Sie hielt den Beutel in Augenhöhe und besah sich den Fetzen im Schein der Sparbirne an der Decke. Dann öffnete sie den Verschluss. Sofort strömte ihr der Geruch der Chemikalie entgegen. Ja, das könnte tatsächlich Chloroform sein. Vermutlich hatte der Täter das Mädchen damit betäubt. Das hieß aber auch, dass sie noch leben musste. Noch! Sie gab dem Beamten den Beutel mit dem Tuch zurück und besah sich das alte Buch. „Das ist der Malleus Maleficarum." Sie fuhr herum. Neben ihr stand Frieder und starrte auf das Buch. „Was zum Teufel ist der Malleus Male...?" Bettina konnte die Worte noch

246

nicht einmal fehlerfrei wiederholen, so befremdlich schienen sie ihr. „Genau das ist es! Ein Buch des Teufels. Es wurde im fünfzehnten oder sechzehnten Jahrhundert von einem Mönch geschrieben. Es beinhaltet das gesamte Halbwissen der damaligen Zeit über Hexen und Zauberer. Gefährliches, meist frauenfeindliches, abartiges Gedankengut. Mit Hilfe des Buches führten die Inquisitoren der katholischen Kirche hunderttausende Hexenprozesse gegen unschuldige Menschen", erklärte er. Entsetzt schlug sie den Ledereinband auf, sah auf die groß geschriebenen Wörter des Wälzers und begann die merkwürdige Schrift laut zu entziffern: „MALLEUS MALEFICARUM, maleficas et earum", stotterte sie die lateinischen Wörter. Verflucht, sie hatte damals in der Schule Französisch als zweite Fremdsprache gelernt. „Nennt man das Buch nicht auch Hexenhammer?", fragte der Beamte, der immer noch den Polybeutel mit dem Tuch in den Händen hielt. Frieder nickte. Bettina hielt inne. „Woher wissen Sie das eigentlich alles, Herr Sonnendal?" Sie drehte sich um und betrachtete den Feuerwehrmann neugierig. „Das Buch gehört dem Eckmann", erklärte er. „Als Daniel und ich damals bei den Messdienern waren, hat er es uns mal gezeigt. Das ist fast fünfundzwanzig Jahre her. Wir waren bei ihm im Pfarrhaus, um für den Palmsonntag kleine Buxbaumsträuße zu schneiden, die er dann sonntags in der Kirche segnen und verteilen wollte. Damals hab ich das Buch das einzige Mal gesehen. Eckmann hat davon geschwärmt. Wie es schien, glaubte er den Stuss, der da drinsteht, tatsächlich. Als Kind hab ich mir nichts dabei gedacht. Es war halt ein altes Buch der Kirche. Was wirklich drinstand, wusste ich nicht." „Aber heute wissen Sie das. Und wollen mir erzählen, dass Sie sich noch genau an das erinnern, was Ihnen der Priester vor fünfundzwanzig Jahren dazu erzählt hat?" Frieder schüttelte den Kopf. „Nein. Ich kann mich eigentlich fast gar nicht mehr daran erinnern. Erst als Daniel mir vor einigen Wochen davon erzählt hat, fiel es mir bruchstückhaft wieder ein. Ich hab mir eine deutsche Übersetzung besorgt und sie auszugsweise gelesen." Bettina deutete auf die Tür nach draußen. „Daniel Bodenheim? Der Mann, der oben im Wagen sitzt? Sie wussten, dass er hier ist?" Frieder nickte. „Ja, ich wusste davon. Er scheint sich in den letzten Jahren intensiv Gedanken gemacht zu haben, warum Eckmann das tut. Dabei ist ihm das Buch wieder eingefallen. In dem Ding steht genau drin, warum und wie man eine Frau verbrennen sollte." Bettina ließ sich auf den Stuhl sinken. „Frieder? Sie haben gewusst, dass Bodenheim Eckmann verdächtigte?" „Ja, ich wusste es!" Sie sprang wieder auf. „Verdammt, und Sie lassen uns wie die Blöden ermitteln und nach einem Schwachsinnigen suchen? Wir hätten den Kerl längst haben können. Ich habe selbst vor knapp vier Stunden noch mit diesem verfluchten Priester gesprochen." Frieder schrie nun auch „Was hätte ich denn Ihrer Meinung nach sagen sollen? Hätte ich Eckmann beschuldigt, hätte der alles geleugnet. Genau wie damals. Glauben Sie, der hätte Ihnen gesagt, wo er Lena versteckt hat? Pustekuchen, der hätte geschwiegen und sie hier unten verrecken lassen. Sie hatten doch schon Ihren Verdächtigen. Für Sie und

Ihre Kollegen stand doch Pitter bereits als Täter fest. Außerdem hatte Daniel Eckmann bereits im Visier. Ich hab geglaubt, er hat die Situation im Griff." Bettina wurde mit einem Mal fürchterlich kalt. Ihr Magen verkrampfte sich. Frieder hatte recht mit seiner Behauptung, dass sie ihm vor einigen Stunden noch nicht geglaubt hätte. Trotzdem hatte er sie wie Idioten in die falsche Richtung ermitteln lassen. Sie drehte sich um und rannte aus dem Raum. Den Korridor durch den Keller entlang und hoch zu dem Streifenwagen. Sie riss die Wagentür auf, packte Bodenheim und zog ihn aus dem Wagen. „Macht ihm die Handschellen auf", schrie sie und blickte dann auf ihre Uhr. Es war fünf nach elf. Sie griff ihr Telefon und rief in der Leitstelle an. „Hier ist Giebler, ich brauche sofort einen Hubschrauber in der Luft. Die Kollegen sollen rund um Blittersbach alles mit Infrarot abscannen. Wir suchen eine Wärmequelle. Ein Lagerfeuer oder so etwas."

Kapitel 18

Der 32. Tag
Die 23. Stunde

Pitter trug die Hexe wie einen schlaffen Sack über der Schulter. Hier auf dem Bergkamm oberhalb des Dorfes war die Nacht sternenklar. Eckmann hielt in seiner Hand den Kanister mit dem Diesel. Bis zu der Lichtung mit dem Gipfelkreuz war es nicht mehr weit. Niemand würde darauf kommen, sie an diesem Ort hier zu suchen. Dabei war es doch so einfach. Er würde sein Werk am gleichen Ort beenden, wo er es vor siebzehn Jahren begonnen hatte. Er hörte, wie die Kreatur unter der Last des leblosen Körpers schnaufte. Die Kräfte, die Gott diesem Schwachkopf geschenkt hatte, waren überwältigend. Plötzlich ließ ein lang gezogener Heulton Eckmann verharren. Auch die Kreatur blieb stehen. Der Wolf. Wie vor einigen Nächten hörte er das Heulen des Dämons in Wolfsgestalt. Diesmal war es ganz in seiner Nähe. Angestrengt lauschte er in die Dunkelheit, sein Herz raste wie wild. Als er sich schon wieder etwas beruhigt hatte und weitergehen wollte, hörte er das Heulen erneut. Er bekreuzigte sich mehrmals und begann das „Vaterunser" zu beten. Dann lauschte er wieder in die Dunkelheit. Die Worte im Malleus über die Wölfe fielen ihm wieder ein. Aber wie es schien, hatte sein Gebet genutzt, von dem Wolf war nichts mehr zu hören. Schnell sah er auf die

Leuchtziffern seiner Armbanduhr. Er hatte noch eine halbe Stunde bis Mitternacht. „Pitter, geh weiter", herrschte er die Kreatur an. „Der Wolf kommt und frisst die Kinder", antwortete Pitter verstört. Eckmann schnaufte. „Gott ist bei uns, mein Junge. Du bist sein Werkzeug. Es wird dir nichts geschehen. Gott wird dich vor dem Wolf beschützen." Die Kreatur schien beruhigt und stapfte weiter. Der Wolf blieb weiterhin stumm. Doch Eckmann wurde das Gefühl nicht los, dass da draußen im Unterholz ein weiterer Dämon lauerte und ihn mit seinen geschlitzten Teufelsaugen beobachtete. Er musste auf der Hut sein. Als sie am Kreuz ankamen, befahl er der Kreatur, die Hexe auf den schweren Holztisch der Sitzgruppe zu legen. Dann begannen sie gemeinsam Meterholzstücke von einem der Haufen herbeizuschleppen, die die Holzfäller hier in den letzten Wochen zum Trocknen aufgeschichtet hatten. Alle paar Schritte hielt er inne und lauschte in die Dunkelheit. Doch außer dem entfernten Motorengeräusch eines Hubschraubers war nichts zu hören. Es war fünf vor zwölf, als er sich erschöpft auf einem Baumstumpf niederließ. In seiner Hand einen Knüppel. Er tastete nach dem Kanister, der neben ihm auf dem Boden stand. Dann blickte er zu der Kreatur, deren Gestalt sich neben dem Scheiterhaufen deutlich vom Sternenhimmel abzeichnete. Er schien die Hexe zu betrachten. Eckmann drehte sich um und sah hinunter ins Tal. Der Halbmond schien auf die dichte Nebeldecke und ließ sie leuchten wie die Oberfläche eines gigantischen Sees. Dann sah er den Helikopter, der genau auf sie zukam. Das hieß, sehen konnte er lediglich die blinkenden Leuchten an der Unterseite des Fluggerätes. Aber er hörte ihn. Das Geräusch und die blinkenden Lichter kamen schnell näher und sausten in etwa einhundert Metern Höhe über seinen Kopf hinweg. Er beobachtete, wie das Flugobjekt eine Schleife drehte und dann in einiger Entfernung wieder in Richtung Blittersbach flog. Sollten sie immer noch nach der Hexe suchen? Jetzt in der Nacht? In der Dunkelheit und bei dem dichten Nebel in den Tälern? Nein, bestimmt nicht. Er musste unweigerlich grinsen. Hier in der Dunkelheit würden sie sie nicht finden. Und wenn das Feuer erst einmal brannte, war es eh zu spät. Er erhob sich schwerfällig und ging zum Scheiterhaufen. Er legte die Hand auf die Schulter der Kreatur und sagte leise: „Jetzt knie nieder, mein Sohn, und bete für die verlorene Seele der Hexe." Der Schwachsinnige Mann grunzte und ging dann in die Knie. Eckmann nahm den Knüppel, holte weit aus und schlug mit voller Wucht zu.

*

Kommissarin Bettina Giebler rannte hin und her. Wieder und wieder sah sie auf ihre Uhr. Verflucht, es war bereits drei Minuten vor Mitternacht. Sie ging nach nebenan zu dem Mann am Funkgerät. „Und, etwas Neues vom Heli?" „Nein, Frau Kommissar, nichts. Kein offenes Feuer weit und breit. Nichts Auffälliges" Bettina sah hinaus in die Wagenhalle, wo einige der Feuerwehrmänner standen und sich unterhielten. Das Tor war geöffnet, ein Tanklöschwagen stand mit laufendem Motor auf dem Platz vor der Feuerwache. Ihr Blick fiel auf Daniel Bodenheim, der gemeinsam mit den beiden Jungs und Frieder auf einer Bank vor den Spinden mit den Einsatzmonturen saß. Bodenheim war am Ende. Der Mann war nur noch ein Häufchen Elend. Sie sah auf die Uhr. Zwei Minuten vor zwölf. „Wenn ich Eckmann wäre, würde ich es wieder oben am Kreuz machen", sagte Basti plötzlich. Bettina hielt in ihrer Bewegung inne und fragte nach. „Was würdest du tun, wenn du Eckmann wärst?" Basti schaute auf. „Ich würde es wieder oben am Kreuz machen. Die gleiche Stelle wie damals." Plötzlich war Frieder auf den Beinen und sprintete durch das Hallentor auf den laufenden Feuerwehrwagen zu. Ohne lange zu überlegen, rannte Bettina in den Funkraum. Der schwere Feuerwehrwagen würde es niemals in zwei Minuten bis zu dem großen Kreuz auf der Waldlichtung schaffen. „Gib mir sofort den Heli", brüllte sie den erschrockenen Funker an.

*

Eckmann stellte den Kanister neben die beiden leblosen Körper auf den Scheiterhaufen. Der Geruch des Dieselöls lag schwer in der Luft. Sorgsam hatte er darauf geachtet, nichts über seinen Anzug zu schütten. Alles musste später so aussehen, als habe Pitter den Brandbeschleuniger über den Scheiterhaufen gegossen, sich dann zu dem Mädchen gelegt, um mit ihr zu sterben. Eckmann würde behaupten, er hätte es gesehen. Hätte den Schwachkopf noch aufhalten wollen, aber es sei bereits zu spät gewesen. Vom Dorf her hörte er plötzlich ein Martinshorn. Konnte aber in dem Nebel, der das Tal bedeckte, nichts erkennen. Vermutlich handelte es sich um einen der Krankenwagen oder die Polizei, die zu einem anderen Einsatz gerufen wurde. Er nahm die Streichholzpackung aus der Tasche, entnahm ihr eines der Zündhölzer und riss es über die Reibfläche der Schachtel. Knisternd erwachte die Flamme zum Leben. Dann traf ihn ein schwerer Schlag auf der Brust, einen Wimpernschlag später hörte er einen Knall. Der Schlag auf seine Brust riss ihn von den Beinen. Das Zündholz in seiner Hand war erloschen. Er spürte, wie er ins Gras fiel. Spürte, wie sein Kopf auf den Boden schlug. Verflucht, was war geschehen? Nachdem der Donner verhallt war, kam die Stille. Er versuchte sich zu bewegen. Doch es war, als läge eine tonnenschwere Last auf seiner Brust. Es war kein wirklicher Schmerz, nur so ein merkwürdiges Gefühl. Das Atmen fiel ihm plötzlich so schwer. Erst als er versuchte aufzustehen, spürte er das Beißen in den Lungen. „Bleib liegen, Pfaffe", hörte er die ruhige Stimme einer Frau. „Im Liegen stirbt es sich angenehmer." Er erkannte die Stimme. Dann sah er ihre Gestalt gegen den sternenklaren Himmel. Langsam kam sie auf ihn zu. Eine Lampe in ihrer Hand flammte auf und blendete ihn. Panisch tastete er nach den Streichhölzern, er musste es vollenden. „Denk nicht einmal dran!", sagte sie kalt. „Die nächste Schrotladung trifft dein hässliches Gesicht." „Du bist auch eine von ihnen, du widerwärtige Hexe", zischte er heiser, während er plötzlich Blut in seinem Mund schmeckte. „Du bist eine Besessene, genau wie sie." Lisa Bodenheim lachte hämisch. „Du solltest den Unsinn selbst einmal hören, den du von dir gibst, Pfaffe." Sie leuchtete in Richtung des Scheiterhaufens. „Das sind Kinder, Eckmann. Du wolltest diese Kinder umbringen. Genau wie damals Christin. Und dafür wirst du Schwein im Fegefeuer landen." Er hörte ein metallisches Knacken. „Weißt du, wie lange ich auf diesen Moment gewartet habe? Wie oft ich mir vorgestellt habe, dich für deine Taten zu bestrafen? Jedes Jahr, seit siebzehn Jahren, komm ich in dieser Nacht hier hinauf und warte auf dich. Du hast mir alles genommen. Meine ganze Familie. Auge um Auge, Zahn um Zahn. So heißt es doch in deiner Bibel oder?" Dann, zeitgleich mit einem zweiten Knall, spürte er, einen weiteren Schlag auf seiner Brust. Plötzlich leuchtete am Himmel über ihm ein Licht. Gott würde ihm helfen. Doch mit jedem Atemzug spürte er, wie er schwächer wurde. Er versuchte nach dem Licht zu greifen. Doch er war bereits zu schwach. Er bemerkte noch, wie der Sturm aufkam. Das Getöse um ihn herum wurde mehr. Dann schloss er die Augen und alles um ihn herum verschwand.

*

Der Gestank von Diesel lag schwer in der Luft. Bettina sah auf den leblosen Körper des Priesters, der vor ihr auf der Wiese lag. Der Anzug des Mannes war vor der Brust total zerfetzt und blutgetränkt. Die Schrotladungen, die irgendwer dem Kerl zwischen die Rippen gejagt hatte, hätten sicherlich gereicht, um einen Elefanten umzuhauen. Die Scheinwerfer, die die Feuerwehrleute aufgebaut hatten, leuchteten die komplette Lichtung aus. Auf dem Tisch, der anmutete wie ein mittelalterlicher Scheiterhaufen, lag Pitter. Der behinderte Mann war übel zugerichtet. Sein Schädel sei komplett zertrümmert, hatte der Notarzt gesagt. Er sei sofort tot gewesen. Die Augen des armen Kerls starrten ins Leere. Wie es schien, hatte Eckmann seinen eigenen Sohn erschlagen und zu Lena auf den Scheiterhaufen gelegt. Was er damit bezwecken wollte, war ihr vollkommen schleierhaft. Vielleicht hoffte er, dass das Feuer die Spuren des Schädelbruchs beseitigen würden. Dann hätte er nachher behauptet, Pitter hätte das Feuer gelegt und sich selbst mit dem Mädchen verbrannt. Die Idee war weit hergeholt. Bettina würde das sicher nicht in die Akten schreiben. Trotzdem gab es einen Fall, in dem sie ermitteln musste. Wer hatte Eckmann abgeknallt? Bodenheim war es nicht gewesen. Der war die ganze Zeit im Feuerwehrhaus gewesen. Der Pilot des Helikopters hatte gesehen, wie eine Gestalt mit einem Jagdgewehr in grüner Tarnkleidung im Wald verschwunden war. Sie hatten fast noch eine halbe Stunde über den Bäumen gekreist, den Schützen aber nicht mehr zu Gesicht bekommen. Bettina spürte eine gewisse Gleichgültigkeit. Dies war einer der Fälle, bei denen sie ihre Sympathien für den Killer wahrhaftig unterdrücken musste. Der Mann, der Eckmann richtete, war ein Mörder, daran gab es nichts zu rütteln. Dennoch hatte er auf seine Weise der Gesellschaft einen Dienst erwiesen. In der Öffentlichkeit dürfte sie so etwas niemals in den Mund nehmen. Selbstjustiz, wie in diesem Falle, durfte es in einem Rechtsstaat nicht geben. Aber die Gedanken waren frei. Auch die einer Kriminalbeamtin. Denken durfte einem niemand verbieten. Sie registrierte eine Bewegung am Waldrand und ging ein paar Schritte auf die Stelle zu. Plötzlich sah sie in zwei geschlitzte Augen, die sie interessiert aus der Dunkelheit beobachteten. Sie ging noch näher und hockte sich hin, um die dicke schwarze Katze, die da auf einem Baumstumpf hockte, genauer anzusehen. Es war ein Kater. Das sah ihr geschultes Katzenbesitzerauge sofort. Risse in den Ohren und Narben im Gesicht zeugten von etlichen Kämpfen mit Artgenossen. „Na, Kleiner. Du bist aber mutig, hier nachts allein im Wald rumzurennen. Im Westerwald soll es wieder einen Wolf geben, pass auf, dass du nicht sein Frühstück wirst", sagte sie amüsiert zu dem Stubentiger. Der Kater schien sie verstanden zu haben. Er maunzte und sprang dann mit wenigen Sätzen davon. Sekunden später war er im Unterholz verschwunden.

*

Als Lena die Augen aufschlug, wusste sie zuerst nicht, wo sie war. Sie lag in einem Bett, aber es war nicht ihres. „Hey, sie wird wach", hörte sie die Stimme von Anne. Dann sah sie Max und Marc, die plötzlich neben ihrem Bett standen. „Was ist denn los?", stammelte sie und befühlte ihren Kopf, der entsetzlich schmerzte. „Du bist im Krankenhaus", erklärte Anne ihr.

Als Max und ihre neuen Freunde gingen, war es fast vier Uhr morgens. Heute war ihr siebzehnter Geburtstag und sie lag in einem Krankenhaus und konnte nicht schlafen. Eine wirklich schöne Scheiße! Der Arzt wollte sie unbedingt hierbehalten. Das Zeug, das ihr Eckmann gegeben hatte, war wohl nicht ganz ohne gewesen. Wenn morgen Mittag alles in Ordnung war, durfte sie nach Hause. An die Ereignisse des Abends konnte sie sich überhaupt nicht erinnern. Eckmann und Pitter waren tot. Um Pitter tat es ihr leid. Im Grunde war er sicherlich nicht böse gewesen. Er hatte ihr ja auch nichts getan. Sie musste daran denken, wie er an dem Tisch in dem Verlies gesessen war und wie ein Sechsjähriger gemalt hatte. Sie befühlte die goldene Kette mit dem Herz um ihren Hals. Es war Marcs Geburtstagsgeschenk an sie gewesen. Und anstatt sich bei ihm zu bedanken, hatte sie dummes Schaf wieder nur geheult. Allerdings vor Freude.

Sie sah nach draußen. Am Himmel über Altenkirchen stand ein sichelförmiger Mond und schien sanft bis vor ihr Bett. Ein Geräusch an der Tür ließ sie aufhorchen. Sicher wieder die Nachtschwester, die nun zum dritten Mal nachsehen wollte, wie es ihr ging. So war das, wenn man unter ärztlicher Beobachtung stand. Lena schloss die Augen und stellte sich schlafend. Sie hörte die Schritte, die ins Zimmer kamen. Vorsichtig öffnete sie eines ihrer Augen. Nur einen Spalt. Vor dem Bett stand nicht die Schwester, sondern ein Mann. Trotz des fahlen Mondlichts erkannte sie ihn sofort. Er trug keinen Bart mehr, aber er war es. Wie eine Statue stand er einfach regungslos am Fußende des Bettes und betrachtete sie. Nach einer Weile zog er einen flachen Gegenstand unter seinem Mantel hervor und legte ihn auf den kleinen Tisch vor dem Fenster. Dann ging er langsam zurück zur Zimmertür. Lena nahm all ihren Mut zusammen und sagte laut: „Daniel! Ich weiß, dass Sie das sind. Sie können ruhig noch bleiben." Sie hörte, wie er stehen blieb und dann langsam zurückkam. Er nahm sich einen Stuhl und setzte sich dann neben sie. „Warum sind Sie gekommen?", fragte Lena freundlich und wartete geduldig, bis er sprach. Sie war ein wenig überrascht, wie angenehm warm und ruhig seine Stimme klang. „Ich habe dir etwas zurückgebracht, was dir gehört." Lena richtete sich auf, fasste nach der Fernbedienung für das Leselicht und schaltete es an. Auf dem Tisch vor dem Fenster erkannte sie Christins Tagebuch. „Woher haben Sie das?", fragte sie. Daniel lächelte. „Sagen wir, ich hatte es mir aus Christins Zimmer geborgt." „Sie sind bei uns eingebrochen!", stellte Lena fest. Er grinste nun frech. „Nein, so kann man das nicht sagen. Ich hatte ja einen Schlüssel." Er zog einen Schlüsselbund aus seinem Mantel und reichte ihn ihr. Es befanden sich drei silberne Haustürschlüssel, ein alter Citroën Autoschlüssel und ein schwarzer mit der Aufschrift Yamaha daran. „Woher haben Sie die?", fragte Lena neugierig. Daniel lächelte. „Das sind meine. Die hatte ich schon immer." Lena wollte sie ihm zurückgeben, doch Daniel hob abwehrend die Hände. „Nein, lass. Behalt sie. Ich brauch sie nicht mehr." „Aber da ist doch Ihr Autoschlüssel dran." Daniel lachte. „Glaub mir, Lena, ich habe außer eurem Haustürschlüssel seit siebzehn Jahren keinen davon mehr benutzt. Solltest du das Auto und das Motorrad dazu noch irgendwo finden, schenke ich es dir. Im Übrigen fände ich es nett, wenn wir beide uns auf Du einigen könnten." Lena sah wieder zu dem Buch. „Haben Sie... ich meine, hast du es gelesen?" Er nickte langsam. „Man darf die Tagebücher anderer aber nicht lesen. Das gehört sich nicht!", erklärte sie gespielt empört. „Du hast recht, Lena. Das darf man nicht. Aber dieses hier ist eigentlich gar kein richtiges Tagebuch." „Was ist es denn sonst?" Daniel überlegte lange, bevor er antwortete. „Es ist eigentlich ein sehr langer Brief von Christin an dich." Lena sah ihn fragend an. „Wieso an mich? Sie kannte mich doch gar nicht?" Daniel lächelte. „Als Christin erfuhr, dass sie schwanger war, konnte sie ihr Glück nicht einfach in die Welt schreien. Sie konnte mit niemandenm wirklich darüber reden. Deshalb hat sie es aufgeschrieben. Für dich. Für sich selbst und für mich." „Warum konnte sie es niemandem sagen? Es war doch nichts Schlimmes!" Er überlegte einen Moment. „Christin und ich waren wie Geschwister. Sie war meine minderjährige Cousine. Irgendwann haben wir gemerkt, dass da mehr zwischen uns war. Aber erklär das mal den Eltern und Freunden. Der alte Karl war ein lieber Kerl, bis zu einem gewissen Grad. Als er hörte, dass sie schwanger war, hat er getobt. Wenn er den Kerl in die Finger bekäme, würde er ihn totschlagen. Du hättest ihn sehen sollen, wie er mit der Flinte über den Hof gerannt ist." „Aber irgendwann hätte er es doch eh rausbekommen?" Lena verstand nicht, warum Menschen sich anlügen mussten. Daniel sah sie an. „Wir wollten es ihm sagen, wenn Christin achtzehn war. Unser Plan war es dann, einfach abzuhauen." „Meinst du nicht, das war albern?", fragte sie sehr vorsichtig. „Doch, das war es. Und glaub mir: Wenn ich noch mal in der Situation wäre, würde ich es anders machen. Ganz bestimmt!"

„Du hast sie sehr geliebt, nicht wahr?" Daniel nickte sachte und Lena sah, wie die hellblauen Augen des Mannes sich mit Tränen füllten. Sie musste irgendwie das Thema wechseln, sonst würde sie jeden Moment mitheulen. „Warum hast du eigentlich das Pentagramm über unsere Haustür gemalt?" Daniel wischte sich über die Augen. „Das war ich gar nicht. Das war Lisa." „Aber warum hat sie das getan?" Daniel seufzte und tippte sich an die Stirn. „Lisa ist schon mal merkwürdig. Sie hat so einen Esoterik-Tick. Du musst sie bei Gelegenheit mal fragen, ob sie dir die Karten legt. Das ist höchst interessant. Sie wollte dich damit beschützen. Ich hab ihr gleich gesagt, dass es eine blöde Idee war. Und dass Max deshalb von der Leiter gestürzt ist, tut ihr auch wirklich leid. Und das Medaillon an Christins Grab war dann auch Lisa?" Er schüttelte den Kopf. „Nein, das war ich. Von Lisa bekam sie es irgendwann mal geschenkt. Christin hatte es in der Nacht damals verloren. Ich hab es die ganzen Jahre bei mir gehabt und wollte es ihr so zurückgeben. Ich konnte ja nicht ahnen, dass du anfängst auf dem Friedhof zu buddeln." „Oh, sorry. Dann bring ich es besser wieder hin." „Nein, lass, Lena. Ich denke, es ist bei dir besser aufgehoben." Er sah auf die Uhr. „Tja, ich muss jetzt los. In ein paar Stunden geht mein Flieger." Lena war enttäuscht. „Kannst du nicht noch ein bisschen bleiben? Ich hätte noch so viele Fragen an dich. Außerdem fände ich es toll, wenn du heut Abend auf meine Geburtstagsparty kommen würdest." Daniel tat erstaunt. „Ich dachte, die wär ins Wasser gefallen?" Lena grinste. „Nee, die ist nur verschoben."

„Schade, dass du nach dem Urlaub wieder zurück nach Hong Kong musst", flüsterte sie ihm zu. „Ich hab mich gerade erst so richtig an dich gewöhnt." Daniel legte den Arm um Lenas Schulter. Er sah kurz hinaus auf das Meer und schloss dann die Augen. Sachte strich der warme Südwind über sein Gesicht. Das Meer roch herrlich. Er lauschte der Brandung, die sich an den schroffen Felsen vor ihnen brach und hörte das Schreien der Möwen.

Es war das zweite Mal in seinem Leben, dass er an diesem Ort war. Dem südlichsten Fleck Siziliens. Von hier hatte man eine wunderschöne Aussicht auf die „Isola delle Correnti", eine kleine unbewohnte Leuchtturminsel vor der Südküste Italiens. Das letzte Mal hatte er hier im November 1994 gestanden und sich vor Verzweiflung und Wut die Augen ausgeheult. Den ganzen Sommer über hatte er mit Christin gesponnen, an ihrem 18. Geburtstag würden sie gemeinsam mit dem Baby in der alten Ente an diesen Ort fahren. Jede freie Minute, die er nicht mit ihr alleine verbracht hatte, schraubte er damals an dem alten Citroën 2CV. Christin hatte die alte Karre geliebt und sich in den Kopf gesetzt, damit bis an die Südspitze Italiens zu fahren. Es sollte ihre Hochzeitsreise werden. Nach ihrem Tod trat er die Reise alleine an. Eine spontane Idee. Nach der Schlägerei in der Dorfkneipe hatte er sich auf sein Motorrad gesetzt und war davongefahren. Bereits nach dreißig Kilometern war er im volltrunkenen Zustand von der Straße abgekommen. Außer einigen Kratzern war ihm zum Glück nichts passiert. Damals glaubte er noch, es wäre vielleicht besser gewesen, er hätte sich das Genick gebrochen und wäre einfach gestorben. Das Motorrad war Schrott gewesen, doch sein Entschluss stand fest. Er würde nach Italien fahren. Und schon damals hatte er gewusst, dass er dieses verfluchte Westerwälder Kaff und die Leute dort niemals wiedersehen wollte. Nicht nachdem, was geschehen war. In seinem Hass und seiner Trauer hatte er Frieder, seinen besten Freund, fast totgeschlagen. Ein Zurück würde es für ihn nicht mehr geben. Das kaputte Motorrad schob er in seiner Wut ins Wasser des kleinen Tümpels und war dann zu Fuß weitergezogen. Vier Tage brauchte er per Anhalter bis Sizilien. Dann hatte er sich, genau wie heute, auf diesen Fels gesetzt, das Meer betrachtet und geheult.

Er wischte die Tränen mit dem Ärmel seines Pullovers fort und sah auf das Mädchen in seinem Arm. Erneut schloss er die Augen und reiste in der Zeit zurück. Nach Salerno. Dort hatte er damals, total pleite und kurz vor dem Verhungern, auf einem deutschen Frachter angeheuert. Anschließend war er fast zwei Jahre mit verschiedenen Crews und Schiffen um die Welt geschippert. Es war wohl ein weiterer Wink des Schicksals, als er bei einem Landgang in Hong Kong die attraktive Kim kennenlernte. Die Tochter eines englischen Tuchfabrikanten arbeitete im Hafenbüro ihres Vaters. Nach Christins Tod hatte er geglaubt, er

264

könne sich niemals wieder verlieben. Doch es geschah. Zwar hatte es einige Zeit gedauert, bis er Kim wirklich an sich heranlassen konnte. Bis er ihr sein Herz öffnete. Doch sie hatte es geschafft. Sie war es auch gewesen, die ihn dazu brachte, zwei Jahre nach seinem Verschwinden seine Mutter in Deutschland anzurufen. Lisa war vor Sorge um ihn fast zugrunde gegangen. Und er hatte zwei Jahre in dem Glauben gelebt, seine Mutter würde in hassen. Obwohl er all die Jahre immer wieder an Christin hatte denken müssen, verblassten die Erinnerungen an sie allmählich. Das Leben ging, entgegen aller seiner Befürchtungen, weiter. Er heiratete Kim. Nahm ihren Nachnamen und die englische Staatsangehörigkeit an. Daniel Bodenheim gab es nicht mehr. Sie bekamen zwei Söhne und sein Schwiegervater gab ihm einen Job in der Tuchfabrik, die er nach dessen Ruhestand nun seit fast drei Jahren als Teilhaber führte.

Dann kam der Tag, als Lisa ihn anrief und ihm von Lena erzählte. Der alte Bodenheim hatte ihr seinen Hof vererbt ohne zu wissen, welche Last er seiner Enkelin damit aufbürdete. Eckmann war noch immer Pastor in Blittersbach. In Daniel kamen Erinnerungen zutage, von denen er glaubte, sie existierten nicht mehr. Dazu panische Angst, dass der Wahnsinnige noch einmal töten würde und am Ende wieder damit durchkam. Und Wut! Wut und der Gedanke an Rache. Kim hatte sofort gemerkt, dass etwas nicht stimmte. Und auch diesmal war sie die treibende Kraft gewesen, die ihn anspornte, sich seiner Vergangenheit endlich zu stellen. Zwei Tage später war er nach Deutschland geflogen.

Lena betrachtete interessiert das Meer und Daniel sah seiner Tochter dabei zu. Obwohl sie Christin äußerlich so ähnlich war, war sie ein vollkommen anderer Mensch. Lena war nicht wie ihre Mutter. Christin war spontan, lebendig und aufbrausend gewesen. Dazu ein beispielloser Dickkopf. Lena dagegen war wie er, ein eher nachdenklicher und ruhiger Mensch.

„Meinst du, ich könnte dich mal in Asien besuchen?", fragte sie nach einer Weile. Daniel lachte auf. „Na unbedingt. Ich bitte darum. Du möchtest doch sicherlich mal deine kleinen Halbbrüder kennenlernen?" „Und du meinst, deine Frau ist nicht böse, wenn du plötzlich noch eine Tochter anschleppst?" „Nein, Quatsch. Du und Kim, ihr werdet euch mögen. Außerdem hab ich ihr schon viel von dir erzählt." Lena nickte und sah wieder hinaus aufs Meer. „Ist doch merkwürdig. Da denkst du, du hast keine richtige Familie mehr. Und plötzlich hast du eine Oma, einen zweiten Papa und sogar richtige Geschwister." Daniel stand auf und nahm ihre Hand. Gemeinsam gingen sie zurück zum Wagen. Der alte Citroën 2CV war das einzige Vehikel, das auf dem Parkplatz in den Dünen stand. Im Sommer war hier sicherlich die Hölle los. Sie stiegen ein und er startete den Motor. Ihre Reise war noch nicht zu Ende. Zurück in den Westerwald waren es noch gut und gern drei Tage und weit über 2000 Kilometer. Hoffentlich würde die alte Karre den Weg nach Hause heil überstehen. Es war Lenas Idee gewesen, mit der alten Ente, deren Schlüssel er ihr in einem Anflug von Wahn in der Nacht zu ihrem Geburtstag geschenkt hatte, in Urlaub zu fahren. Und Daniel glaubte, nein, er wusste, dass dies die schönste, aber auch schwerste Reise seines Lebens war. Nur er und seine Tochter. In wenigen Tagen würde er wieder in sein anderes Leben zurückkehren. Lena musste er in ihrem neuen Zuhause im Westerwald absetzen. Bei Marc, Lisa und Max, die auf sie aufpassen würden. Aus dem Augenwinkel beobachtete er, wie sie die Musikkassette in das Autoradio schob. Es gab nur diese eine Kassette, die seit nun über siebzehn Jahren in dem Wagen weilte. Musikkassetten waren, wie es schien, im einundzwanzigsten Jahrhundert stark vom Aussterben bedroht. Er lauschte der Musik, die blechern aus den Lautsprechern schepperte. Lena summte leise mit. Es war der Megahit des Jahres 1994 von Meat Loaf.

„And I would do anything for love.
I'd run right into hell and back.
I would do anything for love, I'll never lie to you and
that's a fact.
But I'll never forget the way you feel right now, oh no,
no way.
And I would do anything for love, but I won't do that.
No I won't do that.

Im Verlag CW Niemeyer bereits erschienen ...

Während einer Hochzeit im Pelikan-Viertel Hannovers wird eine Braut entführt. Es ist jedoch kein harmloser Streich der Hochzeitsgesellschaft. Weitere
Frauen verschwinden. Wurden sie entführt? Im LKA Niedersachsen bildet sich
die Sonderkommission „Pelikan". Das Team der Operativen Fallanalyse wird in
die Ermittlungen einbezogen, obwohl es weder einen Tatort noch eine Leiche
gibt. Auf welcher Basis können sie ein Täterprofil erstellen?

Carsten Schütte. Der Pelikan – Ein Profiler-Thriller
384 Seiten. Klappenbroschur. ISBN 978-3-8271-9506-7
E-Book   978-3-8271-8563-1 (Pdf)
            978-3-8271-8362-0 (Epub)

#niemeyerbuch
Jetzt <u>kein</u> Buch mehr verpassen

Im Verlag CW Niemeyer bereits erschienen ...

Bauarbeiten in einem vergessenen Park unweit von Bückeburg: Ein Touristenmagnet soll entstehen. Hauptkommissar Hetzer will die Sache inspizieren. Dann der Schock! Nichts ist mehr wie vorher, der verwunschene See längst Geschichte. Auf einer der Inseln entdeckt er eine Metallkiste, deren Inhalt sich als grausig entpuppt. Nun stehen er und seine Kollegen vor einem unlösbaren Rätsel. Während das Team ermittelt, hat das Böse im Schatten leichtes Spiel.

Nané Lénard. SchattenSchuld
384 Seiten. Klappenbroschur. ISBN 978-3-8271-9536-4
E-Book   978-3-8271-8567-9 (Pdf)
              978-3-8271-8366-8 (Epub)

Im Verlag CW Niemeyer bereits erschienen ...

Das Szenario vor dem Druidenstein ist an Grausamkeit kaum zu überbieten. Alles erinnert an die Sagen, die sich um den Opferplatz der Kelten und Germanen ranken, und an dem noch heute der Geist der Druidin Herke wandeln soll. Am folgenden Tag stirbt im örtlichen Klinikum ein Archäologe, der von sich behauptet, er habe einst den Dolch der Herke ausgegraben. Werden Hauptkommissarin Nina Moretti und ihr Team die Druidin rechtzeitig stoppen können, bevor sie erneut tötet?

Micha Krämer. Druidenwahn
400 Seiten. Klappenbroschur. ISBN 978-3-8271-9504-3
E-Book   978-3-8271-8561-7 (Pdf)
          978-3-8271-8360-6 (Epub)

#niemeyerbuch

Jetzt <u>kein</u> Buch mehr verpassen

Im Verlag CW Niemeyer bereits erschienen ...

Das Leben als Inselpolizist ist beschaulich. Auf Langeoog geschehen keine großen Verbrechen. Zumindest hatten Polizeimeisterin Lotta Dönges und ihr Kollege Onno Feddersen dies bisher immer geglaubt. Als am letzten Arbeitstag vor dem Heiligen Abend die örtliche Inselbank das Ziel eines Überfalls wird, können die beiden es kaum fassen. Wer ist so dumm und überfällt auf einer Insel mit eingeschränktem Fährbetrieb eine Bank? Oder handelt es sich in Wahrheit um ein ausgetüfteltes Husarenstück?

Micha Krämer. Sand in den Wunden
368 Seiten. Klappenbroschur. ISBN 978-3-8271-9546-3
E-Book   978-3-8271-8575-4 (Pdf)
         978-3-8271-8374-3 (Epub)

#niemeyerbuch
Jetzt <u>kein</u> Buch mehr verpassen

Folgt uns auf

#niemeyerbuch